Xi
Nang.
San Mu Zhi Ying

傒囊·三目之婴

张云 著

沈阳出版发行集团
沈阳出版社

图书在版编目（CIP）数据

傒囊·三目之婴 / 张云 著 . —沈阳：沈阳出版社，
2017.7

ISBN 978-7-5441-8317-8

Ⅰ . ①傒…　Ⅱ . ①张…　Ⅲ . ①推理小说—中国—当代
Ⅳ . ① I247.5

中国版本图书馆 CIP 数据核字（2017）第 187661 号

出版发行：沈阳出版发行集团 | 沈阳出版社
　　　　　　（地址：沈阳市沈河区南翰林路 10 号　邮编：110011）
网　　址：http://www.sycbs.com
印　　刷：北京盛通印刷股份有限公司
幅面尺寸：160mm×235mm
印　　张：18
字　　数：281 千字
出版时间：2017 年 8 月第 1 版
印刷时间：2017 年 8 月第 1 次印刷
选题策划：肖　博
责任编辑：高玉君
封面设计：粉粉猫
版式设计：刘雪芹
责任校对：袁大威
责任监印：杨　旭

书　　号：ISBN 978-7-5441-8317-8
定　　价：35.00 元

联系电话：024-24112447
E－mail：sy24112447@163.com

本书若有印装质量问题，影响阅读，请与出版社联系调换。

Xi
Nang.
San Mu Zhi Ying

目　　　　录

Xi
Nang.
San Mu Zi

两山之间，其精如小儿，见人则伸手欲引人，名曰"傒囊"。引去故地则死。

——《搜神记》

序　章

在母亲的子宫里，是件很辛苦的事情呢。

没有光，漆黑一片。狭窄的空间里，浓稠黏滑的液体包裹，侵浸着身体，不断地上浮、下沉，虽然不觉得难受，但总是觉得讨厌。

什么也看不见，尽管我这团皱巴巴的肉块已经长出眼睛。

我多么喜欢这眼睛呀，滑溜溜的晶莹剔透，独一无二，可即便睁着，黑暗也依然夺去了世界。

时不时能听到声音，女人的自言自语、幽幽低泣，男人的神经质的怒吼、争吵。更多的时候，是一片寂静。

我丝毫感觉不到安心，恐惧呀，在这子宫里。

母亲，我要出去。

我想这么呐喊，但一个气泡都吐不出来。我努力翻滚着，挣扎着，后来知道这一切都是徒劳。

庆幸的是，这里并非只有我一个。

那是我的兄弟吧？脾气比我好。一直以来他都待在另一片黑暗中，安安静静，以至于很长时间我才发现他的存在。

虽然他从未回应我，可这仍然让我感到极大的安慰。想一想，除了我，还有一个我的兄弟，在这子宫里，多好。

看来造物主是仁慈的，他知道这环境恐怖且寂寞，所以会安排一个伴儿。

我是多么喜欢他呀。

但他为什么不回应我呢？我的兄弟，哪怕你靠近一些，或者翻个身，面对着我。

难道，是害怕我的眼睛吗？

又或许，你已经死了？

不对，我们还未生，哪里会死呢？

这真让我困惑。

更让我困惑的是，我感觉自己越来越虚弱。这种感觉很难表达，周围的液体变得越来越混浊、稀薄，皱巴巴的肉体开始萎缩、缩小，连那眼睛都开始干瘪了。

我们，真的要死了吗？

我感到愤怒。

是的，母亲，既然你要带我们来到这尘世，为何又要让我们去死呢？

最可怜的是我的兄弟，他那么小，比我还小，想来连我这般的眼睛都没有吧？

我不甘心。我不想死，更不想我的兄弟也如此，我是多么喜欢他呀。

如果，我死了，是不是他就能存活下来呢？

是的，我死了，或许他就能活下来。

我们两个，必须活一个，谁让他是我的兄弟呢？

抱着这般想法，我开始拒绝那些液体。

身体越来越虚弱，意识越来越模糊。

我知道自己要死了。

但在死前，我想看看他，触碰他，和他待在一起。

我努力靠近他，用尽所有的力量，翻滚，上浮，终于来到他对面。

他依然是那么无声无息，不过，他是多么可爱呀！

尽管，他果真没有我这般的眼睛。

第一章　风陵渡

"大概是三年前吧，民国刚建立的那一年，我从黄河里捞出了一具怪尸。"

黄老狗说完这句话，嘿嘿一笑，打了个酒嗝。

农历七月份，天气仍有些热，他却依然穿着一件厚厚的狗皮袄。

在风陵渡，没人不认识黄老狗。

这地方处于黄河东转的拐角，为陕西、山西、河南三省交通要塞，自古以来就是黄河上最大的渡口。千百年来，作为黄河要津，不知多少人来来往往。

有渡口，自然就有摆渡人。

黄老狗就是个摆渡人。

没人知道黄老狗什么时候开始出现在风陵渡，更没人知道他的底细，只知道这个瘦得皮包骨头、长着一双三角眼、病痨鬼一般的老头，整日里守着他的那艘破船，带着一条黑狗，在浑浊的水面上游弋，风雨无阻。

摆渡是个苦差事，且不说所得钱财不多，光是河面上的凶险就时刻要人性命。

黄河，这条古老又邪性的河流，养育了一个民族，同时又持续不断地带来无数的灾难。古往今来，它就如同一条脾气古怪的恶龙，不安分地翻滚、肆虐，吞噬一切。

泥汤一般的黄河水里，死过多少人，不为人知，河底厚厚的淤泥中又埋着多少诡异，同样说不清楚。

旱地上，有人死，就得有人埋，在黄河里，有人死，那就得有人捞。

风陵渡一带捞尸人不少，这里有着别处比不上的优势。滚滚黄河，汹涌奔腾，流过河口镇后，为南北走向的吕梁山所阻，折向南流，经壶口，过龙门，在潼关附近又撞上秦岭支脉，不得不带着怒气掉头向东。在这里，黄河拐了一个大弯，所以河道复杂，水流诡异，樯倾楫摧、船沉人亡的事儿司空见惯。

捞尸人蜂拥而至，驾着简陋的木船甚至是羊皮筏，穿梭于恶浪之间，只为雇主手里白花花的现大洋。

摆渡不捞尸，捞尸不摆渡，这是风陵渡千古不变的规矩。摆渡人是在黄河大王嘴里讨生活，图的是平平安安，谁也不愿意沾上尸体的晦气；捞尸人则把脑袋系在裤腰带上，和黄河大王抢死人，瞅准时机下水捞人，得手就离岸，生怕被黄河大王盯上，故而两者走的不是一个道儿，泾渭分明。

黄老狗是个异类，他摆渡，也捞尸，本领之高，捞尸人中无人能及，不管是浊浪排空还是阴风怒吼，他总能船到尸出，而且从无意外。

这成了风陵渡的奇谈。

算一算，这些年黄老狗赚了不少金银，可没看过他置房买地、逍遥快活，恰恰相反，这人抠抠搜搜，抽的是最劣质的旱烟，喝的是最没滋味的薄酒，身上那件狗皮袄油渍斑斑从未换过，平日里离群索居，鲜有欢笑，连话都不多，天晓得今晚哪根筋搭错了，竟然说起捞尸的事情来。

雨下得很大。

瓢泼的大雨铺天盖地倒下来，仿佛天顶上漏了一个大口子，看起来丝毫没有停歇的架势。

安溪老店，风陵渡最大最出名的客栈。南来北往的人大多会在这里落脚，三教九流，鱼龙混杂。

今晚人不少，坐满了摇摇欲坠的十几张酒桌，空气中夹杂着酒肉、汗液、尿骚、鱼腥的复杂味道，令人作呕。喝得醉醺醺的宿客，齐齐看着黄老狗，张着嘴，等待他说下去。

"我记得很清楚，那一天，是鬼节。"黄老狗喝了一口酒，三角眼眯成了一条缝。

"是人都知道，这一晚鬼门关大开，百鬼夜行，所以一年三百六十五日，只有这天我不出工。"黄老狗扭头看着门外的大雨，顿了顿，又道，"连我都没想到，会有个奇奇怪怪的人三更半夜找上门来。

"说奇怪，原因很多。一般请我捞尸的人，都是熙熙攘攘一家子，哭天抢地，白日里找到渡口，用红纸包上几块大洋，苦苦哀求，让我出工。这个人，却蒙着面，孤身一人，半夜里找到我，一出手就是一条小黄鱼。"

哇！

听客中间发出了低低一声惊叹。

一条小黄鱼，就是一根小金条，这手笔，实在是太阔绰。

黄老狗也笑道："是呀，一条小黄鱼，摆上十年渡也赚不了这么多钱，但我还是回绝了他。鬼节不摆渡，夜半不捞尸，这是我的规矩，莫说一根小黄鱼，就是黄河大王亲自来，也是没门儿。"

听客们纷纷点头。

"那你最后为什么去了？"一个女人开了口。

这女人，就坐在黄老狗对面，穿着一件鲜艳的碎花短打小衣，浑身上下收拾得干净利索，腰里挂着一支竹笛，三十岁开外，凤眼黛眉，细腰翘臀，虽徐娘半老，但说不出的风韵。

同一桌上，还有三个人。

上首坐着个五十多岁的老头，个头不高，干瘦精练，双目炯炯，手腕上系着根皮绳，一只快要掉光了毛的老猴蹲在他脚底下，猴子穿着小红衣，戴着顶小管帽，总是嬉皮笑脸的。

女人旁边，是个三十多岁的汉子，皮肤黝黑，铁塔一般壮实，只会傻笑，时不时"啊啊"地比画着，看来是个哑巴。

还有个孩童，顶多十岁，唇红齿白，模样周正，扎着冲天辫，背着个鲜红狰狞的木雕鬼面，笑声如银铃，着实惹人疼爱。

这四个人，身边放着三四口巨大铜皮包嵌的木箱，包裹口露出铁圈、刀斧、铜铙锣鼓，明眼人一看就知道是个跑江湖的杂耍戏班。

看来，让黄老狗这个铁疙瘩难得开了金口的，正是他们。

"是气味。"黄老狗道。

"气味？"女人有些诧异。

"是的，气味。"黄老狗郑重道，"那人身上有股奇怪的气味，一种若有若无的幽香，开始没觉得有什么，可闻了一会儿，就觉得浑身上下无比的爽快，让你生不出任何的厌恶心。"

有熟客大笑道："我看是发春了，一个女人就让你的那些规矩成了狗屁。"

"那不是女人。"黄老狗睁了睁眼，"虽然蒙着面，但我看得出来一定是个男人。"

众人沉默，黄老狗阅人无数，绝对不会走眼。

"说起来，也是黄河大王眷顾，那晚平日里闹腾的黄河竟然消停得很，风平浪静，亮堂堂地出了月亮。"

尽管黄老狗说得轻巧，但听客们还是觉得有些毛骨悚然。鬼节的晚上，跟着个怪人去黄河捞尸，月光幽幽，水面氤氲，怎一个恐怖了得。

"船往上游划了七八里地，黑狗叫了起来，我就知道到了地方，停了船。"黄老狗说到这里，禁不住缩了缩脖子，"可看了一眼之后，我就跟那人说哪怕是打死我，我也干不了。"

"为什么？"女人托着下巴，声音嗲嗲。

"那是一个河俑。"

"河俑？"女人似乎有些不明白。

不光她不明白，很多听客也稀里糊涂。

黄老狗叹了一口气，解释道："黄河里的死人，不管是跳水死的、淹死的，还是被人杀了扔进水的，都称为水漂儿，因为入水后时辰一到，尸体浸泡鼓胀，就会漂上来。一般说，男俯女仰，就是男尸是背朝上脸朝下，女尸则相反，唯独河俑不是如此。"

"不是这两种情况，难道还能站着不成？"有人打趣道。

"还真是站着的。"黄老狗点头，"这种尸体，并不漂浮，而是竖立着悬浮于水中，往往随着水流摇摇晃晃移动，就像在河底站着走路一般。这种尸体，传说是死前有很大的怨气所致，死了之后怨气难平，只有黄河大王才能收在手下，所以称为河俑。"

"我老黄捞尸无数，这种事头一回碰到。水里的那位，一头长发漂在水面上，分明是个女人。自古女阴男阳，黄河里死的人，一女凶十男，何况还是个怨气未消的河俑？"

"可你后来还是捞了。"女人微微一笑。

黄老狗叹了口气，点点头，算是默认了。

"捞起来倒没费多少事，可把那女尸拖上船，月光一照，看清楚了情况，我禁不住头皮发麻，脊梁骨直冒凉气。"黄老狗猛灌了一口酒，剧烈咳嗽起来。

周围一片死寂，等他说下去。

"模样俊俏的一个女子，面目青紫，身形肿胀，腐烂不堪，双目圆睁不说，手里还紧紧抱着个死婴。"

哇！听客中忍不住有人又发出惊叫。

"那婴孩，是个畸形，头大身小，手脚交错，我费力将它从女子手里扯出来，调个身，借着月光，发现一只眼睛死死盯着我！那眼睛硕大无比，诡异恐怖，长在额头之上，竟然是个三眼怪婴！"

听客中掀起了巨大的骚动，有些人惊得跳将起来。

"后来呢？"黄老狗对面的女人问道。

"我吓昏了过去，醒来时，女尸、怪婴连同那蒙面人都不见了，船已经飘到了渡口，船头放着一根金条。"黄老狗喝完碗中的酒，颤声道，"我连夜买了许多的纸钱、花烛，在河岸烧给了那母子，回去就病倒了，躺了半个月才好。"

众听客唏嘘不已。

"怕是吹牛吧。"有人提出了异议，"光听说二郎神三只眼，那是神仙，别说是多长了一只，就是全身上下长满了，也不为过，可从未听说人生三目的。"

"我也是这样想，要不怎么说是怪尸呢。"黄老狗分辩道。

这时，客栈大门被粗暴地推开了，风裹着雨席卷而入，进来了两个人。

"没见过的，不代表就没有，你还没见过你祖宗呢，难道说他就不存在吗？"前头的一个人公鸭嗓子一般嘎嘎地说了句话，随即又道，"真他娘的倒霉透了。"

赶上这样的大雨天，是够倒霉的。

来的是两个巡警，一身黑色的警服早已湿透，雨水顺着裤脚往下滴答，白色的绑腿上满是污泥，似乎走了不少路。

说话的这个警察，年纪在五十岁左右，长得这叫一个难看：身材矮小，尖脑袋，龅门牙，罗圈腿，酒糟鼻，可又偏偏长了一张关公一般的赤红面皮，滑稽不堪。

他身后跟着的年轻警察，二十出头，让人眼前一亮。身材高大，肤色白皙，一头栗色短发天生微卷，面容端正，轮廓分明，鼻梁高挺，双目极大，水晶一般嵌在脸上，眸色发灰，极其罕见的颜色，嘴角弧线上扬，竟然还长出可爱的唇珠……天呀，这样一张脸怕是任何一个女子见了都不免春心荡漾。

如此的两个人，怎么会成为同类？

两人在黄老狗的桌子上坐下，"关公脸"旁若无人地开始脱衣服，三下五除二脱得上身赤裸，随即叫道："掌柜的，别躲了，出来吧！"

老实巴交的店主人十分不情愿地从柜台后面露出头，苦着脸走过来。

"上吃的，老样子。""关公脸"晃着脑袋，黄鼠狼一般的眼睛落在了杂耍戏班那女子白花花的胸脯上。

"胡巡长，吃的是有，不过，你老人家能不能先把以往的账给结了？"掌柜手里捧着账本。

"关公脸"拍了拍腰上的枪套，嚷道："说的屁话！风陵渡方圆百里大名鼎鼎、风流倜傥、智勇双全、玉树临风、视金钱为粪土的胡大巡长，会欠你的几文饭钱！？我胡淑芬是欠钱的人吗？"

听到这名字，有人笑起来。

这般的长相，配上胡淑芬这般的名字，也真是绝了。

"应该不止几文吧，打去年开始，三十几顿饭了。"掌柜把账本放在桌上。

胡淑芬飞快地看了账本，脸上露出些许吃惊的神色，随即讪讪一笑，转脸对美男手下，装出一副无比关切的样子，道："阿羽呀，你怎么不把衣服脱掉？湿嗒嗒地穿在身上，很容易生病，你若是生病了，我这做师父的会伤心的。"

"还是……还是不脱了吧。"扫了扫众人，美男巡警俊脸一红。

胡淑芬为难道："唉，照理说你刚来，我该请你吃顿饭，可你也看见了……"

"师父客气了，要请客也该我来。掌柜的，师父要什么你就上什么，饭钱算我的。"美男警察抓出一把大洋，递给掌柜，"够吗？"

"够了够了！"掌柜眉开眼笑地走了。

"见钱眼开、有眼不识泰山的家伙！"胡淑芬冲着掌柜的骂了一句，又扯着嗓子道，"看清了，这是我徒弟，蒋南羽，嘿嘿，法兰西留学归来喝过洋墨水的高才，家里背景说出来吓死你，往后他妈的长点眼力见儿……"

"师父，算了……"蒋南羽扯了扯胡淑芬的裤腿。

"这种人，就不能跟他客气。"胡淑芬气呼呼坐下，总算是看到了黄老狗，咧嘴笑道，"哟，黄三，你这条老狗还没死呀？"

"托巡长的福，还过得去。"黄老狗欠身答道。

胡淑芬从裤兜里摸出皱巴巴的一根烟，划了几根火柴点着了，吧嗒抽了一口，面目笼罩在烟雾里，嗡嗡道："方才，你们好像在说什么三眼怪尸？"

"巡长也看过？"戏班女子哆嗦道。

胡淑芬盯着女子不放，道："有幸见过。姐姐怎么称呼？"

咯咯咯咯咯，女子笑得花枝乱颤："一个跑江湖的，巡长高看了，小女风萧萧，别人都叫风四娘。"

"哦，戏班呀。"胡淑芬看了看另外几个人。

"鄙人侯富贵，大家都叫我猴五，忝为班主，还请胡巡长多多关照。"牵猴子的老头弯腰鞠躬。

"好说，好说。"胡淑芬目光落到对面的傻大个还有那青皮小子身上。

猴五眼光极好，急忙道："那位是我的伙计，人傻，叫陈大力，小儿名唤小宝，四娘的儿子。"

"这年月，兵荒马乱，跑江湖不容易呀。"胡淑芬瞅着风四娘，摇了摇头，"一个女人家，还带个拖油瓶，就更不容易了，风姑娘就没打算再找个人家？"

猴五轻咳了一声，急忙转移话题："胡巡长方才说见过三目怪尸，不知是真是假？"

"当然是真的。"见众人齐齐望着自己，胡淑芬未免得意起来，摇头晃脑道，"我亲手办的一个案子，怎会有假？"

众人纷纷做仰视状。

胡淑芬卖了个关子："黄河对面，中条山上，有个太平庄，诸位可知道？"

不少人点头。

"莫非是栖岩寺旁边的那个太平庄?"猴五道。

"不愧是跑江湖的,消息灵通。"胡淑芬清了清嗓子,道,"要说这栖岩寺,乃是当年隋文帝为他师父昙延老和尚特意修建,是煊赫一时的护国大寺,可惜屡遭战火,到如今只剩下几个和尚苦苦度日。不过寺虽衰败,风水却是少有的好,被一位都督看上了。

"这位都督姓陆,前清时也是头一等的人物,有枪有马,有钱有势,总管一省,何等威风。待到民国建立,陆都督见天下大势骤变,便隐身下野,在中条山巅、栖岩寺旁修建了一片大宅子,取名太平庄,从此不问世事,逍遥自在。

"不过没几年,老都督就咽了气,万贯家财与太平庄一起留给了他那独苗,人都称他少都督。"

胡淑芬说到这里,有听客嚷了一嗓子:"巡长,听说那少都督是个怪物?"

"你他娘的才是怪物呢!"胡淑芬骂了一句。

热腾腾的酒菜端上来。

胡淑芬满饮一碗酒,抹了抹嘴道:"少都督出生时,他母亲难产,血崩而死,他好不容易活下来,却是个畸形,走动不便,面目丑陋。有人说是老都督早年杀人过多得了报应,也有人说是因为老都督娶的女人不行,才有了这怪病。不管怎么说,花不尽的钱财、煊赫的身世,却生了这么个儿子,我想老都督死的时候一定也不甘心吧?!"

众人纷纷点头。

"在无数人的鄙夷和议论中,这位少都督还是顽强地活了下来,离群索居,从未下过山,整日和古籍书本打交道,学问好得很,人也善良,就是性格有些古怪。"

"古怪?"凤四娘好奇地问。

"嗯。"胡淑芬解释道,"老都督留下来的产业,他都交给了叔叔打理,自己终日与书为伴。这位少都督最喜欢读精怪传说,痴迷到了难以想象的地步,后来干脆大兴土木,将住的楼重建成了格局奇特的怪宅,满屋子堆放着自己亲自制造的各种精怪,称之为'搜神馆'。他没有亲人,没有朋友,住在阴森空旷的大宅里,身边是那些精怪土偶,难道不古怪吗?"

"与其说古怪，不如说是可怜。"风四娘哀声道。

"是呀，够可怜的。"胡淑芬话锋一转道，"二十年前，我在太原当差，官为保甲总巡局总巡，比现在威风多了，却因为一桩怪案被派到了中条山。"

胡淑芬连干几碗酒，脸上浮现凝重之色。

"诸位都听得出来，这桩怪案就和少都督有关。"胡淑芬放下酒盏，言语激动，"当时少都督二十出头，所谓不孝有三，无后为大，老都督就这么一根独苗，自然要有个香火，哪怕人是个畸形呢。好在他这样的身世，也不愁没媳妇。新娘是他表妹，据说贤惠漂亮，婚后一年，怀了一胎，太平庄里喜气洋洋，单等麟儿喜降。

"哪想到生产之日，孕妇死于卧室之中，产下个怪胎不说，肚子也被残忍剖开，内脏除了几个关键脏器之外，其他全部离奇消失！"

啊!? 客栈里惊叫声不断，连风四娘都捂上了嘴。

"我调查一个月，毫无结果，上头勃然大怒，将我连降两级。"胡淑芬愤怒地拍着桌子，"原以为这倒霉事就此了了，哪曾想却是噩梦的开始。

"八年前，少都督又娶妻，产房中相同的悲剧再次上演。三年前，少都督娶了第三任夫人，生产之日我就在现场，产房被围得铁桶一般，只有少都督和产婆被允许进入。产下婴儿后，产婆被孕妇发疯一般地赶了出来，里头随即传来少都督的尖叫声，等我们冲进去，发现少都督昏倒在地，孕妇和婴儿都已死去，情形和之前两次完全一样。

"三次娶妻，妻子都离奇死在密室之中，肚子被剖开，一部分内脏离奇消失，婴儿都是畸形，这般的怪案天下罕见，作为负责人的我，官职也被一降再降，成了芝麻粒大的巡长。"

胡淑芬有些醉了，满脸的愤怒。

客栈里死寂一片，只听到外面风雨呼啸。

"会不会是少都督自己干的?"有人小声道。

胡淑芬点了点头，又摇了摇头："我当初也这么想。此案无法解释的地方太多，现场是个不折不扣的密室，找不到作案凶器，凶手得手之后凭空消失，唯一能解释的只能是少都督本人所为。"

"但是……"胡淑芬长叹一声，"不可能呀。我和少都督打了二十年的交道，对他的为人了解甚深。他虽然身体畸形，但为人极为善良，古话说虎毒不食子，一个男人怎么可能会亲手杀死自己的妻儿，而且连续三次？三次凶案，让少都督悲愤欲绝，找到杀人凶手成了他活下去的唯一理由，这般的可怜人，连我见了都心痛。"

胡淑芬又道："即便凶手是他，房间里也找不到凶器，而且我们搜遍了每一个角落，甚至掘地三尺都找不到孕妇消失的内脏，解释不通。"

"会不会是和产婆合谋呢？她出来时带走了内脏。"风四娘道。

胡淑芬赞赏地看了风四娘一眼，但依然摇头："三次接生虽然都是同一个产婆，但每一次产婆被孕妇赶出来都随即被看住，案发后浑身上下都搜了个遍，也没有任何发现。我原本猜想是不是这二人其中一人将内脏吃了下去，但随即放弃了。"

胡淑芬比画了一下："消失的内脏，除了心脏这样的几个关键部位之外，体量巨大，莫说是一个人，就是几条饿狗恐怕也吃不完。"

所有人，沉默了。

"那，那就是诅咒了。"风四娘沉声道。

胡淑芬惨然一笑："是呀，三个妻子离奇身死，生下的都是怪胎，连续发生这样的不可思议的事，常人只能归结于诅咒了。"

"三次都是怪胎？"一直没说话的黄老狗问道。

胡淑芬点头："第一次的死婴我没看到，不过听说的确是怪胎。第二次死婴交给了巡警局的法医，他证实是个畸形。第三次，我看得很清楚，死婴不仅是个畸形，而且……"

胡淑芬打了个寒战："而且，他长着三只眼。"

众听客面面相觑，毛骨悚然。

胡淑芬喝完最后一碗酒，摸出一根烟。

"胡巡长这次来，还是为了这桩怪案？"风四娘给他点了火。

胡淑芬没说话，抽着烟，烟头明明暗暗。

他的声音，变得极为冰冷。

"去年，少都督娶了第四任夫人，再过几天，就要生产。"

咣！客栈大门再次被肆虐的风雨撞开。

咔嚓嚓！一道闪电划破夜空，映照出胡淑芬那一张因气愤而变得狰狞的脸。

风四娘起身关上了门，回到座位，面向胡淑芬道："巡长认为还会发生同样的事？"

"我不知道。"胡淑芬的手在微微颤抖，"我这辈子，原本可以高鞍华车、权势赫赫，享尽荣华富贵，但都被这个凶手毁了，所以我必须将其绳之以法！"

然后，他转过脸，对风四娘贱贱一笑："再说，除了大名鼎鼎、风流倜傥、智勇双全、玉树临风、视金钱为粪土的我胡淑芬胡大巡长之外，谁还能抓住这个幽灵一般的凶手呢？"

咯咯咯，风四娘笑出了声。

"这桩怪案，是我的噩梦，那个三目怪婴，一直留在我的脑海里。"胡淑芬摁灭了烟头，"哪怕凶手是个幽灵，是个鬼怪，我也要亲手了结它！"

"那小女就祝胡巡长马到成功！"风四娘双手捧起酒盏，送到胡淑芬面前。

胡淑芬呵呵一笑，接过了，借机足足地揉捏了一番风四娘的纤纤玉手。

"但我觉得，还是不太可能呀。"猴五接过话。

胡淑芬双目一睁。

猴五连连摆手道："我并不怀疑巡长的话，只是觉得三只眼的婴孩，未免有些离奇，亘古未闻。"

"这种事情，我们的老祖宗早有记载。"一个声音，从角落里传了过来。

顺着声音，众人齐齐望过去。

要不是他说话，没人注意到那昏暗的角落里，竟然还坐着一个人。

那是一个奇怪的人。

瘦，极瘦，仿佛一捆干柴火一般，六十岁出头，须发斑白，穿着件极大的黑袍，整个人完全被那衣服吞没。最引人注目的，是瓜皮小帽下面，竟然托着一条长长的辫子，大清朝早就亡了，这年月，谁还留如此一条猪尾巴？

"这位爷，可否过来一叙？"猴五抱了抱拳。

黑袍老头嘿嘿一笑，端着茶壶走过来，坐下。

茶是好茶，一等一的西湖龙井，沁人心脾。

"你方才说，三目怪婴早有记载？"猴五问道。

黑袍老头并没有搭话，而是从袍子中伸出手来，倒了盏茶。

昏暗的灯光之下，那关节粗大、满是老茧的手上，一枚黄澄澄的戒指金光闪闪。

戒指粗犷，却在戒面上雕刻着一朵九瓣莲花，莲瓣中央用游丝纹錾出代表八卦"乾"的三条长横。

猴五见了这戒指，双目一凛，不敢怠慢，急忙站起来，躬身施礼："原来是'洛阳八宗'的鸭爷！小的有眼不识泰山。"

猴五此言，让客栈里不少人面露惊色，纷纷起身向老头问好。

"谁呀这是？"胡淑芬捅了捅猴五，低声道。

"北十三省江湖上无人不知、无人不晓的鸭爷李亚子，巡长不知？"

"什么鸭子鹅的，老子需要每个人都认识吗？"胡淑芬骂道。

猴五赔笑："这位鸭爷，乃是摸金行里的泰山北斗，'洛阳八宗'的总扛把子，便是当今总统见了，也得礼让三分。"

"我道是什么厉害人物，原来是个盗墓贼呀！"胡淑芬嚷道。

猴五心里直叫苦，恨不得将胡淑芬的臭嘴堵上，忙道："巡长，鸭爷盗亦有道，宅心仁厚，堪称奇人，寻龙看脉的本事独步天下，可不能胡说。"

两个人在这边嘀嘀咕咕，那边李亚子逗着猴五的那只老猴玩。

那老猴，虽是极为滑稽，之前时不时龇牙咧嘴、态度蛮横，可在李亚子面前却是战战兢兢，乖顺得猫儿一般。

"侯老弟耍的是什么戏？地里仙还是河中神？"李亚子笑道。

猴五面色骤变，回道："地里仙人够不着，水里捞鱼，祖师爷眷顾。"

"不知是哪位祖师爷？"

"三川五河俱为水，黄河渡中一金刀。"

"过界可立幡头？"

"幡头藏身不敢展，把头面前三碗酒！"

两个人说的都是莫名其妙的话，却见猴五拎起酒坛，满倒了三碗酒，一口气干完。

"好说好说。"李亚子这才重露笑颜。

猴五松了一口气，正襟危坐，不敢多言。

胡淑芬见这老头谱儿摆得不小，不由得生气，道："鸭爷是吧，方才你说那话，到底何意？"

"三目怪婴？"李亚子对胡淑芬视而不见，道，"这位巡长未读过干宝的《搜神记》？"

"什么干宝湿宝的，不曾读过！"

"那就难怪了。"李亚子捋了捋胡须道，"《搜神记》中记载：'两山之间，其精如小儿，见人则伸手欲引人，名曰"傒囊"。引去故地则死。'说的就是这三目怪婴。"

众人愕然。

果然是精怪！

胡淑芬嘀咕着李亚子说的这话，道："说得文绉绉的，我只听得是精怪，没听说是三眼！"

李亚子哈哈大笑道："诚然。《搜神记》中关于傒囊的记载只有寥寥数语，并不曾描述其外貌，我祖上传有一卷《山精》，对其描绘细致。"

"哦，怎么讲？"

"此乃怨气所化，得山之魄而为精，头大身小，顶多一目，状如小儿，喜歌舞之声，爱亲近人，近人则死。"

"如此说来，这名唤傒囊的三目婴，果真是害人的妖怪？"一直不说话的黄老狗失声道。

李亚子呵呵一笑："世间作孽甚多，所谓的精怪不过是内心所化，记载寥寥，不过是为了警示后人。"

众人皆拍手称是。

说到这里，夜色已深，风雨大作，几分寒意逼人。

听客们纷纷散去，各自歇息。

胡淑芬这桌也作鸟兽散，这货喝得东倒西歪，狗皮膏药般黏着风四娘，气得风四娘粉脸带怒又不好发作，最后还是蒋南羽生拖硬拽将其送入房间。

房间不大，打扫得干干净净。两张床铺相对摆放，正中一张木桌上，摆放着一尊咧嘴而笑的弥勒佛，三炷香生烟袅袅。

蒋南羽帮胡淑芬脱了鞋袜，服侍他睡了，自己忙活一番，吹了灯，躺下来。

外头风雨越来越大，吹得房顶哗哗直响，闪电亮起，映照出佛的笑脸，竟然生出几丝诡异来。

将薄被盖在身上，蒋南羽望着房顶发呆，想一想自己出身名门大家，受不了父亲的规矩约束，独自孤身去了外国，苦学五载回来，又不愿屈从父亲在政界的优待安排，决心自己闯出一番天地，来到这么个鸟不拉屎的地方，刚站稳脚跟就碰到这桩怪案，也是心潮难平。

窗外，远处是山，侵浸在风雨之中，模糊一片，那就是隔着黄河的中条山脉，绵延铺展，寂静无声，仿佛一头巨兽匍匐在黑暗之中。

那个诡异的太平庄，就藏身于群山密林之中吧？

还有那可怜的少都督。

想到这位少都督，蒋南羽忍不住生出几分同情来，或许，他比任何人都能体会生在权贵之家的苦楚。世人看到的是享不尽的荣华富贵，可看不到那大宅深院中的苛刻和寂寞。

三任妻子惨死，三个孩儿丧命，或许，此刻这个可怜人也如我这般听着风雨难以安眠吧？

"四娘，小心肝儿……来……"胡淑芬的呓语从旁边传来。

黑暗中，蒋南羽笑了笑。

如果能像胡淑芬这般活着，虽然说得上混账，粗大条，但简简单单，也不失为一种幸福。

这般胡思乱想，意识逐渐陷入混沌。

是要入睡了吗？

是的。

但为什么会听到门响？

似乎还有一阵低低的笑声呢？

婴儿的笑声？

是自己做梦了吧。

第二章　中山道

雨还在下。

不知到了什么时辰，天地昏暗。

窗外的一棵几人合抱的大槐树，在风雨中摇晃，发出咯吱咯吱般的痛苦呻吟，仿佛随时都会折断。

可以听到不远处黄河的水声，咆哮着，带着愤怒。

破裂的窗棂处，雨水顺着缝隙扫进来，地板上水渍一片。

弥勒佛前的香炉中，香火早已熄灭，只剩下灰烬。

在这寂静无声里，蒋南羽艰难地坐起身。

这一夜，睡得并不好，整晚都在做梦，一场又一场，就如同这大雨，此起彼伏，从未停歇。

都是些什么梦呢？

记不清了，只记得是噩梦。

落枕了，脖子僵硬，痛得厉害。

看看手表，已经过了十一点。

要到中午了！

糟糕，蒋南羽一骨碌爬起来："巡长……"

对面的床铺上，空空荡荡，哪有胡淑芬的影子。

太过分了，即便是早起，也应该叫自己一声吧。

蒋南羽笑笑，穿好衣服，走出房间，下楼。

昨夜还熙熙攘攘的大厅里空空荡荡，一个人都没有，掌柜趴在高高的柜台上恹恹欲睡。

"见到巡长了吗？"蒋南羽敲了敲柜台。

掌柜张开惺忪的双眼："巡长？还没起床吧。"

蒋南羽抬头看了看自己的房门："床铺上没人，想必是出来了。"

"出来了？"掌柜摆摆手，"不可能，打早上开始就没见过他影子。"

蒋南羽心中不由得一惊："果真没见过他？"

掌柜笑，露出一口黄牙："长官，我早早就起来了，喂马、挑水、监工做饭，一直都在底下，从未见过他下来。"

联想起半夜房间里的门响，还有那不知是否准确的诡异笑声，蒋南羽暗自一惊。

"其他人呢？"蒋南羽厉声道。

掌柜打个哈欠："自然是走了。南来的北往的，都要讨生活，即便是雨大，也要赶路。"

"找人！帮我找人！"蒋南羽焦急起来。

"找……找谁呀？"掌柜还未明白过来。

"自然是胡巡长！他失踪了，并不在房间里。"蒋南羽大声道。

"我天！"掌柜明白过来，急忙走出柜台，召集伙计。

……

客栈上上下下，每一个房间，每一个角落，都被搜了个遍，别说是人，毛都没有找到一根。

"不会……不会被精怪带走了吧？"掌柜凑过来，可怜巴巴地说。

"哪来的精怪！"蒋南羽虽然这般说，心里也在打鼓。

接受西方现代教育的他，从来都将这些当成传说看待，但自从来到风陵渡之后，不知为何一直以来内心的坚守在一点一点地分崩离析。

如同堤坝，可以听到即将崩塌的声响。

或许，真的有精怪吧。他想。

"找到了！"有喊声传来，接着一个气喘吁吁的伙计露了面。

"找到胡巡长了？"蒋南羽大喜。

伙计一脸雨水："人是找到一个，但不知道是不是？"

"说得什么混账话！人呢？"掌柜骂了一句。

"后院！"

客栈的后院，那棵老槐树。不知活了多少年的老槐树，枝叶繁茂，铺展如伞盖，罩住一方天地。

一根粗斜的枝干上，倒吊着一个人。

这时候，蒋南羽才明白伙计先前那句话的意思。

此人，根本看不出是不是胡淑芬。

衣服被扒得光腚溜溜，赤条条的一堆干瘦排骨骷髅肉，风吹雨浇，冻得青紫颤抖，肿得猪头一般的脑袋上，面目全非，双唇如同香肠斜斜耷拉着，嘴里被塞了一只臭袜子，有一声没一声地哼哼。

"愣着干什么，还不解下来!?"掌柜带着伙计急忙上前。

"莫要动。"身后一声沉喝。

众人转过头，发现不知何时李亚子出现在雨中。

老头背着双手踱过来，看了看，道："中了毒，动便死。"

"我亲娘!"方才还热心肠的掌柜吓得狗咬一般跳开去。

"中毒?"蒋南羽无论如何也看不出来吊着的这"猪头"有中毒的迹象，分明是被人狠揍了一顿呀。

"风毒。"李亚子对掌柜道，"店里有五年以上的黑狗吗?"

"黑狗? 五年以上?"掌柜挠挠脑门，"小店没有，不过隔壁车把头老赵倒是有一条癞皮狗。"

"速速取来。"李亚子不容置疑道。

掌柜掉头就跑，时候不大，果真死拖硬拽牵来了一条癞皮狗。

李亚子扯掉"猪头"嘴里的臭袜子。

"我要杀了那个娘们儿! 妈的，竟然敢袭击本大巡长! 何其过分! 何其放肆……"

得，听到这话，众人心中都确定这"猪头"是胡淑芬胡巡长了。

李亚子从口袋里摸出一个玉瓶，倒出一颗黑乎乎的丹丸，塞进胡淑芬嘴里，让他咽下去，然后干净利索地杀了那老狗，将一盆热腾腾的狗血劈头盖脸浇过去，胡淑芬杀猪一般叫起来。

"若想死，你便叫。"李亚子一句话，顿时让胡淑芬老实闭嘴。

李亚子呵呵一笑，完整地剥下狗皮，连血带泥地裹在了胡淑芬身上。

"好了。"做完这些，老头掏出旱烟，点着了。

众人退到檐下，耐心等待，却苦了胡淑芬，倒吊在树上，一身狗血，裹着身狗皮，真是惨不忍睹。

约莫过了一炷香的时候，李亚子点了点头，掌柜带人将胡淑芬放下来，这货双腿瘫软地被架过来，烂泥一般。

掌柜让人烧了一桶热水，给他洗了，又换了一套干净衣裳，忙活了半天，这胡大巡长虽然还是肿得面目全非，但气色分明好多了。

"巡长，谁对你下的手？"蒋南羽强忍住笑。

"还能是谁!？风四娘那个臭娘们儿呀！我说掌柜的，别傻站着呀，给我拿块镜子来！"胡淑芬拍着桌子，"我觉得脸皮紧得狠，好生难过。"

掌柜取来镜子，胡淑芬照了一眼，如丧考妣。"哎呀！哎呀！我的亲娘！这不是破相了嘛!？这让我大名鼎鼎、风流倜傥、智勇双全、玉树临风、视金钱为粪土的胡大巡长日后怎么在警界混！"

"巡长，到底怎么一回事儿？风四娘怎么会对你下手？"蒋南羽问道。

胡淑芬放下镜子，明显心虚地降低了声音："也没啥，她不是个寡妇嘛……这个，你也知道本大巡长无有家室，看上她，那是她的福气，所以半夜去找她谈个心儿……"

原来听到门响，不是做梦，而是他出去了。

"结果……"胡淑芬双手捂脸，"这臭娘们儿笑嘻嘻地将我往屋里引，本大巡长欢天喜地进去后，只觉得脸上一疼，就什么也不知道了。"

看着那张面目全非的"关公脸"，蒋南羽终于忍不住笑起来。

"要说呀，女人都不是好东西。"站在旁边不远处的掌柜，听了胡淑芬叙述的遭遇，满是同情，"不是有句古话嘛，红颜祸水呀！"

呜！

一把茶壶横飞出去，准确地砸在掌柜的脸上。

"说谁祸水呢!？说谁呢!？"胡淑芬指着他自己的那张"关公脸"。

闹腾了一番，终于消停了。

胡淑芬对李亚子道了谢，二人回屋收拾了东西，等那雨停歇。

到了黄昏时分，下了一天一夜的大雨终于渐渐沥沥变小了。

"已经耽误了半天，走吧。"胡淑芬沉声道。

蒋南羽点头，二人下楼，结算了店钱，一前一后出门。走了一段路，发现前面有个老头背着个大包裹，不紧不慢地行路，不是那李亚子还能是谁。

"哟，鸭爷呀！真是巧了，你这是去哪儿？"因救了自己一命，胡淑芬对李亚子十分客气。

"对面山上，太平庄。"

"太平庄呀，呵呵……慢着！"胡淑芬跳了起来，"你去哪儿！？太平庄？！你也去太平庄？！"

李亚子点点头。

"去太平庄干吗？"胡淑芬扯住李亚子。

"看风水。"

"看风水？"

李亚子解释道："陆建武请我去看看他们家坟冢的风水。"

"那家伙呀！"胡淑芬叫了起来。

蒋南羽问道："巡长，陆建武是谁呀？"

"老都督唯一的弟弟，少都督的叔叔。老都督死了之后，少都督离群索居，足不出庄，陆家庞大的家产都交给了陆建武打理。这老头十分了得，政界、商界后台很硬，堪称陆家的顶梁柱，脾气吧，冰冷严厉，却也是个好人。就是他那儿子陆景瑞，是个混账货，抽大烟，玩女人，纨绔子弟一个，早晚得败家。"

胡淑芬说了一通，又道："不过，他们家是应该看看风水了，祸事不断，八成就是坟冢有问题。"

蒋南羽有点不信这个，笑了笑。

胡淑芬对李亚子道："鸭爷怎么不早说，早知道你也去太平庄，那便叫你同行了，别的不说，跟着我胡大巡长，保准你老人家吃香的喝辣的。"

"一个跑江湖的，怎敢劳胡巡长的大驾。"

"客气了，你这客气了不是，咱们谁跟谁呀。"胡淑芬装模作样地挽着李亚子，说话间就来到了渡口。

风陵渡，不愧是天下第一名渡口，扼黄河之咽喉，踞三省之要道，烟雨之下，看尽世事沧桑。

风萧萧，林森森，浑浊的黄河水急速流淌，河面宽阔，苍茫一片。远处的山，连绵起伏，仿佛一条巨龙盘伏于天幕之下，那便是中条山了。

渡口空荡，看不到一艘船儿。

"黄老狗呢？不是应该在这里摆渡吗？"胡淑芬转了一圈，气道。

"或许还未折回吧。"蒋南羽垫脚看了看河对面。

三人等了半顿饭的工夫，果然见河面上一艘木船晃悠悠地驶过来，一条大黑狗站在船头，汪汪大叫。

"巡长？鸭爷？你们这是要过河？"身披蓑衣的黄老狗停了船，笑道。

"到这里不过河，难道是游泳吗？赶紧的！"胡淑芬飞身跳上了船。

蒋南羽扶着李亚子跟上，黄老狗将船掉了个头，飞快划向对岸。

湍急的河水将船拍得摇摇晃晃，阔大的河面上，这船真如同一片草叶般起起伏伏，让人心惊胆战。

胡淑芬一张脸吓得没有血色，蹲在船舱里不敢往外看，对黄老狗道："我问你，看到戏班那伙人了没？"

"猴五呀！天亮时渡他们过去了。"

"好呀！果真是过去了。不要让我看见，若是落到我胡大巡长的手里，嘿嘿，定饶不了那个臭娘们儿！"胡淑芬咬牙切齿。话音未落，一个巨浪打过来，船猛颠起来，重重落下，胡淑芬迎面撞在船舷上，疼得杀猪般叫起来。

时候不大，渡船稳稳地停在对面渡口，早有商贩等候了。

胡淑芬在这一带，也还算有些名头，有人见了，纷纷打招呼。

"胡巡长，这是去哪儿呀？"

"公干！太平庄公干！"

"太平庄？可去不了。"一个上了年纪的商贩道。

"如何去不了？"胡淑芬跳上岸，没好气道。

"下了一天一夜的大雨，山上泥石俱下，把山道给冲垮，堵上了。我等刚从栖岩寺进香回来，晚一步就没命了。"商贩解释道。

"怎么这么倒霉！"胡淑芬拍了一把大腿，没主意地看着蒋南羽。

"除了那条山路，没别的路了？"蒋南羽问。

众人摇了摇头。

胡淑芬和蒋南羽大眼瞪小眼。

黄老狗此时笑道："也不是没路，我倒是知道有一条小路通向栖岩寺，就是要多走几十里，而且人迹罕至，极为难走。"

"有路就好！"胡淑芬大喜，扯着黄老狗道，"你带路！"

黄老狗面色为难："巡长，我去带路，谁来摆渡呀？"

"摆个屁呀！公干，老子这是公干，懂吗？"胡淑芬厉声道。

黄老狗见甩不掉这个狗皮膏药，只得道："我先将这帮客人摆过去，将你们送上山再回来。"

"赶紧的！"胡淑芬挥了挥手。

黄老狗将渡口上的人摆到了对面，掉回头，系好了船，带着那条老狗，头前领路。

走了一段土路，终于开始进入中条山。

雨又开始下起来，越来越大。

四个人艰难跋涉在山间小径上。说是山道，不过是些山客、野兽踩出来的鱼肠路，曲折难行，荆棘丛生，路面又滑，几人跌跌撞撞，不免摔得七荤八素。

四个人浑身湿透，山里寒冷，冻得哆哆嗦嗦筛糠一般，豆大的雨点噼里啪啦打在身上，冰凉的雨水顺着衣服领子往里灌，连头都抬不起来，简直是步步难行。

天色逐渐暗下来，莽莽山林侵浸在黑暗中，时不时传来一两声兽鸣，平添无比的诡异和恐怖。

视线完全模糊，死狗一般地喘着粗气，蒋南羽觉得这座大山如同有生命一般，正在将自己的体力迅速吸走。

走在最后的胡淑芬，脚下打滑，一屁股跌坐在地，叫道："不行了，走不动了，我们找个能躲雨的地方歇息一晚吧，不然不是累死了，就是冻死了，或者被山里的老虎豺狼给吃了！"

蒋南羽看着黄老狗。

胡淑芬说得不错，天色已晚，大雨如注，实在是走不下去了。

"这前不着村后不着店，除了树就是树。"黄老狗摇了摇头。

也是，荒山野岭的，哪来歇脚的地方？

"山神老爷听我言，我乃山间一莽汉，夜黑下山求护佑，再上山来烧纸钱……"四人正失望间，却见上头摇摇晃晃来了个人影。

走得近了，发现是个挑着柴火的樵夫。

胡淑芬大喜，看见人，那就有希望了。

"喂，樵夫，快到栖岩寺了吧？"胡淑芬大声道。

樵夫放下柴，打量了四人一眼，道："早着呢，还有三四十里的山路。"

"还有那么远！"胡淑芬哭丧着脸，又道，"那这附近有没有人家？"

"没有，山里头哪有人家。"樵夫摇头，"离得最近的就是我那庄子了，在山下，诸位要是不嫌弃，跟我回去住一晚也行，马上天黑了，又下着雨，可不能在山里过夜。"

"周围没有歇脚的地方吗？"费了这番工夫才来到这儿，蒋南羽自然不想下山。

"歇脚的地方，没有。"

此时，李亚子跃上一块巨石，往上头看了看，笑道："你这樵夫不老实，那里不就有现成的地方吗？"

蒋南羽快走几步，上了高坡，果然见前方一片平地，连绵的建筑掩映在苍天古木下。

这片建筑，占地面积倒是不小，似乎是座巨大寺院，可惜荒废了，只剩下残垣断壁。

"那后面的一进院子，倒是能住一晚。"李亚子道。

应该是佛寺的后院，保存得相对完整，有几间房屋虽然塌了半边，倒是能遮风挡雨。

樵夫听了这话，急忙摆手："各位，这地方住不了人！"

"为何住不了人？"蒋南羽道。

樵夫左右看了看，面色诡异，凑过来小声道："实不相瞒，闹鬼哩！"

"胡说八道。"蒋南羽呵斥道。

"闹鬼，闹什么鬼？"胡淑芬明显胆怯起来。

樵夫叹了口气，道："此地，是原先栖岩寺的中寺。这栖岩寺呀，乃是隋朝时建的国寺，规模巨大，不断扩建，分为上中下三寺，下寺在山下，这里是中寺，你们说的栖岩寺，实际上是上寺。如今栖岩寺荒废了不少，只剩下那上寺了。"

众人这才明白过来，齐齐点头。

樵夫又道："这中寺荒废得最早，加上后来又有了新的山道，就更没人来了，经常闹鬼，说是半夜三更，有三目鬼出来害人，凡是晚上路过此地的行人，都死于非命不说，还会被挖去双目！"

"真的……假的呀？"胡淑芬两股战战。

樵夫笑道："我骗诸位做什么，有人还听过那鬼笑呢，闹鬼闹了好几年了，那后院还是山民收拾出来的，塑了尊关老爷的神像，不过听说关老爷也压不住。"

众人沉默。

"这事儿闹得凶，整个中条山都人心惶惶，还是栖岩寺的高僧出面，请来了大慈大悲的观世音菩萨，又立了一尊大力三目童子神像，以图祛除。圣像开光那天，信众如云，高僧登坛作法，真是满天神佛显现，光华万道……"

"满天神佛显现？传说吧？"蒋南羽忍不住反驳道。

樵夫急了："怎能说是传说呢！我亲眼所见，冲天香火之间，浓香扑鼻，那香味真好闻，香火之上，神佛显现。不光是我，很多人都在场！"

蒋南羽见他说得有鼻子有眼的，十分肯定，不好反驳他，由他说。

"不过，尽管那圣像立了起来，高僧还是告诫我们，这条路少走，尤其是晚上，万不能在山林中歇息，所以谁也说不准那三目鬼还在不在。"

众人你看看我，我看看你，不知这樵夫所说是真是假。

樵夫又道："诸位还是听我一言，跟我下山算了，歇息一晚，明早再上来，不必在此枉送了性命。"

胡淑芬听完，抢先道："是了是了，这樵夫说得有理，雨这么大，要是滚下来泥石，将我们埋了，也不划算，不如下山。我虽然之前通知过太平庄说今日到，但晚了一天，他们应该不会埋怨。"

蒋南羽看着他那糗样，笑道："我看巡长是害怕那三目鬼了吧？"

胡淑芬面皮一颤，拍了拍胸膛："胡说！我堂堂胡大巡长，智勇双全，还怕什么鬼怪吗！"

"既然如此，那就在此休息一晚，有何不可，下山再上山，太浪费时间。"蒋南羽看着李亚子，"鸭爷，你说呢？"

李亚子呵呵大笑："我年纪大了，经不起来回折腾，反正今晚我在这里歇，你们随便。"

"我陪您老人家。"蒋南羽挽着李亚子走向荒寺。

黄老狗跟上。

"几位，这里真的闹鬼呀！"樵夫大急。见众人主意已定，摇了摇头，"不听好人言呀……唉，恐怕今夜又要多几个枉死鬼。"

言罢，挑着柴火下山了。

留下胡淑芬一个，上也不是，下也不是。

"巡长，还不过来？你一个人留在那里，有鬼哦。"蒋南羽笑道。

"说的屁话！鬼来了，老子一枪崩了它！……喂，我说你们，忒不讲义气，等等我呀！"胡淑芬缩着脖子，一溜烟跟了过来。

寺院果真是荒废了。

原本的辉煌宫殿、琉璃檐瓦、木梁石柱，横七竖八地倾倒在地面上，被尘土覆盖；墙上原先光鲜亮丽的壁画层层脱落，只剩下暗淡的几抹金粉还默默诉说着往日的辉煌；巨大的石雕菩萨浅浅微笑，慈悲无比，身子却剩下半边，被藤蔓围裹，鸟儿在头上筑了巢。

四个人，穿过一片残垣断壁，推开摇摇晃晃的半扇木门，来到后院。

院落很小，看得出来已经长时间无人打扫。

东西两边是两间小小的偏殿，里头空空荡荡，分别立着关公和土地爷，陶制的香炉里满是鸟兽的粪便。

正中的大殿倒了半边，一尊巨大的石雕护法神像屹立在昏暗中。神像足有两三米高，全身呈漆黑之色，顶上有七髻，辫发垂于左肩，左眼细闭，下齿啮上唇，现愤怒相，背负猛火，右手持利剑，左手持罥索，怒目圆睁，面目狰狞，望之令人心惊。

"老天爷，这里怎么还供奉个妖怪？"黄老狗在大殿生了一堆火，抬头看了看这神像，惊道。

李亚子呵呵一笑："哪里是妖怪？此是不动明王，乃唐密毗卢遮那佛的化身，奉大日如来教令，呈现愤怒形相符一切恶魔之大威势明王，是一等一的大护法。"

"原来是护法呀！小的方才胡扯，恕罪恕罪！"黄老狗双掌合十，参拜了一番，抬起头，又叫了起来，"怎么这护法长了三只眼?！"

李亚子一副少见多怪的样子，道："这些大护法，以愤怒相破除魔道，自然无比威武，多一目是自然，雪域藏地护法，大多是三目，不过唐密的不动明王并非如此，可能是特意塑造的吧。"

"鸭爷真是学识渊博，佩服，佩服。"胡淑芬这回真算是服了。

奔走了半日，也是饿了，众人取出干粮，围火而坐，狼吞虎咽填饱肚子，李亚子从包裹里拿出茶壶、水罐，泡了茶水，四人喝着热茶，听着外面雨打松涛，倒是多了一份惬意，便开始说些闲谈来。

"鸭爷，此次少都督叔父陆建武请你去看他们家坟冢风水，是不是因为发生在少都督身上的一连串怪案呀？"胡淑芬问道。

李亚子点了点头。

"我倒是不信什么风水不好祸及子孙这样的事情。"蒋南羽接道。

"蒋长官不信风水？"李亚子似乎并不觉得意外。

蒋南羽摇头。

李亚子呵呵一笑道："我中华文化，源远流长，风水一说，更是历史悠久的一门玄术，之所以延续几千年而不灭，自有它的道理和可取之处。山川河流，乃天地精气运行之脉络，藏风聚气之所，定然是精华凝聚之处。所谓道法自然，自然为大，与其合一，顺其正，得其荫，也是好的。用洋人传来的那一套，怎么说……对，也是一门科学。"

"这说法我倒是同意，不过祖先埋下去，早就成了一堆枯骨，风水不好，顶多枯骨受罪而已，和后人没有什么关系吧？"蒋南羽反驳道。

李亚子正色道："山有穷山，水有恶水，凶险之地，尸骨定然不得安宁。人之血肉，出自父母祖宗，冥冥中有种无法言明的联系。汉代时，皇宫里悬一铜钟，某日竟然不击自鸣，汉帝怪之，招东方朔询问，东方朔言周遭百里，定然有山崩。汉帝不信，命人寻探，果真有一山崩塌。诸位，知道其中的缘由吗？"

三人都摇头。

李亚子道："崩塌的乃是一铜山，自鸣之钟，便是用此山之铜铸造，一个无性命的铜钟都是如此，何况是有血肉联系的祖宗与后代之间呢？"

李亚子一席话，听得蒋南羽默默无语。

"那三目怪婴，不，僕囊，真的存在吗？"胡淑芬咽了一口口水，紧张道。

李亚子点燃了烟锅，道："精怪传说，古今都有，不仅我国，外国亦有，世界之大，很多事情超乎我们的想象，没看过，不代表没有。"

"鸭爷的意思是，这猴囊存在？"蒋南羽道。

李亚子笑道："我可没这么说。不过，佛教里说，世间一切都是虚空，所见一切都是幻象，诸相由心而生，人心有精怪，精怪自现，你说呢？"

蒋南羽点头称是。

李亚子又道："佛法乃至法、真法，所言非虚，万法归根到底，讲的不过是'因果'二字，世间万物、万相，皆是因果，有什么样的因，就有什么样的果，除此之外，别无其他。"

"鸭爷说得极是！"黄老狗极为信服，看着篝火，双目含泪，感慨道，"的确是有什么因，便会有什么果呀！"

"看来说到了你的伤心处。"胡淑芬道。

"你们眼前的这位，很有故事呀，呵呵呵。"李亚子看着黄老狗，笑了一声，转头看着门外的大雨。

李亚子和胡淑芬都好奇地望着黄老狗。

黄老狗笑笑道："凑到一起，也是缘分，都是陈芝麻烂谷子的事儿了，说来也不怕大家笑话。"

黄老狗起身，取来些柴火，添旺了火，道："我先前，并不是个摆渡的，打我祖上起就是世代的河工。"

"河工？"蒋南羽没听明白。

黄老狗道："所谓的河工，分为两种：历朝历代，朝廷都对黄河崇敬有加，不仅派专人祭祀，更会组建特殊的人去治理黄河，这些人，是为官面上的河工，称之为阳河工；还有一种，便是我的祖先，观阴阳、通百鬼、习分水，出入于黄河之中，专门淘取掩埋在黄河里的宝物，称之为阴河工。"

蒋南羽和胡淑芬闻所未闻，不免听得入神。

黄老狗叹道："我自小便得家传，九死一生，不知从黄河里掏出了多少东西。黄河里的那些东西，大多诡异得很，私自淘取，本来就不是正道，时间长了，难免会作孽，故而阴河工大多没有好下场。后来，我决定洗手不干，娶了媳妇，生了个女儿，本想便这般有滋味地活着，怎想因果之说不虚，我做的孽，报应很快就来了，先是媳妇无缘无故淹死在黄河里，然后就是女儿遭了罪。"

"我那女儿，真是花容月貌，她娘死得早，是我一把屎一把尿把她带大。眼见得到了出嫁的日子，寻了个踏实人家，嫁了。出嫁当天，半路上被个恶霸看上，那畜生乃是官宦之家，有钱有势，带人把我女儿强抢了去，将我女儿玷污。我女儿性烈，瞅个空当逃出来，一头扎进了黄河。"

"有这等恶人，应该上报呀！别人不说，我胡大巡长也会给你出头！"胡淑芬怒道。

黄老狗苦笑道："那恶人的势力，便是你，恐怕也招惹不起。"

"女儿死后，我万念俱灰，买了把洋枪，日夜寻找机会。终于让我等到，一把火烧了那恶霸宅子，开枪将其打死，然后逃了出来，此后便在风陵渡隐姓埋名摆渡为生，所赚的钱财，除了吃喝，全都拿出来行善，也算是为她娘儿俩积福，让她们早登极乐。"说到伤心处，黄老狗潸然泪下，又道，"所以，因果这东西，我是相信。"

这时，那只老黑狗汪汪地朝着外面的黑夜叫了起来。

"这狗今天怎么一直叫个不停，烦死人。"胡淑芬上前想把狗赶回大殿，怎料那狗竟然纵身一跃，蹿到外面，一溜烟钻进林子里去了。

"这死狗，以往从不离我半步，今日怎么了？"黄老狗骂了几句，又道，"不管这畜生，来来来，喝茶。"

四人又喝了一壶茶，困意犯了上来。

"不早了，休息吧，明天还要赶路。"蒋南羽道。

寻来干草，铺在地上，发现地方狭小，如何也睡不了四个人。

"我去东边配殿睡吧。"黄老狗夹了卷干草。

"安全起见，我陪你。"蒋南羽站起来。

黄老狗哈哈大笑："你还真信樵夫的那些鬼话？当年我黄河里来去自由，见过了多少怪事？没事。再说，那配殿里有关老爷神像在，哪个小鬼儿敢来？"

言罢，黄老狗夹着干草，哼着小曲，去了。

大雨到深夜，依然没有停息的意思，大殿里光线逐渐暗淡下来，火中的木柴偶尔炸了个火花，爆裂声清脆。虽然身底下铺着干草，但滋味极其不好受，一来下面太硬，二来地面冰凉加上又是雨夜，很是寒冷。

李亚子昏暗中没了声音，估计是睡着了，蒋南羽和胡淑芬却是辗转反侧。

"巡长，这次去太平庄，你有什么计划？"蒋南羽问道。

胡淑芬翻了个身："计划？能有什么计划？老子之前办了三次案，哪一次不是想破了脑袋计划得天衣无缝，但后来还是查不出个结果。菩萨保佑，这一次，可别再出事了。出一次事，老子的职位就往下降，再降一次，老子就成泥腿子了。唉，阿羽呀，你是不知道，当年我在太原，那叫一个风光，小酒儿喝着，美人儿搂着，那滋味……现在半夜三更在这深山老林睡破屋，真他娘的倒霉。"

"前三次怪案发生的时候，我的意思是说从孕妇生产到母子死亡，是个什么状况？"蒋南羽低声道。

胡淑芬打了个哈欠，有些不耐烦："我之前不是跟你说了嘛，基本上都一样，卧室里生产，那屋子密闭着，只有少都督和产婆进去。忙活了很长时间，孩子生下来后，孕妇就发疯一般打人咬人，产婆被赶出来，然后里面就一阵闹腾声，估计是少都督也被赶了，等我们冲进去，产妇死了，少都督昏了。"

"每次都这样？"蒋南羽坐了起来。

"嗯。每次都这样。"胡淑芬的声音变得低沉起来，"第三次，就是三年前的那次，我提出带着手下进去保护，结果当场被拒绝了。想想也对，女人生孩子，男人都不能在场的，何况还是我们这些陌生人，而我也看了产妇，身体极为虚弱，几乎就是昏睡，人多了受到刺激更不好。"

"说到产妇……"蒋南羽疑惑道，"你没觉得有蹊跷的地方吗？"

"什么意思？"胡淑芬问道。

"在孩子生下来之后，都发疯一般往外赶人，这实在是没必要呀。何况，三任妻子都是如此，你就没觉得奇怪？"

"当然奇怪了。"胡淑芬也坐了起来，点了根烟道，"不过你仔细想想也就明白了——这女人呀，都有个自尊心，陆家是名门，少都督千顷田里一根独苗，都盼着能够有后人继承香火，结果生下来的都是畸形，哪个当母亲的愿意让人看到？千辛万苦，到头来是个怪胎，估计精神都承受不了。"

"也是。"蒋南羽觉得胡淑芬说的有道理。

就在此时，二人的谈话声戛然而止。

两个人，身体同时颤抖了一下，脸色骤变。

风雨之中，外面漆黑一片的密林里，隐隐约约传来了若有若无的声音。

那声音，低低的，幽幽阴森，分明是婴儿的啼哭。

"怎么有……有孩子哭呀?!"胡淑芬吓得要死，老鼠一般往蒋南羽这边靠过来。

蒋南羽站起来，走到店门口，仔细分辨。

林涛声声，那哭声，似乎又消失了。

"好像，没有了。"蒋南羽走回来，坐下道。

"可我刚刚分明听到了……你听！又来了！"胡淑芬声音颤抖。

这次，听得清楚了，的确是婴儿的哭声。

但那哭声，和普通的婴儿啼哭不同，乍听起来像哭，可仔细听下去，分明又像是笑，中间间隔着低低的咳嗽，如同一只老猫一般。

"的确……的确是婴儿呀！"胡淑芬吓得掏出了枪。

"要不，去看看?"蒋南羽道。

"别扯了！我不去！"胡淑芬脑袋摇得像个拨浪鼓，"会不会是樵夫说的三目鬼来了?"

"哪来的鬼！"蒋南羽觉得好笑，"巡长，鬼怪之说向来是虚无缥缈之事，当不得真。"

"可樵夫说了，这山道里有人看到过，而且还有人被三目鬼害了，挖去了双眼！"

"在这深山老林行走，本来精神就容易紧张，出现幻觉也说不定。至于有人死了，双目被挖，可能是碰到了山里的猛兽。三目鬼之说，反正我是不信。"

"当初听我的，跟着樵夫下山，多好！非得在这里担惊受怕！"胡淑芬走过来，把蒋南羽挤到外面，道，"外面到底是个什么东西还不知道，我们不能全睡了，轮流守夜，你先第一轮。"

言罢，这货抱着枪缩到里面去了。

蒋南羽哑然而笑，走到篝火旁边，添了干柴，靠着大殿里的柱子，面对门口，一边抽烟一边盯着外面的夜色。

他根本就不相信什么三目鬼，所以也不害怕。

雨声骤大如鼓，噼里啪啦，淹没松涛声，变成一阵阵巨大的回响，那婴儿啼哭声，再也没有出现。

蒋南羽靠着柱子，一阵阵困意袭来，篝火升腾，变幻，终于混沌一片。

蒋南羽做了一个梦。

梦见自己在山林中奔跑。

黑暗的山林，下着雨，没有道路，四处都是高高的荒草和荆棘。

自己好像在逃，在躲什么东西。

那东西就在身后，速度极快。

好恐惧呀！心儿揪在一起，随时都会从胸口跳出！

一阵连着一阵的哭声在周围回荡，梦中的自己气喘吁吁，脚步踉跄，慌不择路。

快速地奔跑，猛地停住，抬起头，赫然在前方发现了一个小小的身影！

一个面目丑陋的婴儿，全身紫黑，生有三目，对着自己嘿嘿怪笑。

"有鬼！"蒋南羽大喊一声，坐起来！

好冷。

篝火不知道什么时候熄灭了，大殿里一片黑暗，水汽带着寒意侵袭而来，冻得自己忍不住哆嗦了一下。

啪。蒋南羽划了根火柴，想重新点起火，就在火光亮起时，一股冷风吹进来，吹灭了火柴。

呜，呜呜呜……

一阵低低的哭声，传了进来。

那哭声，是如此的真切，距离如此的近，分明就在大殿外面！

婴儿的啼哭。

一股凉气顺着脊梁骨往上蹿，蒋南羽觉得自己的头发竖了起来。

"谁!?"低喝一声，蒋南羽抽出配枪。

呜，呜呜呜……

那哭声又幽幽而起，断断续续。

"巡长！起来！"蒋南羽此刻产生了恐惧，扯了扯身后的胡淑芬。

胡淑芬睡得死狗一般，被生生扯起，打扰了他的好梦，十分恼怒："干什么？正梦到好事呢！"

"别说话，你听！"蒋南羽低声道。

胡淑芬安静了一会儿，问道："听什么？"

"哭声。"

"别吓唬我，哪有什么哭声。"胡淑芬踢了蒋南羽一脚，"火怎么灭了？让你守夜，你睡过去了吧？"

哧啦。一道亮光闪现，胡淑芬重新点起了火。

"巡长，我刚才真的听到了哭声，就在外面，好像就在门口。"

胡淑芬吓得一激灵："真的？"

"我骗你干吗！"蒋南羽往胡淑芬身后扫了扫，突然愣住了，"鸭爷呢？"

"这老头睡得比谁都死，他娘的……"胡淑芬调过头来，顿时也目瞪口呆。

最里头，原先李亚子睡觉的地方，空空荡荡，哪有半个人影。

"人呢？"胡淑芬叫道。

"你问我，我问谁。"蒋南羽持枪在手，站起来就往大殿门外走。

"干吗？"胡淑芬伸手拦住，"你要出去？"

"哭声就在外面，鸭爷不见了，我怕出事，看看去！"蒋南羽急道。

"谁知道外面那鬼东西在不在？如果它就等着我们出去呢？"胡淑芬明显不愿意出去。

"你我两个男人，手中又有枪，怕什么？走！"蒋南羽举起一根燃烧的木头，冲出大殿，胡淑芬紧紧跟着。

不知道什么时候大雨已经停歇，月亮在天幕上露出了半边脸。

朦胧的月光，照射着密林，照射着残垣断壁，氤氲着水汽，眼前的世界说不出的怪异。

"鸭爷！"蒋南羽站在院子中，大声叫了一声。

周围死寂一片，既看不到李亚子的身影，也得不到任何的回应。

"会不会是半夜出去撒尿了？又或者，去找黄老狗聊天了？"胡淑芬警惕地看着四周，声音颤抖道。

"不太可能，鸭爷是个老江湖，生性谨慎，不可能一声不吭就走了。"

蒋南羽往东配殿看了看，大声叫了一句黄老狗的名字，也得不到回应。

不知为何，一股不祥的预感浮上心头。

"看看黄老狗去！"蒋南羽一马当先，大步来到东配殿。

东配殿木门紧闭，蒋南羽刚想去推门，身形突然顿住。

紧跟在后面的胡淑芬差点一头撞到蒋南羽身上。

"他娘的，又怎么了？"胡淑芬气道。

"巡长……你看。"蒋南羽挪开身体，将手中的火把凑近了那扇木门。

火光映照之下，胡淑芬睁开那双小眼睛往门上瞅了瞅，看得清楚了，不由得倒吸了一口凉气，噔噔噔往后退了几步。

"有……有鬼！"胡淑芬魂飞魄散。

斑驳的木门上，赫然出现一个血手印。

一个小小的，但十分分明的血手印。

一个婴儿的手印！

"三目鬼！偎囊！妖怪！"胡淑芬尖叫。

蒋南羽一脚将配殿木门踹开，冲进屋里，拿火把照了照，见里头空荡无人，蹲下来摸摸干草，冰凉无比。

"黄老狗也不见了。"转身出来，蒋南羽脸色死灰。

胡淑芬昂起来脸，看着蒋南羽，战战兢兢道："不会被鬼吃了吧？"

"我看有蹊跷！"蒋南羽看了看周围，道，"一个人不见了或许还说得通，两个人都不见了，那就说明一定出事了！巡长，我们四处找找！"

"找找？别了，我看我们还是回大殿吧，等他们回来。"

"人命关天，万一出了事，那就晚了！"蒋南羽知道胡淑芬已经吓破了胆，其实，自己此刻心里也恐惧无比。

两个人紧挨着，举着枪，慢慢出了后院，朝前面的连绵废墟走去。

风起，呜呜地刮着，树叶哗啦啦响，树影婆娑，偶尔传来一两声猫头鹰的叫声，越发让人心惊胆战。

"南羽，南羽！"走了几步，胡淑芬捅了捅蒋南羽，声音简直比哭都要难听。

"怎么了？"

"我，我好像看到鬼了！"胡淑芬一手捂住自己的嘴巴，生怕自己会吓得哭出来。

"鬼？在哪里？"蒋南羽被他搞得快要崩溃。

"左前方，石梁上……"

左前方？石梁？

蒋南羽顺着胡淑芬说的方向望过去，脑袋轰的一下，一片空白。

那是一根巨大的石梁，想必是庞大建筑的梁顶，倒塌下来，离地足有两三米高。

就在那石梁之下，一个黑影摇摇晃晃地悬浮着！

分明是一个人形，却双脚离地，悬在那里，无声无息地看着二人！

难道这世上，果真……果真有鬼吗?!

"谁!? 谁!? 不说话老子开枪了!"胡淑芬喊了一声，抬手就是一枪。

子弹呼啸而出，可惜枪法太臭，射在石梁上，崩出一道火花。

那人影，没有回应，亦没有任何的躲闪。

"到底何方神圣呀!? 我后面院里可有关老爷!"胡淑芬色厉内荏地叫道。

"巡长，那好像……好像是个人。"一阵风刮过，蒋南羽看见那影子身上的东西飘动了一下。

"人?"

"嗯，好像是个人。"蒋南羽胆子大起来，举着火把走过去。

待二人看清楚了之后，胡淑芬忍不住啊地叫了一声。

的确是个人。

是本该睡在东配殿里头的黄老狗。

他死了，死得很难看。

一根结实的青藤死死缠住了他的脖子，将他吊在石梁上，舌头耷拉着，足有二尺长。

更恐怖的，是那张脸。

枯瘦的脸上，双目被挖去，鲜血淌了一脸，顺着脸颊、下巴流下来，滴答滴答地落到地面上。

"半夜害人，挖人双眼……"胡淑芬死死拽住蒋南羽，"阿羽，这正是那三目鬼呀！它来了！就在这里！"

胡淑芬本来就胆儿小，惊吓过度，快要精神崩溃了。

蒋南羽铁青着脸，走到黄老狗尸体下，昂头仔细观察。

"巡长，黄老狗的双目，似乎，不是人挖走的。"

"当然不是人挖的了！这分明就是鬼干的呀！"

蒋南羽摇头，指着黄老狗的眼窝道："你看，伤口尖利，好像是动物的爪子。"

"动物的爪子?"胡淑芬也仔细瞅了瞅，"好像是，不过阿羽呀，如果是动物弄死了黄老狗，也不会把他吊起来！你忘了，黄老狗的门上可有个婴儿的血手印！"

蒋南羽现在头脑很乱，理智告诉自己所谓的鬼怪根本不存在，但眼前的情况着实太可疑。

不过此刻，他更担心李亚子的安全。

黄老狗死了，李亚子不知所踪，会不会也遭了毒手?

扑通！

就在此时，后院里发出一声闷响。

蒋南羽闻声而动，豹子一般转身冲了回去。

嗖！

一道人影晃过，速度之快，如同离弦之箭。

"哪里跑!?"蒋南羽大喜，拦住人影去路，举枪瞄准。

"是我。"屋檐阴影笼罩下，一个声音传来。

"鸭爷?"蒋南羽愣住。

一个人缓缓从檐下走出，月光照着那顶瓜皮小帽。

"鸭爷，你去哪儿了?"蒋南羽收起了枪。

胡淑芬此时气喘吁吁地跑回来，看到李亚子，道："你没死呀?"

"当然没死。"李亚子似乎累得够呛，喘息着，在石阶上坐下来，掏出烟锅，点着。

他的脸上满是汗水，肌肉在微微颤抖。

"黄老狗死了。"蒋南羽道。

"我知道。"李亚子点点头。

烟雾笼罩了他的脸，看不清这个老头的表情。

"你怎么知道的？你跑哪儿去了？"胡淑芬问道。

李亚子从身后拖出了个东西，使劲丢过来，啪嗒一声，落在胡淑芬脚下。

那东西很重，发出一声闷响。

狗，跟着黄老狗的那条老黑狗。

不过，也死了。

满身是血，皮开肉绽，身上伤痕累累，满是利爪的痕迹。

"这周围，有东西。"李亚子眯着眼睛看着幽幽林莽。

"当然有东西了！"胡淑芬快要哭了，坐下来，结结巴巴把事情说了一遍。

"婴儿的血手印？你们看清楚了？"听到东配殿门上有血手印，李亚子眉头皱了起来。

"本大巡长还能骗你不成！？真的有三目鬼！黄老狗现在还吊着呢，双眼被挖了，这跟那樵夫说得一模一样！早让你们跟我下山，非不听！"胡淑芬叫道。

"可之前我到黄老狗门口时，并没有看到血手印呀。"李亚子淡淡道。

"鸭爷，你发现什么了？"蒋南羽觉得李亚子话中有话。

李亚子淡淡一笑："年纪大了，睡觉就不太踏实。我这人，耳朵和鼻子都比一般人好使。睡着睡着，听到外面传来一声闷响，是黄老狗那边传出来的，就急忙出去了。"

"你们睡得很死，就没有叫醒你们。当我到黄老狗屋里时，他已经不在了。出来听得后面林子里响，便去查看，搜了一番，找到了这条死狗。"

李亚子抽完了一锅烟，道："这林子里，有东西。中途我发现过对方一次，不过跟丢了，动作太快，要是二十年前，跑不出我的手掌心。"

"鸭爷，那鬼长什么样，看见没？"胡淑芬道。

"连影子都没看到，但对方走动的时候，我感觉到了。"李亚子道。

"如今怎么办？"蒋南羽看着胡淑芬。

"怎么办？离开呀！"胡淑芬哭丧着脸道，"他娘的鬼影重重，待下去说不定就小命不保了！"

"这个时候下山？三更半夜的，事情还没弄清楚。"蒋南羽表示反对。

"必须走！我收拾东西。"胡淑芬抬脚走向大殿，哪知走了几步这二货就停了下来。

"怎么了？"蒋南羽见胡淑芬脸色有异，关切道。

胡淑芬并没有回应，他背对着蒋南羽，肩膀明显在剧烈抖动。

"巡长……"蒋南羽来到胡淑芬跟前，见他那张"关公脸"因为恐惧变得五官扭曲。

"你看……那是什么……"胡淑芬伸出手，声音抖动得如同大寒天从冰窟窿里爬出来。

木门上，又多了一个鲜血淋漓的血手印。

婴儿的小手，殷红，诡异。

"本大巡长不管了！本大巡长要下山！太他娘的吓人了！本大巡长不想死！太原的小娘们儿我还没搂够呢！呜，呜呜……"

这回，胡淑芬再也忍不住了，终于被吓得哭出声来。

蒋南羽抬起头，警惕地看着周围。

他和胡淑芬从出大殿到回来，时间并不长，出来时木门上分明没有这血手印，这说明在有限的时间里，那东西完成了一切。

蒋南羽能感受到对方就藏身在周围的密林之中，藏身于黑暗之中，目光炯炯，正注视着自己。

还在这里！

为什么要在大殿木门上留下血手印呢？警告？死亡标记？对方要意欲何为？难道真的像樵夫所说，将所有人杀死、挖去双眼？

"我们三个人留在这里，待在一块儿，谁都不要睡觉，待到天亮，应该无事。"蒋南羽看着李亚子道。

胡淑芬已经吓破了胆，蒋南羽唯一的希望只有李亚子。

"我倒是很想会一会这位。"李亚子笑了笑，手儿一晃，一把寒光闪闪的金刚橛出现在手中。

紫铜铸造，三棱铁刃，锐利无比，乃是佛门降妖除魔的法器，亦是护身之刀兵。

"留在这里？开什么玩笑!？黄老狗已经死了，下一个就是我们。本大巡长不同意！赶紧下山！"胡淑芬简单收拾了一下东西，执意下山，并且以上司的身份发布命令。

蒋南羽十分为难："巡长，哪有什么鬼怪，我看是有人蓄意杀人。"

"蓄意杀人？我且问你，黄老狗就一个摆渡人，无冤无仇，为何要杀他？杀他就算了，还他娘的在大殿上留下血手印，分明就是想要我们的性命。走，必须走！"

蒋南羽看了看李亚子。

李亚子道："这样吧，我们不在这里待，也别下山了，反正雨也停了，不如立刻启程去太平庄，如何？"

"只要不在这鬼地方待，去哪儿都行。"胡淑芬表示同意。

三人收拾好东西，又将黄老狗从石梁上放下来，尸体安置于大殿，在幽幽的白月光下，一步一滑地迈向山顶。

第三章　太平庄

泥土、雨水和苔藓混合的味道，充满在山林间。树影婆娑，随风摇晃，张牙舞爪。

窄窄的道路旁边，不时出现一些荒败的建筑。石块垒砌的山神庙里，山神张着血盆大口；倒塌的石塔，檐角的硕大铜铃锈迹斑斑，在微风的吹拂下发出叮当的脆响；不知名的坟墓，长满青苔，有些被野狗扒开了，露出一地零散的骨骸。

三个人行进很快，交谈不多。

"阿羽，关于三目婴孩这事，你怎么解释……我是说，世界上为何会有婴儿生下来就三只眼呢？"胡淑芬夹在蒋南羽和李亚子中间，气喘吁吁道。

"这个……"蒋南羽不知如何解释。

"你也是留洋回来的，读的是法医，这方面难道洋人没有研究吗？"

"研究呀……我倒是听说过一些。"蒋南羽抹了抹汗水，双腿酸软。

胡淑芬喘着气："哦，说来听听。若不是亲眼所见，我还真不相信世上有三目婴孩。"

"其实，第三只眼的出现，并不奇怪，只不过是概率极少而已。"蒋南羽停下来整了一下背包，跟上去，"我也是在求学时，从一个人类胚胎学教授口中听说的。"

"人类胚胎学？什么玩意儿？"

"就是研究胎儿的。"

"洋人他娘的真是奇葩，胎儿有什么好研究的。"胡淑芬大骂，见蒋南羽眉头紧皱，赶紧闭嘴，示意他说下去。

"古生物研究表明，在一些灭绝了的爬行动物的头顶，实际上长有第三只眼睛，正是因为它的存在，那些爬行动物才能够对地震、磁暴、火山喷发这些自然灾害具有高度的敏感，不过随着演化，第三只眼慢慢地就退化消失了，但这种特征，还是隐藏在遗传之中。"

蒋南羽说得很慢，语气很郑重："和这些古生物一样，人也具备这种隐藏遗传，因为一些未知的原因，偶尔会出现三目胚胎。第三只眼，出现在胚胎发育中期，这个时候，正好是晶体、感光器和间脑的神经细胞形成的阶段，不过大多数的情况下，它刚刚出现就面临退化，最终的退化痕迹则残留在大脑半球下。"

"所以说，婴孩生下来长三只眼的机会很少很少喽?"胡淑芬听完这些科学解释，精神放松了不少。

"是的，这种机会简直是凤毛麟角，可能性很小，即便是出现了，绝大部分也不久就退化消失不见。"

"也有生下来的?"胡淑芬接道。

蒋南羽点头："的确不排除这种概率，但这样的婴孩很难活下来。"

"哦?"不怎么说话的李亚子表示好奇。

"很简单，三目婴带着先天的缺陷，发育时因为第三只眼的存在，胚胎极其敏感、脆弱，往往生下来就是死胎。就算能活着生下来，你们想呀，定然也被人类当作怪物看待，等待他们的就是被遗弃、杀死的命运。"

说到这里，蒋南羽叹了口气："我觉得古人记载的佹囊，很有可能就是被遗弃了的三目婴孩，因为什么原因，坚强地活下来，可身体缺陷决定他们根本不可能长大。他们虚弱、濒死、孤独地在山林中游荡，偶尔见到行人，自然生出无比的欣喜和亲近的渴望，便跑过去……"

"但常人把他们当成了怪物……"李亚子很难过，"可怜呀。"

"是呀，可怜的孩子。"蒋南羽摇了摇头，"我想，他们死的时候，一定是带着巨大的怨恨吧。"

胡淑芬道："我看不一定。你们所说，不过是推断。精怪虽是传说，也不总是空穴来风，深山老林中，如果真的存在妖怪呢?黄老狗的死，就和樵夫说的一模一样，如果像你所说，是个可怜的怪胎婴儿，根本没有能力杀死黄老狗，更不可能把他拖起来吊在石梁上了。"

蒋南羽沉默了，的确，胡淑芬的说法很难反驳。

黄老狗不是一般人，他是摆渡人，同时也是江河里的河工，耳目敏锐，虽然上了年纪，可也身手了得，一般人还真难那么无声无息地杀了他。

"倒霉呀！本大巡长放着太原城的醉生梦死日子不过，跑到这个鬼地方，吓得鸡飞蛋打！妈的！"胡淑芬筋疲力尽地在泥泞中挣扎着，扭脸对李亚子道，"鸭爷，这事儿完了，赶明儿你也给我家祖坟看看风水，我觉得十有八九是我家祖坟被人刨了！他娘的！"

三个人一边说一边行路，不知走了多长时间，月亮逐渐隐没，光线逐渐明朗起来。

艰难地爬上一道斜坡，豁然开朗，一条宽宽的石阶道路出现于眼前。

"哈哈，哈哈！"胡淑芬兴奋无比，喜笑颜开。

"到了？"蒋南羽抬头看看，山顶还遥遥在望。

"总算走出了那条小道。"胡淑芬指着石阶道，"这条路就是原来的大道，到了这里，就安全了。"

言罢，这货一屁股坐下来，从背包里掏出干粮，狼吞虎咽。

三人休息了会儿，恢复了些许体力，开始登山。

行了约莫有十里山路，听到隆隆水响，一条宽大的溪流在道路边出现。水流湍急，清澈无比，水势浩大。

"这条溪流发源于山顶，倒是一条好水。"胡淑芬趴在溪边，灌了几口溪水，"山里的人都叫它当康溪，不知道为什么取这么个怪名字。"

李亚子笑道："当康呀，是《山海经》里面记载的一种瑞兽，说白了就是栖息在山里的怪兽，全身青色，长有四牙，形状像猪，据说出现了就表示天下太平丰饶。"

"还是鸭爷有学问。若是这玩意儿犯我手里，一枪撂倒，用树杈串起来烤了，咬一口吱吱冒油。"胡淑芬道。

李亚子无语。

往上又行了几里，一条岔道横在面前。

"到了。"胡淑芬双手叉腰，笑道。

天色蒙蒙亮，东方泛起了鱼肚白，在晨曦之中，蒋南羽放眼望去，不由得内心震颤：真是一处宝地呀。

左边这条道路，曲折盘旋，在尽头，竹林和树木的掩映下，赫然出现一片庞大建筑群。

元宝形状的山头上，殿堂楼阁层层叠叠，分明是一处大寺院，那应该就是历史悠久的栖岩寺吧。

右边的道路，更为宽敞，遥遥可见一片高耸的庄园栖身于山谷之内。

"左边通往栖岩寺，右边通向太平庄，其实呀，这俩地方完全挨在一起。"胡淑芬头前引路，走向太平庄，一边走一边介绍，"老都督是个信佛之人，隐退之后，经常到栖岩寺和老和尚聊天，后来见风水极好，就挨着栖岩寺，在东边隔墙修建了他的寓所，里头雕栏玉砌，假山怪石，名贵花木，花费无数。不过呀……"

胡淑芬摇了摇头："老都督死了之后，少都督请人重新修建，把先前的不少房屋都推倒了，盖了不少奇奇怪怪的混账屋舍，真不知他怎么想的。"

"奇奇怪怪的屋舍？"蒋南羽十分纳闷，屋舍就是屋舍，有什么奇奇怪怪的？

"你见了就知道了。"胡淑芬也懒得解释。

三个人走了一段路，远远地见一帮人正在前方修桥。

约莫三四十个人，都是山民模样，皮肤黝黑，身格健壮，挑土伐木、凿石运灰，忙碌一片。

"哟，二少爷，你怎么跑这里修桥了呀？"胡淑芬冲前面打了个招呼。

"什么风把你胡大巡长吹来了？上次跟你说了，太平庄不欢迎你。"人群中闪出来一个人。

此人年近四十，着一件材质极好的绸缎袍子，身材干瘪，长脸无须，面色灰白无血色，眼眶凹陷，周围呈现不健康的青灰色，双目冷冷，右手提着个鸟笼，一只画眉在里头雀跃鸣叫，左手拎着杆大烟枪，一边走一边抽，咳嗽连连。

"谁呀？"蒋南羽低声道。

"我给你说过，少都督叔父陆建武的儿子，陆景瑞，是个纨绔子弟，抽烟喝酒玩女人，混混一个。"

说话间，陆景瑞来到跟前，一双凌厉眸子在三人身上来来回回扫了扫，哼了一声，态度冷淡。

"我也不想来，怎奈这次少夫人生产……"胡淑芬赔着笑，话还未说完就被陆景瑞打断了。

"从哪儿来，还请回哪儿去！太平庄不欢迎你！我大哥那件事，是报应，天王老子来了也没用。你来一次，死一次人，白添乱。所谓生死有命富贵在天，太平庄的事让我们太平庄的人管，你就别凑热闹了，胡大巡长你说呢？"陆景瑞毫不客气地冲后面摆了摆手，"老吴，给我送客！"

人群中走出了个结实的中间人，模样憨厚，手里拎着铁锤、凿子，似乎是个石匠，冲三人抱了抱拳。

"别呀！我们赶了一晚上的路，担惊受怕，差点死山里头，就是赶我们走，也得让我们到庄里喝口茶吧？"胡淑芬急忙道。

"你们还真应该死山里头。我听说，闹鬼呢。"陆景瑞阴阳怪气说了一声，有气无力地打了个哈欠，口水直流。

"二少爷，你向来闲云野鹤，怎么想起来在这里修桥？"胡淑芬转移话题。

"我这是给陆家积点功德，一代代都干得生孩子没屁眼的事儿，再不做点好事，要死绝户了。"陆景瑞懒得和胡淑芬啰唆，道，"你们喝茶就去喝，喝完了赶紧滚蛋，老子没工夫和你们扯淡。"

言罢，这位少爷晃着身子去监工了。

胡淑芬碰了一鼻子灰，讪讪地带着蒋南羽和李亚子往庄上去。

"这位二少爷，恐怕命不久矣。"李亚子看着陆景瑞的背影，突然来了一句。

"怎么了？"蒋南羽问道。

"没什么，走吧，喝茶去。"李亚子呵呵一笑。

走了没多久，一处大庄园赫然出现在眼前。

雄踞于山谷一片高台之上，当康溪从东绕庄而过，西面与栖岩寺紧邻，背靠山巅，俯视四方，果真是气魄非凡。

庄园里的建筑，全部用青灰色的山石垒成，层层叠叠，占地巨大，两扇朱红色的大门敞开，上挂一块金字匾额，"太平庄"三个字龙飞凤舞。

看到了这庄子，蒋南羽才明白先前胡淑芬说里头有奇奇怪怪的建筑是个什么意思。

庄园的建筑，明显是中国的古典建筑风格，飞檐殿瓦，庄重肃穆，不过在这连绵的中式建筑后面，赫然出现了三个黑乎乎的怪物——三个十几米高的全部用黑石垒成的圆形建筑，烟囱一般矗立，格外刺眼。

这三个圆筒状石楼，分不清是几层，也没有屋檐，上面开的窗户也极小，与周围的建筑极其不协调。

蒋南羽生在京城，也留过洋，但从未看过这样奇形怪状的楼宇。

三人来到庄前，见个矮胖的老头正在指挥佣人清扫门口，那老头六十开外，面相敦厚。

"给胡巡长你请安。"见到胡淑芬，老头恭敬地行了个礼，打了个千。

"福伯，大清国早亡了，眼下是民国，不兴这一套。"胡淑芬笑道。

"怎么现在才到呀？我还担心呢。"福伯道。

"路上出了点状况。"胡淑芬一副不在乎的样子。

福伯看了看蒋南羽："这位就是蒋长官吧？"

"阿羽，这是太平庄的老管家福伯，伺候了他们陆家三代人了。"

蒋南羽打了声招呼。

福伯笑眯眯地点点头，然后又对李亚子道："这位是李先生吧？刚才出来，二老爷嘱咐让我迎接呢。"

"呵呵，客气。"李亚子抱了抱拳，"你们二老爷何在？"

"在上房等着，各位请随我来，先安顿下，再去也不迟。"福伯客气地带着三人进庄。

跨进了大门，是个宽敞的院子。

太平庄前后两进大院，前院分为左右两个独立部分。左边是客宅，南北两个厢房，蒋南羽、胡淑芬分别被安排住下，李亚子则被安排到了右边的家宅。所谓的家宅，有厨房、上房、下房，住着伙计、贵客。

蒋南羽住进了南厢房，洗漱一番，换了身干净衣裳，走出来，见胡淑芬躺在北厢房门口的一张太师椅上，手里端着把茶壶，优哉游哉。

"这边还通着寺院呢？"蒋南羽看了看西边，客宅院子西头开了一扇门，可以看到里头是寺院的屋舍，隐隐有诵经声传来。

"栖岩寺的僧宅，拢共也没几个和尚。"胡淑芬摇摇头道，"陆建武这老小子也够势利眼的，把我们安排进了这客宅，却把李亚子安排进了家宅，那院子里的上房舒服得很，高台阔椅，环境幽雅。"

"算了，咱们来是办案的，不是享福的。"

"话虽这么说，心却是不平。"胡淑芬挑刺儿，正要数落下去，忽然听到客宅外面传来说话声。

"这声音怎么这么熟呀？"这货一骨碌爬起来，走到门口，突然大叫一声，手里茶壶一丢就冲了出去。

外头顿时一阵鸡飞狗跳。

蒋南羽急忙出去，却见胡淑芬揪着一个女人，声嘶力竭："好呀你个小娘们儿，真是踏破铁鞋无觅处，你害得本大巡长好苦呀！袭击巡长，该当何罪你知道吗？"

蒋南羽哑然失笑。

那女人不是别人，正是风四娘。旁边猴五急忙拉扯告饶，那十岁的风小宝，吓得哇哇大哭。

"竟然给本大巡长下毒！冷风冷雨里本大巡长光腚溜溜倒吊了一个晚上！今日饶你不得！"胡淑芬拔出枪，咬牙切齿。

"胡巡长，饶了四娘吧，她也是糊涂……"猴五哀求道。

"五爷，别和这混蛋费口舌！事儿我干的，我承认，谁让这货猪油蒙了心，竟然想占老娘的便宜，真是瞎了狗眼！"风四娘毫不相让。

"好你个小娘们儿！骨头还挺硬！本大巡长这就给你松松骨！"胡淑芬转过脸来，冲蒋南羽喊道，"愣着干吗，给我捆上！"

顿时，风四娘的骂声、猴五的哀求声、风小宝的哭声、老猴子的吼叫声，此起彼伏，鸡飞狗跳。

"都给我住手！"混乱之中，一声厉喝传来。

却见家宅里头，在福伯和李亚子的陪伴下，走出来一个老头。

年纪七十左右，须发皆白，身材高大，虽过了古稀之年，可一双虎目炯炯有神，腰板直挺，脚下有力，身穿青色长衫，威严无比。

"二老爷……"刚才还胡闹的一帮人，立刻消停下来。

不用介绍，蒋南羽都知道这位定然是少都督的那位叔叔、陆家的顶梁柱陆建武了。

陆建武扫了众人一眼，对福伯道："福伯，胡巡长我认识，这伙人是干什么的？"

福伯看着猴五、风四娘一行，笑道："二爷，这是少爷请的杂耍戏班。"

"杂耍戏班？"陆建武一愣，"请杂耍戏班来干吗？"

福伯看了看后院，道："少夫人最近身体、精神都不太好，少爷怕她闷得慌，特意请了这帮人来演一场，让少夫人开开心。"

"都这时候了，他还有这个闲心，胡闹！"陆建武手中拐杖狠狠敲击了一下地面。

福伯对猴五使了个眼色，猴五等人立刻会意，随着仆人往家宅的下房里头去了。

看着杂戏班一帮人背影，陆建武摇摇头，沉沉叹了口气。

"多年不见，二老爷身体还这么健壮，可喜可贺呀。"胡淑芬近前道。

陆建武哭笑不得："胡巡长埋汰老朽了。家门不幸，乌烟瘴气，老朽活着，还不如死了呢。"

胡淑芬正色道："二老爷的担忧，也是我等的职责，你放心，这一次本大巡长就是粉身碎骨，也要还太平庄一个永久太平。"

一句话说得陆建武面露感激之色，道："那就有劳胡巡长了……"

张张嘴，老头又想说什么，终是没说出口，取而代之的又是一声长叹。

愁苦，始终弥漫在这个老头的脸上。

"诸位，到草堂一叙吧。"陆建武带着众人，朝后院走去。

抬头看着那三个矗立的黑乎乎的怪楼，想到先前那一连串怪案就发生其中，蒋南羽的心情不由得沉重起来。

太阳虽出，但山巅依旧白雾皑皑，乳白色的浓雾，如同流溢的牛奶一般缓缓铺展，整个阔大的后院沉浸其中，若隐若现。

从前院出来，后院的两扇朱红色大门敞开，跨门而入，迎面而来的是一块巨大的影壁。

自古以来，影壁是中国传统建筑中用来遮挡视线的墙壁，人们认为自己的住宅中，有时会有鬼怪来访，如果是自己祖先的魂魄回家是被允许的，但如果是孤魂野鬼溜进宅子，就自然要带来灾祸，所以影壁应运而生。当然，影壁遮住外人的视线，即使大门敞开，外人也看不到里面，无形之间也增加了住宅的气势。

长久以来，影壁与房屋、院落相辅相成，成为一个不可分割的整体，往往在其上饰以砖雕、图案等，别具魅力。

后院的这块影壁，极为高大，高一丈，长三丈有余，全部用黑石垒成，严丝合缝，显示着主人曾经的权势。

不过，这面影壁，却让蒋南羽看到的第一眼就倒吸了一口凉气！

一般说来，影壁上无论是雕刻还是绘画，都会选择一些吉祥的图案，比如石榴蝙蝠，寓意着多子多福；比如喜鹊双鱼，意味着喜庆有余；比如大象童子，寄托着对天下太平的期盼。

而眼前的这块影壁上，却雕刻着一个巨大的怪物！

这怪物，几乎占据了影壁的三分之二，人身兽足，头戴巨大狰狞面具，上有四目，似熊非熊，瞪目张口，赤身裸体，身体下蹲，左手执戈，右手扬盾，做奔走捉拿状，散发出无比的诡异来。

尤其是那四只眼睛，竟用巨大的黑色琉璃镶嵌，仿佛真人眼睛一般，自高处俯视、愤怒地注视着，不管你在哪个方位，都能感觉那目光时时刻刻盯着你。

而在这怪物周围，还雕刻着各种各样的奇形怪状的鬼怪精灵，龇牙咧嘴，相貌丑陋，手持各种物件，前呼后拥，一片欢闹。

"怎么画了个怪物呀。"蒋南羽脱口而出道。

众人齐齐抬头，表情不一。

陆建武老脸通红，羞愧中带着无奈，福伯默然无声。胡淑芬一脸见怪不怪的样子，只有李亚子面带微笑。

"这是少爷让人刻的，原先不是这样。"福伯看了看陆建武，小声对蒋南羽道，"原先是个八仙过海，老爷过世后，少爷就让人抹去了原先的画，刻了这么个妖怪。"

"妖怪，呵呵，似乎不是妖怪呢。"李亚子插话道。

陆建武苦笑道："这副模样，还不是个妖怪吗？唉！别人家影壁上都是吉祥处处，可你看我们陆家这……这成何体统！"

李亚子摆了摆手道："二老爷，若说这是妖怪呢，也算，但若说他是伏魔之神，也不为过。"

"伏魔之神？"陆建武惊了一下，道，"有何说法？"

"二老爷可知此是何方神圣？"

陆建武摇头："我自小随家兄驰骋疆场，书是读得少了，惭愧。"

李亚子哈哈大笑："二老爷不知，不怪，便是读书人，恐怕很多也不会认识。"

言罢，李亚子引着众人来到那影壁之下，昂头看着那"怪物"，笑道："此乃古之方相氏也。"

"方相氏？"众人皆不知。

李亚子点头道："陕西、山西尤其是以风陵渡为中心这一带，历史悠久，可谓华夏文化之根基所在，所以埋藏着许多不为人知的上古鲜闻，风陵渡两侧有女娲墓、风后墓，河图洛书在此显现，伏羲也在此推演八卦，等等传说不一而足。

"不过，要说传说最多的，恐怕还是黄帝。"李亚子点燃他那根烟锅，道，"黄帝的种种丰功伟绩，我不说各位想必也知道，不过有件事情，许多人知之甚少。传说，黄帝时抢婚盛行，容颜美貌女子经常被人掠走，丑陋之女无人问津，那时人丁稀少，如此行事一方面易招致部落间的战争，另一方面也不利于部落壮大，所以，黄帝故意娶了一个妻子，名曰嫫母。"

"嫫母？"蒋南羽面带茫然之色。

这名字，还真没听说过。

"这位嫫母呀，长相特别的丑陋，中国国史上有四大丑女，她老人家排名第一。"李亚子哈哈大笑，道，"有多丑呢？唐代的《琱玉集·丑人篇》记载，这位嫫母是'锤额顣颐，形簏色黑，额如纺锤，塌鼻紧蹙，体肥如箱，貌黑似漆。'"

众人一听，皆笑。

是呀，这么个长相，的确是天下第一丑了。

李亚子却正色道："嫫母虽丑，但贤良有德，黄帝和她十分恩爱，而且把管理后宫的事情都交给了她。后来，黄帝的元妃嫘祖去世了……"

"就是那位发明养蚕的嫘祖吧？"蒋南羽问道。

"正是。"李亚子颔首道，"嫘祖在跟随黄帝周游巡视天下时病逝，黄帝就命令嫫母指挥祭祀，监护灵柩，想必是利用嫫母丑陋的外貌和无比的德行来驱邪，并封嫫母为'方相氏'。

"此次之后，方相氏被重用，负责国家的祭祀、驱疫等等，成为驱邪的象征。到了颛顼的时候，这位圣人有三子，死而为疫鬼：一居江水，为疟鬼；一居若水，为魍魉鬼；一居人宫室，善惊人小儿，为小鬼。于是，帝命方相氏帅肆傩以驱疫鬼，所到之处，百鬼遁走。"

"影壁上的这个怪物，是方相氏？"蒋南羽算是听明白了。

"不错，正是方相氏。"李亚子指着影壁道，"《周礼·夏官·方相氏》记载：'方相氏掌蒙熊皮，黄金四目，玄衣朱裳，执戈扬盾，帅百隶而时难，以索室驱疫。'诸位看，影壁上雕刻的这位，不正是如此面目吗？"

众人纷纷点头。

"方相氏现身驱鬼，这种仪式称之为大傩，自周代就流传下来，到唐代最为兴盛，每年到了新年之际，国家组织实行，可谓一场大狂欢。"

"大狂欢？"蒋南羽觉得这种神鬼莫测的仪式，很难和大狂欢这样的词语扯在一起吧。

"唐时驱傩，是一场大游行。最前方，是方相氏四人开路，头戴高大的冠冕，下面是黄金做的面具，上面四目赫赫，披着熊皮衣服，左手持戈，右手扬盾，赤发白衣，又跟随从，各拿麻鞭，长数尺，甩鞭震耳，后跟着五百小儿，皆装扮成各种鬼怪模样，奇形怪状，张牙舞爪，穷凶极恶。方相氏引百鬼行走，带出城外，寓意祛除百鬼，世间太平。呵呵，那场面，想必是十分好玩吧。"

众人听得心驰神往，都笑起来。

"这种大傩仪式唐时流传甚广，朝鲜、日本国皆引而为戏，可惜后来在中国慢慢地就凋零了，倒是日本国发扬光大，不过我们老祖宗的东西在他们那里就变了模样，大概是日本人看到方相氏面目丑陋，身后又跟着众多鬼怪，就认为他是大鬼头，所以称之为'百鬼夜行'，想来也是可笑。"

不愧是鸭爷，一番引经据典，头头是道，说得众人钦佩无比，尤其是福伯，高兴得拍手而笑。

"二爷，原来少爷刻的这不是鬼呀！"福伯对陆建武道。

影壁之下，陆建武昂头看着那方相氏，茫然若失，喃喃道："这么多年，是我误会他了。"

李亚子道："早听说少都督博学通览，看来名不虚传，这方相氏可是极少有人清楚其来历的。"

"是了！是了！我家少爷，那是一肚子学问，哈哈哈。"福伯憨厚笑道。

说笑之间，众人绕过影壁，进入后院。

回头看着那面高大影壁，蒋南羽对这位少都督真是生出无限的好奇来。

后院极大，占地宽阔，树木苍翠，参天而立，更有竹林，连绵起伏，鸟语花香，甚是清幽。

石阶草绿，假山堆垒，掩映着亭台楼阁，真是个隐居的上好去处。

不过站在后院入口，向北而望，蒋南羽还是觉得怪异。

是的，怪异。

根本的原因，就是与周围氛围格格不入的那三个圆形的碉堡一般的奇怪建筑。

这三个建筑甚是巨大，气势恢宏，占据了后院最抢眼的位置，呈等边三角形排列，东南角一个，名为"中条书斋"，想来是藏书的地方，西南角一个，名为"首阳草堂"，应该是会客的地方，而位于后院正中，也是最为巨大的那个，名为"搜神馆"，就是少都督的居所了。

"巡长，你不觉得这三个怪堡看起来像什么吗？"蒋南羽扯住胡淑芬低声道。

"像什么？"胡淑芬哪里有工夫管得了这些，一门心思想去喝茶呢。

"三个圆形的怪堡，如果你从空中看的话……"蒋南羽比画了一下。

胡淑芬想了想，脸色唰的一下就白了。

"那是……那是三只眼睛呀！"胡淑芬低声道。

蒋南羽郑重地点了点头。

这宅子，太怪异了。

"两位，走吧，喝茶。"福伯见二人在后面嘀嘀咕咕，便走上来。

"好，喝茶，喝茶。"胡淑芬讪笑了一下，擦了擦额头的冷汗。

草堂正厅，面积巨大，甚是宽敞。

典型的富贵人家的摆设，正中悬挂着一幅画像，画上人物一身戎装，身材高大，面目坚毅，手持指挥刀，威然安坐，应该是那位已经仙逝的老都督。

厅中家具皆用上好的紫檀、花梨打造而成，书案上摆着笔墨纸砚，多宝阁上放置着金石瓷杂，其中不乏有价值连城的绝代孤品，军械架上，刀枪剑戟、长枪短铳摆放整齐，擦拭得油光锃亮，昭示着主人的爱好。唯一的不足，就是因为窗户很少也极小，所以光线昏暗。

"蒋长官是不是觉得这后院的三栋怪楼甚是奇怪？"陆建武亲自泡茶，笑着对坐在旁边的蒋南羽道。

茶是好茶，上等的武夷山大红袍，茶香沁人心脾。

"是的。"蒋南羽毫不避讳。

"呵呵。"陆建武将茶盏递给蒋南羽，道，"是呀，这怪楼谁看了都会觉得蹊跷，便是我，也百思不得其解呀。"

持盏在手，蒋南羽勉强一笑，再低头看去，不由得心儿一颤。

手中这茶盏，竟然是名贵的宋代建盏鹧鸪斑！

好奢侈呀，外头几千大洋都买不到的稀世名品，在这里竟然被拿来喝茶！

陆建武看了看墙上的那幅画像，道："我们陆家，也算是家世显赫，先祖在明朝就为朝廷重臣，到了我们这一带，虽然家贫如洗，寥落无依靠，也算没丢祖宗的脸面，兄长少年发奋，驰骋疆场，尊为一省之都督，后来时局动荡，心灰气冷，便急流勇退，下野做个闲人，安然养老。"

说起往事，陆建武一直紧皱的眉头终于舒展开来。

"寻来寻去，兄长挑中了这中条山巅。一来此地葬着祖宗，二来清幽无比，景色无双，还有嘛，就是兄长向佛，和旁边栖岩寺的住持普元老和尚乃为至交。

"于是在寺东毗邻之地，大兴土木，建了这么个太平庄，希望天下太平，众生都得安宁。原本也极好，想不到祸事一桩连着一桩。先是兄长早逝，然后……"

陆建武说到这里，讲不下去了，面色惨然，看了看这大厅，道："原先这里是一处小院，兄长的会客厅，种植着奇花异草，养着各种雀鸟，他那时没事就待在这里，和我遛鸟斗虫，好生快活。可你们看看，现在这个……成何体统。"

言语之中，陆建武似乎对自己的那个侄子，很是不满。

"为何要将原先的小院推倒建这么个怪楼呢？"蒋南羽说出了自己心中的疑问。

"你问我，我问谁呀？"陆建武摇了摇头，"我的这个侄子呀，自小就少言寡语，性情古怪，谁也捉摸不透，他是陆家家主，莫说是推倒了一个小院了，便是把这太平庄一把火烧了，那也是他的权力。"

众人一片沉默，气氛变得无比尴尬。

"喝茶，喝茶。"福伯赶紧转移话题。

众人举盏，齐齐喝了一口茶。

胡淑芬跷着二郎腿道："二老爷，有些事情也不必难过，我们这次来，就决心一定要破解这个诅咒，抓住凶手，还太平庄一个安宁。"

陆建武低垂着头，把玩着手里的茶盏，沉默无语，良久，抬起头看着蒋、胡二人，双目湿润，闪现着泪光："二位，说实话，老朽……老朽已经不抱什么希望了。"

"二老爷此话何意？难道对我们没信心吗？"胡淑芬道。

"非也，非也！"陆建武急忙摆手，苦笑道，"老朽戎马一生，也曾杀人如麻，乱刑加身而不改色，素来不信鬼神之事，觉得那都是虚无缥缈的奇谈怪论，嗤之以鼻。但这些年，发生于此地的一连串怪事，让老朽不得不相信世间还是有这些说不清的存在，说鬼怪也好，说诅咒也罢，呵呵，老朽是信了，信了。"

看着陆建武那模样，蒋南羽忽然觉得有些心酸。

一个历经世事沧桑、出生入死的老人，经受了无数的摧残，铁骨铮铮，但此刻竟然变得如此消极颓废。

"二十年前，怪案第一次发生时，老朽愤怒无比，发誓一定要找到凶手，为此老朽殚精竭虑，百般调查，仍然一无所获；八年前，惨剧又来时，老朽目眦尽裂，生不如死，遍访能人希望能够阻止此事再发生，结果三年前……"

陆建武双手紧握着拐杖，因为用力，关节发白。

他在颤抖，高大的身体剧烈颤抖，几乎潸然泪下。

"兄长去世时，叮嘱我一定要照顾好他，可如今……"陆建武深吸一口气，苍老的脸上，两行清泪滚下，"发生这一连串的事，等我死了，有何面目去见兄长？"

胡淑芬张口要说话，陆建武阻止了他。

"这一次，我已经不抱什么希望了。"陆建武缓缓站起，走到那幅画像下，昂起头，"或许，这真的是诅咒。兄长与我，早年杀戮太多，有此报应，也是应当吧。"

呵呵呵呵。

一声冷笑，让众人都惊愕起来。

是蒋南羽。

"二老爷这么说，倒是胡扯了。"蒋南羽站起来，无比坚定道。

"南羽，不得对二老爷如此无礼！"胡淑芬急忙呵斥。

蒋南羽盯着陆建武，正色道："二老爷方才也说不信鬼怪之事，你老人家腥风血雨、刀头舔血过来的人，死都不怕，奈何拿什么诅咒鬼怪说事？自古以来，邪不压正，乌云再浓，日光出来就会散开，坚冰再厚，春天一来就要消融，天总有亮的时候，雄鸡一叫，魑魅魍魉就会遁形，只要坚持，所谓的怪案总有水落石出的一天，何必如此心灰意冷让那作恶之人喜笑颜开呢？"

"壮哉此言！"陆建武哈哈大笑，"蒋长官年纪轻轻，便有这等胸襟，老朽佩服呀，哈哈哈。"

老头转身重又坐下，看着胡、蒋二人道："不知二位前来，有何打算？"

"这个……"胡淑芬被问得一愣，不知如何是好。

"二老爷，此案我来时也已经听巡长说了，凶手作案极其诡异，案情也是扑朔迷离。眼下第一等的事，就是要保护少夫人母子安全。即日起，严禁一切外来人等入庄，庄内严加看守、监视，任何人都必须随时接受调查和盘问，到生产之时，生产之地严密隔离，我和巡长定然不离左右……"蒋南羽侃侃而谈，"还有，我觉得二十年间，连发三桩惨案，凶手应该不是外来人，所以……"

"你怀疑是庄内的人干的？"陆建武面无表情。

蒋南羽点头。

陆建武没说话，昂起头，面色变得坚毅起来。

"所以，包括二老爷你在内，现在都是嫌疑人，没有什么身份尊严，都必须随时接受调查和盘问，有得罪之处……"

陆建武抬起手："别说了，蒋长官，你尽可放手去做，只要能够抓住凶手，找出真相，老朽及庄内一切人，尽听吩咐！"

"如此，就好！"蒋南羽大喜。

陆建武呵呵一笑，看着胡淑芬道："胡巡长，你这位手下，倒是精干之人呀。"

"这归功于我胡大巡长调教有方呀，哈哈哈。"胡淑芬贱笑道。

"二老爷，有件事，不知当问不当问。"蒋南羽拿出了随身携带的记事本。

"蒋长官请讲。"

"中山道闹三目鬼的事，二老爷听说过没有？"

"中山道？三目鬼？"陆建武倒吸了一口凉气。

"就昨晚，死了一个人，我们也差点丢掉性命。"胡淑芬后怕道。

蒋南羽将昨晚发生的事一五一十说了，又道："这件事非同小可，所以我想问个清楚。"

"此事……老朽并未听说过。"陆建武认真道。

"哦？"蒋南羽坐直了身体。

陆建武指了指楼上："老朽年纪大了，这些年足不出户，混吃等死，外头的事情不甚清楚，至于这中山道闹三目鬼……"说到这里，陆建武看了看站在旁边的福伯，"你听说过吗？"

众人齐齐看向福伯。

福伯想了想，道："倒是没听说过，我出庄都是从大道走，而且各位都清楚，山道上平时很少能碰到人，我一般是办完了事就立刻回来了，从来没听说过，即便是有，我想应该也是近几年吧，反正往年毫无听闻。"

"是这样呀……"蒋南羽点了点头，在本子上记下来。

"蒋长官认为这个三目鬼和我们太平庄上的怪案有联系？"陆建武道。

蒋南羽道："我也不能肯定，只是觉得蹊跷。中山道传说的三目鬼，和贵府……"

蒋南羽看了看陆建武，虽然有些不忍心，但还是说了："和贵府之前的三目怪胎有些相像呀。"

陆建武的脸，唰的一下就白了，嘴唇哆嗦。

"三年前，的确……的确是生了一个三目怪胎。"陆建武无力地点头，然后恐惧地道，"蒋长官的意思是，中山道的那个三目鬼，就是那个侯囊怪物，是先前庄里那个怪胎所化？"

蒋南羽见陆建武吓得不轻，怕他多想，道："我不是这个意思，只是好奇问问，毕竟黄老狗的死，也是一桩凶案。"

"是了，是了。"陆建武点头。

"还有，二十年前到现在，三桩怪案发生之时，一直都在此地的人，都有谁？"蒋南羽继续道。

"蒋长官心细如发，你问的是和此三桩怪案一直有关系的嫌疑人吧？"陆建武立刻明白了蒋南羽的意图，想了想，道，"山顶人不多，二十年来始终和此事有关联、有嫌疑的，老朽、阿福、犬子陆景瑞三人，除此之外，就是栖岩寺的僧人了。"

"栖岩寺都有谁？"蒋南羽一边记一边问。

"栖岩寺虽是大寺，但如今已经破败，只有三个僧人。方丈普元，加上广清、广济，就三个。广济两年前才上山，和怪案没关系，普元和广清一直在山上。"

"庄内的下人没有吗？"蒋南羽又问。

"下人呀，下人不可能。"陆建武解释道，"太平庄一直下人并不多，加在一起也就十来个。二十年前第一桩案子发生时，我曾经就怀疑是仆人所为，故而严加盘查，最后都排除了嫌疑。自那之后，太平庄每个月都换一批新人，而且先前在庄内做过的，绝对不会再招，所以下人不可能。"

说到这里，陆建武又想了想，忽然拍了拍大腿，大声道："还有一个人，虽然不住在这里，也应该算上！"

第四章　搜神馆

陆建武的激烈反应，让众人齐齐抬起了头。

"谁？"蒋南羽急忙问道。

"产婆。"陆建武道，"每次接生的都是同一个人，她是中条山一带最出名的产婆，三次请的都是她，名唤花母娘。"

"花母娘？此人在何处？"蒋南羽问道。

"蒋长官是要查问她吗？这个倒是好办，过几日她就会上山。"陆建武道，"此次请的还是她。"

"少都督和少夫人现在情况如何？"一直没说话的胡淑芬插了进来。

"少夫人大多时候都在昏睡，精神头差了点，不过还算康健，少爷日夜陪同，为了让少夫人开心，这不才请了戏班嘛。"福伯接道。

"他们的安全是首要问题，需要特别对待才是。"蒋南羽挠了挠头。

陆建武甚是赞同蒋南羽此言，道："老朽也是如此想，故而请来了一个刀客做保镖，时刻不离搜神馆，方才能安下心。"

"刀客？"蒋南羽和胡淑芬相互看了一眼。

"犬子请来的，叫严麻子，人虽少言寡语但身手极为了得，闻名三省，有他在，定能够佑护太平庄安全，他可以听你们二位调遣。"陆建武道。

看来这位老爷子，还真是想得周到，为了这太平庄，也算是煞费苦心。

说了一番话，不知不觉到了中午时分，陆建武陪同众人用了餐，和李亚子一起去书房闲谈了，又吩咐福伯将蒋、胡二人安顿好，等晚上少都督有空，一起吃个饭。

蒋南羽和胡淑芬各自回了房间，胡淑芬睡得昏天黑地，蒋南羽却辗转反侧，干脆起身离了前院，四处逛逛，一来是为了散心，二来也是为了熟悉这太平庄的情况。

逛来逛去，来到了后院。

后院规模很大，布局却是很简单。东西两边是首阳草堂和中条书斋，正中是少都督居住的那个庞大而诡异的搜神馆。围绕搜神馆的是假山怪石，参天树木，东边是一片紫竹林，紫竹林北有片建筑，门前小桥流水，环境清幽宜人，原来是老都督的静养之所，名为素心居；搜神馆西边，是一片古木之下此起彼伏的灵塔群，这些塔，原本是栖岩寺的建筑，为历代高僧圆寂后的埋骨之地，历经风雨摧残，已经破败不堪，白色的花岗岩上，青苔累累，依稀能够看到镌刻其上的模糊经文和字迹。塔群之后，也有一片小院，土木构建，风格粗犷，名为讲武堂，是老都督生前习练武艺之所。

蒋南羽在后院之中走走停停，缓行于如此环境之中，清风徐来，神清气爽，若不是那怪案，这简直就是一个人间难寻的安乐窝了。

天气又阴沉起来，似乎要下雨。山中湿气重，薄薄的雾气涌动，地面湿滑，草木也变得格外苍翠。

蒋南羽来到那塔林之中，对那一栋栋高僧的圆寂塔分外感兴趣，低下身来仔细辨认上面的文字和图案。

"几乎都看不清了。"一个清脆的声音从身后传来。

是个和尚。

三十出头的和尚，皮肤黝黑，长得不算好看，但粗壮有力，一身青色僧袍，手中持着个笤帚，别处落叶满地，唯独这里地面干干净净，想必是他在这里扫塔。

"小僧广济，栖岩寺的僧人。"和尚双掌合十，施了一礼。

蒋南羽客气还礼，广济仔仔细细将他打量了一番，呵呵一笑。

"大人是今日上山的蒋长官吧？"广济道。

蒋南羽微微一愣："师父并未见过我，为何……"

广济一边清扫灵塔，一边笑道："我听师兄说每次少都督夫人生产，就会有警察上山，一直好奇。今日听到外面人语喧哗，便打听了一下。"

言罢，广济抬头看着密密麻麻的灵塔，道："这里人迹罕至，来的人本来就不多，原先也曾是能容纳万人的国寺，可你看现在破败成什么样子了。"

言语之中，带着诸多惋惜。

"世事变迁，白云苍狗，有盛就有衰，轮转而已。"蒋南羽笑道。

"长官说得在理。"

"听说广济师父两年前来寺?"

"嗯。"

"原先是做什么的?"

"粗人一个,无非是乱世里讨个生活,又无家小,孤家寡人,索性上山做了和尚,青灯古佛,倒是自在。"广济很直爽。

"听说如今寺里一共只有三个僧人?"

"对,除我之外,还有师兄广清和师父普元。不过师父年老,大多数时候都在闭关修行,寺内主事是师兄。"

"那倒是凄苦寂寞。"

广济哈哈一笑:"寂寞倒是不觉得,只是觉得可笑。"

"可笑?"蒋南羽吃了一惊,"为何觉得可笑?"

广济摆摆手,明显不愿意说,转移话题道:"蒋长官第一次来办这怪案吧?"

"确是第一次。"

广济弯腰扫地:"还是回去吧。"

"为何?"蒋南羽见他如此说,来了兴趣。

这和尚似乎话中有话。

"无他,这里实在是一处诅咒之地呀。"广济扫了蒋南羽一眼。

"我倒不觉得,所谓诅咒,不过是玄谈。"

"贫僧是为了长官好,别办案不成,自己丢了性命。"广济冷冷道。

"为何如此说?"

蒋南羽越发肯定这和尚恐怕知道些什么。

"不过是随便说说。"广济摇头,拿起笤帚要走。

蒋南羽怎肯放过他,拦住道:"中山道闹鬼,不知师父你听说过没有?"

"闹鬼?长官信鬼?"

"不信。"

"呵呵。"广济扶着笤帚道,"诸相非相,色相皆空,哪有什么鬼怪。"

"这么说,师父没听说过中山道闹鬼?"

"听倒是听说过,无非是什么三目鬼害人之类的。"

"此事是真的？"蒋南羽掏出本子。

"真不真贫僧不知道。"广济想了想道，"不过对于我们栖岩寺来说，倒是件好事。"

"哦？"

"之前栖岩寺香火凋零，无人上山，我等日子过得极为辛苦，若不是太平庄的陆二老爷接济，早撂挑子散伙了。可这两年，呵呵，每到节日香客络绎不绝，长官可知为何？"

蒋南羽点了点头："这个我倒是有耳闻，听说中山道闹鬼，栖岩寺的高僧为救度众生，修了一间观音殿，供奉了一尊三目童子，甚是灵验，开光那天，信众亲眼见满天神佛降临……"

"哦，好像是这样，那是贫僧师兄广清所为。"广济的语气有些奇怪，又笑道，"长官觉得神佛能显现吗？"

"这个……倒是不太可能吧。"

"诸相非相，凡显现之相，皆非真相。佛陀在心中，如是而已。"

广济所说，如同那雾气一般，虚无得很，蒋南羽不知道他到底是什么意思，正要细问，广济扛着扫帚绕开，飞快走了。

"长官，听贫僧一言，还是早点下山吧。"广济的身影消失在树林之中，留下这么一句话。

蒋南羽立在石阶上，回味着广济所说，不由得愣了。

天淅淅沥沥下起了雨，越来越大，蒋南羽只得转身，穿过搜神馆外的小径回去。

拐过一处假山，突然觉得脖子一凉，低下头去，一柄闪亮的钢刀抵在了颈下。

刀刃锋利冰凉，散发出阴冷的死亡气息。

"你是何人，竟敢擅闯太平庄？"身后一人声冷如冰。

这人，身手了得，简直就如同只潜伏的豹子，无声无息，让人防不胜防。

"阁下是严麻子吧？"蒋南羽缓缓举起手。

"你怎知我名？"

"我是上山办案的巡警，二老爷跟我提起过你。"

"是吗?！但我怎么看都不觉得你是个巡警。"严麻子冷喝一声，蒋南羽还没反应过来，脑后重重挨了一下，栽倒在地。

"歹人一个，既然知道爷的姓名，竟然还敢上山!"严麻子来到近前，举起刀，冷笑道，"别怪我，只怪你不识好歹。"

蒋南羽微微抬头，总算看清了这位刀客的模样。

四十左右，满脸粗壮的短须，并不是想象中的高大勇猛，身形短小利索，双目凛冽，一脸的麻点，周身上下散发凶煞阴沉之气。

"若是歹人，怎会白日前来？我的身份，你尽可问二老爷。"蒋南羽艰难爬起。

严麻子一脚将蒋南羽踢倒，手中长刀举起："老子不问那些破事，只知道生人接近搜神馆，格杀勿论。"

"严壮士，刀下留人!"眼见得蒋南羽性命难保，自假山外气喘吁吁跑来一个人，正是福伯。

蒋南羽长出一口气。

"这位是巡警局的蒋长官，特来办案，不得无礼。"福伯扶起蒋南羽，满脸歉意。

严麻子冷哼一声，收了刀："鬼鬼祟祟，不言不语，什么巡警，我看都一个鸟样。"

言罢，这刀客扛着刀，大摇大摆去了。

"蒋长官不要见怪，他就如此脾气，不过还算十分尽职。"福伯掏出手帕，给蒋南羽擦拭脸上血迹。

"无妨，倒是像个刀客的样。"蒋南羽从严麻子身上收回目光，对福伯笑道，"幸亏你来得巧，不然我这条小命可就没了。"

"什么巧不巧的，我专门来找你的。"

"找我？作甚？"

"我家少爷要见。"

"哦，那好极，巡长去了吗？"

"胡巡长？没叫，少爷只叫了你。"福伯答道。

走在前头的蒋南羽脚步顿住："只叫了我，别人都没叫？"

"嗯。"福伯点头。

"不会吧，为何只叫了我？"蒋南羽觉得这事情有点奇怪。

自己和巡长刚上山，会见也是正常，不过自己不过是个巡警，这位少爷为何不叫胡淑芬，反而是单独会见自己？

"别愣着了，你去见了少爷不就知道了？"福伯呵呵一笑。

福伯头前领路，穿过假山、树林，庞大的圆形怪楼屹立眼前。

烟雨蒙蒙，黑黝黝的怪楼，如同一尊巨兽，张开血盆大口。

"搜神馆"，门口悬挂着的巨大匾额上，三个金字扭曲盘旋，竟然是少见的鸟篆，笔画皆有飞翔、纠缠的蛇形怪物组成，分外诡异。

"走吧。"福伯使劲推开了门。

吱嘎嘎。

沉重的两扇黑漆木门缓缓打开，一股夹杂着腐朽、阴沉的气息扑面而至。

不知为何，蒋南羽觉得自己好像面对着一座坟墓。

一座没有生气的坟墓。

想起那奇怪的少都督就栖身期间，想起外界传说的这无比奇怪的小楼，蒋南羽郑重迈出一只脚。

光线昏暗，虽是白天，这里也如同地底一般。

走进一楼大厅，视觉从短暂的黑暗中恢复之后，眼前所见，让蒋南羽倒吸了一口气，内心不由得惊呼一声：我的天！

视线完全被密密麻麻的高大陶俑吞没！

圆形大厅极为阔大，顶高十米，地上铺着黑色大理石，打磨得镜子一般锃亮，能够映照出人影。

整个大厅，没有任何的家具、布设，全部是密密麻麻真人大小的陶俑！

它们以大厅中心甬道为核心，扇形排列开去，整齐的一排排立于逐渐升高的石台之上，一直延伸到顶部。

就连墙壁上，也有一个个长龛，每个石龛之内，也有一个陶俑，从上到下，此起彼伏，数量过千！

上千个陶俑，前后左右，上上下下，面对着蒋南羽。

一双双琉璃做的眼睛，死死盯着他，虽无声无息，但摄人心魄！

这是一个陶俑的世界。

不，准确地说，这是一个妖怪的世界！

是的，那上千只陶俑，每一个都是妖怪。

传说中的妖怪。

人脸猴身，一手一足，獠牙外翻，踩着人骨的山膜。

似羊非羊，似猪非猪，直立啃食人脑的怪媪。

身穿白衣，披头散发，舌头猩红，自吊而立，笑容诡异的缢鬼。

头大身小，双目突出，全身赤裸，张嘴哭喊的小儿鬼。

腹部膨大，长发及腰，全身是血，手捧死婴的产鬼。

形大如猪，虎鼻猪牙，面色乌紫，周身满是黏液的厕鬼。

遍体生毛，毛色乌黑，三眼尖嘴，长臂如猿的毛鬼。

……

上千只妖怪，立于昏暗的光线之下，如同海浪般席卷而至！

用灰陶烧就，惟妙惟肖，色彩斑斓，或呐喊，或狞笑，或觊觎，或偷视……

蒋南羽似乎能听到他们之间的窃窃私语，能感受到他们那一道道令人毛骨悚然的目光！

它们是死的，但分明又像是活物！

它们在打量着自己，在狞笑，在逼近，在垂涎！

这是一个不折不扣的妖怪馆呀！

它们不是在寺院里，不是在祭祠里，不是在神山间某个破败的不知历史的山洞里，不是在坟墓里，而是集体出现于常人居住的厅堂，出现在家里！

群妖乱舞，百鬼夜行！

与它们朝夕相伴的少都督，又是怎样奇怪的一个人呀！？

"吓着了？"身后的福伯微微一笑，"少爷修好这楼的时候，我进来也是吓了一跳呢，不过时间长了，也就习以为常了。"

习以为常？一个活人，造起奇形怪状的黑屋子，在其中堆满千姿百态的妖魔鬼怪并安于其中，还能说习以为常？

"我家少爷足不出户，读书是他的爱好，最喜欢的就是各种妖怪传说，所以制造这些妖……这些东西，是他生活的全部。"福伯声音有些颤抖，道，"想来，少爷也是可怜呢。"

"可怜？"

"他自小没有朋友，孤独存活，羞于见人，这些就是他的朋友，是他的亲人。或许，在我家少爷心底，也认为自己是个怪物，是其中一员吧。"

是吗？

若是如此，这样的人，真的算是可怜了。

"请吧，少爷在二楼书房。"福伯引着蒋南羽走向楼梯。

就连楼梯两旁、栏杆扶手之上，也站立、蹲伏着妖怪。

溺鬼、蓬头鬼、魍魉、伥鬼。

疫鬼、画皮、旱魃、猫鬼。

百目妖、姑获鸟、腹虫、傲因。

……

楼梯盘旋而上，穿过这些鬼怪，蒋南羽内心狂跳，向上，向上。

二楼，从楼梯出来，中间原形厅堂，众多房间围绕。

"请。"福伯来到一扇大门跟前，敲了敲。

门是上好的花梨木，雕刻着一幅十八层地狱的众鬼像，两侧立着两具木雕骷髅，手持棍棒，肢体伸展、跳跃、舞蹈。

那是地狱门口的死亡之舞吗？

"福伯吧，请进。"

声音从里头传出来，沉闷，嘶哑，仿佛是从地底透出。

接着是笑，断断续续的、夹带着咳嗽声的笑，猫头鹰一般的笑。

门开。

里头点着蜡烛，光影摇晃，依然不甚明亮。

书，全是书。

四周的墙壁，被书柜占满，层层叠叠，高处需要踩着梯子才能够到。地板上、器具上，全是一本本夹满书签的书。

正中一张巨大的书桌同样堆积如山。

书桌后方，是一尊两三米高的青铜塑造的大俑，人身兽足，头戴巨大狰狞面具，上有四目，似熊非熊，瞠目张口，赤身裸体，身体下蹲，左手执戈，右手扬盾。

蒋南羽认得，那是率领百鬼夜行的大傩方相氏。

而在方相氏铜俑下，摆放着一张宽大木椅，堆满毛皮、薄毯。在鼓鼓囊囊的皮草之中，埋着一个东西。

蒋南羽只觉得一道幽幽的视线，盯着自己。

啪嗒一声，福伯带上门出去后，房间里一片寂静。

站立在堆积如山的书之中，沉没在昏暗的光之下，面对着那把高椅，蒋南羽没来由地紧张起来。

"蒋长官，请坐。"毛皮动了一下，一团东西滑了下来。

那是一个人，虽然天气已经不甚寒冷了，但他依然穿着件厚厚的棉衣。

个头极其矮小，顶多也就一米五左右，却又很是粗壮，完全就是个水缸一般。脑袋很大，足有常人的两倍，头发稀疏，只有几绺，其他的地方能够看到皱巴巴的头皮。身形佝偻，向前弯曲近乎四十五度，背部向后隆起，竟然是个罗锅，一条腿长，一条腿短，走起路来步履蹒跚，一瘸一拐，极为艰难。

他的声音，仿佛漏风的风箱，嘶哑，沉闷，听起来是如此的不和谐。

他挪到书桌旁边，倒了一杯茶，转身走过来。

"请喝茶。"茶水递过来。

蒋南羽接过茶，低头突然看到那张脸，惊得手儿一抖，滚烫的茶水溅了一地。

那是一张畸形、丑陋不堪的脸！灯光的映照下，近乎恐怖。

五官挤在一起，高凸的额头几乎占据了脸面的三分之二，双目深深凹瘪下去，一只眼睛瞎了，眼角挂着个巨大的囊肿，右半边脸严重萎缩、上斜，左半边脸的皮肤褶皱在一起，好像一块风干的橘子皮，因为兔唇，牙床裸露在外，露出已经脱落、所剩不多的几颗黄黄的牙齿。

这，真的是一个人吗?!

"对不起，非常对不起，吓到你了。"他极为羞愧地后退了两步，表情尴尬，动作慌乱，下意识地双手护住了自己的脸。

蒋南羽连忙摆手："说对不起的应该是我，我失态了。"

"不怪你，任何一个人第一次看到怪物一般的我，都会这般吧。与别人相比，蒋长官没有惊叫，没有逃跑，更没有攻击我，好多了。"他艰难地笑了一下。

"少都督何必如此自贬，你不是怪物，只是……只是和常人有别罢了。"

"哈哈哈哈！与常人有别……与常人有别，蒋长官，这是我迄今为止听到的最高的赞赏。"他似乎很高兴，又道，"我……我可以放下双手吗？"

"当然可以。"

他似乎松了一口气，艰难地搬了把椅子放在蒋南羽对面，想了想，又轻轻地将椅子拉远了两步，踮着脚尖坐了上去，转过身，侧面对着蒋南羽，为的是不让自己那张脸再次惊吓到对方。

看着他的这番动作，蒋南羽心中禁不住泛出微微的温暖。

他虽然长得丑陋，却明显是个心地善良的人。

"喝茶，请喝茶！"他殷勤地指着茶盏，生怕自己有任何的不礼貌。

蒋南羽喝了一口，茶是好茶，而且水温不烫不凉，正好。

他很紧张，不停搓着手："蒋长官，我很少见到陌生人，所以，如果有什么冒昧之处，还请见谅。"

"少都督客气了，我们这次来府上，免不了多有打扰，还请多多支持。"

"好说，好说。"

二人寒暄了几句，都没话了，场面变得有些尴尬。

"那个……"这位少都督沉凝了一下，鼓起勇气道，"我这次单独请蒋长官来，是听说你留过洋，所以，想请教一些问题。"

听闻这位少都督是位终日与书为伴的饱学之士，竟然还有问题请教自己，蒋南羽不由得挺直了腰板，正襟危坐。

"请问……大海，是什么颜色的？"

"啊!?"蒋南羽失声叫了起来，怀疑自己是否听错了问题。

这个，恐怕连小孩子都知道的事情，还用得上如此郑重地"请教"!?

少都督露出十分羞愧的神色，道："是这样的，我从未离开过这座山，这几十年来，都待在这栋楼里，所以除了庄前的那条溪流之外，我没有看过其他任何的水流，我的所有认知都来源于书本。关于海，我只知道波涛浩渺、汹涌澎湃、阔大自由，但是书里有些人说是灰色的，有些人说是蓝色的，所以我十分好奇……"

"少都督真的没有下过山？"蒋南羽轻声道。

少都督沉默了一会儿，望向窗外。

书房里很小的一扇窗，只能看到巴掌大的一片天。

"应该，应该有一次吧，大概是我十岁的时候。"他笑了笑，"太寂寞了可能。"

他转过脸来，正对着蒋南羽，目光黯淡而悲伤。

"母亲生下我时，就难产死去了。父亲最爱的女人就是母亲，所以他将母亲的死，全都归结到我的身上，直到他死，都认为一切的灾祸是我这个怪物带来的。

"我从小就被关在小小的屋子里，他从不让我见人，陪伴我的除了福伯就是书本。他经常会喝醉，醉了就一个人放声大哭，然后开始拎着马鞭打我。

"牛皮搓成的马鞭，蘸上水，打在身上，好疼好疼。我从不反抗，因为我知道这一切的确是我的错……"

"那并不是你的错。"蒋南羽忍不住道。

"是我的错。如果我不出生，母亲不会死。我看过母亲的照片，那么美丽的一个女人，却生下了一个怪物一般的我。"少都督仅有的一只眼睛，流下泪水来。

"蒋长官，小时候，我经常一个人缩在角落里哭。一个人，没有亲人，没有朋友，在黑暗、空荡、冰冷的房间里，看着窗外的月亮，幽幽地哭泣，常常哭着哭着就抱着母亲的相框睡着了。

"除了福伯，没有人和我玩。仆人们虽然表面上尊敬我，但能远离我就远离我，觉得哪怕是碰到了我都会沾染晦气，我的那个弟弟，二叔的儿子陆景瑞，呵呵，更是叫我小怪物。"少都督笑了起来。

那笑声，很刺耳。

"我自己和自己玩，自己和自己说话。我讨厌白天，盼望夜晚能够早点来临。因为到了晚上，上床入睡之后，我就不会孤独，我可以做梦，梦里，我不是一个人。

"后来，福伯教我认字，通过书本，我发现了一个属于我的世界。那世界是多么的美呀，我第一次知道世界竟然并不是这么一个小屋子，世界上，有大海，那么美那么宽阔的大海，有山川，连绵起伏的山川，有大漠，黄沙漫天的大漠，有河流，有鸟兽，有人烟……

"呵呵，那时我很快乐。知道得越多，对外面的世界就越渴望。你知道吗，我有时候会踩着凳子，踮起脚尖努力窥探外面的世界，尽管我只能看到山，连绵不尽的山。那时候的我，如果能够让我看到真实的世界，哪怕就是一眼，就是死我也愿意。

"有一天晚上，下着大雨，父亲又喝醉了，没命地用马鞭抽我。我哭了，那是我第一次哭。我觉得，或许有一天，自己真的会被他打死。"少都督抹抹眼泪，"我不怕死，真的，一点不怕死，但我想在死之前，看一眼外面的世界，那么美好的世界。

"于是半夜，我逃了出去。

"大雨，路滑，我一个人，小小的一个人，逃出了这里。不知道摔了多少跤，满身是伤，疲惫不堪，但我很快乐，我知道，我马上就能够看到那个期待已久的世界了。

"天亮的时候，我到了山下，看到了一个村子。炊烟袅袅，鸡犬相闻，阡陌交通，人来人往，远处是山，松涛阵阵，还有大河，缓缓流淌。村边是个集市，有人跳舞，有人杂耍，有人唱戏，其乐融融。"少都督咧嘴笑了，"我从未见过那么完美的世界。"

"我高兴地奔过去，想到人群里，尝一尝他们的点心，听听他们聊些什么、唱些什么，呵呵，可当我出现在他们面前时，所有人都愣住了。"少都督看着蒋南羽，"蒋长官，你知道吗，所有人，都愣住了！他们目瞪口呆地看着我，露出无比震惊的神色，然后……"

少都督的身体微微颤抖起来，缓缓地垂下了头。

"然后，他们举起锄头、镰刀，向我追过来。'怪物！怪物！'所有人都那么喊！我吓坏了，没命地逃，背后是扔掷过来的石块、刀……

"我逃回了太平庄，逃回了这座监狱，从此再也没有下过山。"少都督笑了笑，"那次之后，我就明白外面的世界虽然那么好，虽然那么美，但根本不属于我。我，只是一个怪物，从生下来时就是。"

蒋南羽的拳头，紧紧地攥了起来。

看着眼前的这个人，他的心，突然觉得好疼。

"后来，我迷上了那些鬼怪传说，你知道为什么吗？"少都督问道。

“为什么？”

“不是因为它们有趣，而是它们是我的同类。”

“同类？”

“是的！都是怪物呀。人们讨厌它们，畏惧它们，要消灭它们，它们只能在晚上出行，只能躲在高山深谷人迹罕至之地，完全就是我呀。我和它们，难道不是同类吗？”

蒋南羽沉默了，他不知道如何回答。

“后来，父亲死了。他死的那一天，我很悲伤。尽管他从未对我露过笑脸，尽管他一直骂我、打我，但他是我的父亲，他死了之后，连一个打我骂我的人都没了。

“我推倒了许多原来的建筑，用黑石修建了圆楼，在下面用陶俑制作了许多怪物。你知道吗，每一个，都是我亲手做的，我赋予它们生命。它们不是陶泥，它们是真真实实的存在，我和它们对话，和它们聊天，它们是我的亲人，也是我的朋友。

“但我还是觉得寂寞，读的书越多，就越觉得寂寞。比如大海，我可以想象它，通过无数记载它的文字，但我从未见过它。有人说海是灰色的，有人说海是蓝色的，我没见过，所以不知道是真是假。诸如此类的事情，很多。蒋长官，我很羡慕你们，羡慕你们每一个人，你们可以自由地出入那个世界，但对于我，永远不可能。”

蒋南羽深吸一口气。

他看着眼前的这位少都督，先前的恐惧荡然无存。

不知怎么的，他不觉得对方丑陋、狰狞，恰恰相反，眼前的这个人，是如此的可爱、可怜。

“我就这么活着。时间长了，觉得这般的生活，也可以过下去，虽然寂寞，但人总得活着呀，直到二十年前……”

说到这里，少都督沉默了，他望向那扇门，那扇沉重敦厚的门。

他的目光是那么的有力，好像升腾起了一把火焰，仿佛要穿透它，焚烧它。

“那年，我二十岁。有一天，二叔进来，对我说我要结婚了。”他慢慢地弯下那佝偻的身子，脸几乎触碰到自己的膝盖。

"蒋长官，我从未想到过自己会结婚。我是个怪物呀，谁会喜欢一个怪物，谁会嫁给一个怪物呢。

"二叔说已经安排好，新娘是我的表妹。"他笑了，"我曾经在窗户边看见过她，她和我的弟弟陆景瑞，在花园里散步，说话，笑容像阳光那么灿烂，那么美。

"我很忐忑，害怕，同时，是那么的喜悦。"

蒋南羽站起来，给他倒了一盏茶。

"谢谢。"他礼貌地点点头，然后继续诉说，"毫无疑问，她会给我带来不一样的生活，但我不知道她怎么看我。

"婚礼，很隆重。虽然只有山庄里的人，但很热闹。我穿着新郎的衣服，站在台阶上，看着美丽的她，一身嫁衣走过来，仙子一样。

"洞房花烛的那一晚，我没有进她的房间。"

蒋南羽笑了："为什么？"

"我怕她看到我和别人一样，认为我是个怪物。她要是惧怕我，我该怎么办呀？"

"但她是你的妻子，你们必然要面对。"蒋南羽道。

"是的，你说得对。"少都督使劲点了点头，"第三天，我见了她，和她聊了很久。我把我所有的一切都告诉了她，我说我知道自己是个怪物，配不上她，如果她讨厌我，我可以写下证明文书，证明她纯洁无瑕，她可以再去找个好人家。"

"然后呢？"

"然后呀……她哭了。"

"哭了？"蒋南羽没有想到会是这个结果。

"是的，她哭了，然后，我们生活在了一起。"少都督喝了一口茶，"或许，她可怜我吧。"

"或许，她是真的觉得你不错。"蒋南羽微笑道，"少都督，也许你认为自己是个怪物，但你有着一颗金子一样的心。"

"谢谢。"少都督笑了，充满感激地笑，语气也变得轻快起来。

"那是我一生中最快乐的时光，我从未发现生活会如此美好。我有了亲人，有了朋友，有了家。我让人把所有的妖怪陶俑都搬入了库房，我开始养花，画画，陪着她玩耍，我有了人生第一次笑。呵呵呵。

"有一天，她告诉我怀孕了。"少都督沉凝了一下，"我高兴极了，我要做父亲了，要有自己的孩子了！那是我和她的孩子呀！一个崭新的小生命。

"那一刻，我觉得老天对我是如此的眷顾。呵呵。我尽心尽力地照顾她，陪伴她，没想到等待我的，是一个噩梦。"

少都督从椅子上站起来，走到书桌前，抬头看着那个巨大的铜塑。

"一开始，都很正常。随着临产期越来越近，她的身体越来越不好，情绪也越来越不对劲。"

"怎么不对劲？"蒋南羽拿出了笔记本。

"怎么说呢，很虚弱，身体很虚弱。她原先不是那样，一直很健康。她整晚做噩梦，梦见有怪物要吃她，常常会吓得尖叫着坐起来。我让福伯请来了很多医生，都说没什么问题，静养就行了。

"吃了一些药，不见好转，到临产前的半个月吧，情绪逐渐稳定，不过睡眠很多，有时候一睡就是一整天。我逐渐放下心来，觉得好日子就要来了。"

"生产的那天……"少都督转过身，缓缓来到蒋南羽面前，他身体颤抖，有些说不下去。

蒋南羽伸出手，轻轻地拍了拍他的肩膀。

"少都督，请你无论如何要说下去，生产的时候，到底发生了什么，这对我们，对你，对如今的太平庄，都非常重要。"蒋南羽道。

少都督使劲点了点头，缓缓闭上那只眼睛。

"那天……"他的声音带着颤音，沙哑，"家人都在产房外面等待，只有我和产婆进去。我知道生孩子对于女人来说是件很可怕的事情，我想如果我在，对于她来说，是极大的支持。而且，我也想第一眼看到孩子，那是我的孩子呀。

"等待的过程很漫长，房间里没有什么声息。对我来说，那简直是煎熬。然后，我听到了一声啼哭，婴儿的啼哭，孩子生下来了。但就在那一刻，噩梦就来了。

"她突然跳起来，拼命地驱打产婆，疯子一样地把她往外赶。产婆吓坏了，急忙逃了出去。发生这种事情，我也愣了，一个刚生产完的女人，应该是虚弱无力的，更别说要赶走产婆了。

"当时的她，双目赤红、呆滞，披头散发，满身是血，和平时完全就是两个样子。我急忙过去，她连我都打，打我，撕扯我，咬我，毫不留情！"

"你是她的丈夫！"蒋南羽道。

"我叫她的名字，我告诉她我是她的丈夫，但一点效果都没有，就好像，她根本不认识我。"

"然后呢？"蒋南羽一边记，一边道。

"我没有她那么大的力气，被她打倒在地，她掐住我的脖子，面目狰狞。她要掐死我。我喘不过气来，意识逐渐模糊，然后，我看到了我的孩子，放置在一旁的孩子……"

说到这里，少都督再也承受不了了，他双手捂住自己的脸，号啕大哭："我朝思暮想的孩子，寄托着我所有希望的孩子，竟然和我一样，是个怪胎！"

"怪胎？"蒋南羽停下了笔。

"是的。尽管我只看了一眼，但看得十分清楚，那是一个面目全非的畸形，是个怪胎，无声无息地躺在那里！"

"然后呢？"蒋南羽沉声道。

"然后我什么都不记得了。"

"你昏过去了？"

"我不知道。"少都督使劲摇了摇头，"我什么都不知道了！等我醒来时，已经躺在床上，二叔告诉我，孩子死了，她也死了。我连她和孩子的尸体都没有再看见过，是福伯料理的后事。"

房间陷入了长久的沉默。

"这件事情发生之后，我的世界崩塌了。"少都督痛苦地看着蒋南羽。

"一瞬间，我觉得父亲说得对，我根本就是一个怪物，一个只会带来灾难的怪物！"

第五章　百鬼行

开始落雨，越来越大。

雨声如同潮水般传来，连绵不绝。

茶水已凉。

"我消沉了很久。"少都督脸色苍白，"躺在床上，如同死人一般。孩子没了，妻子没了，我的所有希望和对未来的美好憧憬，都没了。她们死的那一刻，我也死了。

"我想一死了之，但后来突然醒悟，觉得自己必须活下来！"他的声音变得高亢。

"为什么？"

"胡巡长来了，带着警察，从他们那里，我知道妻子的死，十分诡异，我要抓住那个凶手，替她们母子报仇！"少都督眼中喷火，愤怒无比。

"但是毫无结果。"蒋南羽尽量让自己平静下来。

"是的。"少都督垂下头，"警察调查了好长时间，最终铩羽而归。他们很辛苦，也很敬业，可始终无法查出真相。他们走了之后，我一直没有放弃。蒋长官，这么多年，我始终都在调查这件事情，这是我活到如今的唯一理由！"

蒋南羽重新将茶水续上，示意少都督继续。

"他们都说是怪案，是怪物作祟。我不这么认为，因为怪物并不是人们想象的那样，每一个怪物，它的存在是有理由的，它有它的原则和行事规矩，它们之所以成为怪物，那也是因为这世界亏欠了它们。怪物，并不单纯就是邪恶。我始终都觉得，这里头肯定有凶手，只不过我查不出来。

"一个月过去了，两个月过去了，一年过去了，很快，十二年过去了。在我绝望的时候，二叔告诉我为了陆家的香火，必须再娶妻子。"

"你答应了？"蒋南羽问道。

少都督点头："我答应了。"

然后，他看着蒋南羽，带着无比的歉意："蒋长官，表妹是我一生最爱的人，她死了，我不可能再会像爱她那样爱另外一个女人。"

"那你为何还要答应第二桩婚事？"

"我想……"少都督停顿了下来。

"你是想，如果结了第二次婚，再生下孩子，凶手说不定会再次作案，你到时就有了抓住凶手的机会，是不是？"蒋南羽的声音变得冰冷起来。

"一开始，我是这么想，对不起。"少都督承认了，但很快就抬起了头。

他的目光，灼灼如炬。

"我的第二任妻子，是当地乡绅之女，叫柳如云，她和我表妹长得……很像。"少都督深吸一口气，道，"一开始我的确像你说的那样，抱着那样的目的，但结婚之后，尤其是她怀孕之后，我的想法完全变了。"

"怎样？"蒋南羽问道

"我要保护我的妻子和孩子！"少都督坐直了身体，像个男人那般发出了怒吼，"那是我的妻子，我的孩子！我要保护她们！我要让她们健康平安！我要带着自己的孩子去看那大海！我要和妻子白头偕老！我要我们子孙满堂，其乐融融！我要一个完整的、美满的、别人都拥有的家！"

他几乎是咬牙切齿地吼起来："我要保护她们！我要揪出那个凶手！"

"但是，还是发生了一模一样的惨案，是不？"蒋南羽不忍心道。

少都督的身体如同被扎破的皮球一般，瘪了下来。

"是的。"他声音极低，很难过。

"一切都如第一次一样。"他痛苦地将盏中茶水一饮而尽，"我命令仆人将产房密封，一个苍蝇都放不进来，胡巡长也来了，警察们将搜神馆团团围住，二叔他们就守在产房门外！我们做了我们能做到的一切防护，但是……"

蒋南羽皱起眉头："生产时的情况和第一次完全一样？"

"完全一样！"少都督拳头砸在桌子上，茶水四溅，"孩子生下来之后，如云疯一般地将产婆赶出去，打我，我看到了死婴，同样是一个怪胎，然后就什么都不记得了。"

蒋南羽的头，开始疼起来。他使劲揉了揉自己的太阳穴："第三次呢？"

"第三次，是我提出要结婚。"少都督的这句话倒是让蒋南羽吃了一惊。

"所有人都说这是诅咒，陆家的诅咒，是妖怪作怪！他们吓破了胆！"少都督冷冷道，"只有我清楚，没有妖怪，只有凶手！那个凶手就潜伏着，一次又一次收割我的幸福！我必须解决他！"

"你的第三任妻子，是个怎样的人？"

"叫奴儿，是个戏子。"

"戏子？"蒋南羽有些出乎意料。

陆家声势显赫，是不折不扣的豪门，少都督第一任妻子是他的表妹，算得上门当户对，第二任妻子尽管是个乡绅之女，可也算是小家碧玉，这第三次，怎么娶了个戏子。

少都督看出了蒋南羽的疑问，解释道："一来，因为前两次的事情，外头传得沸沸扬扬，说诅咒的有，说我是怪物害死妻子的也有，一般人根本不愿意把女儿嫁到这里来。二来嘛，我觉得或许身份平凡、低贱一些的女子，命会硬些，也算是自我安慰吧。"

蒋南羽冷冷笑了两声。

"奴儿是主动跟着二叔回来的。她说在戏班里，班主对她很不好，极为虐待，所以她逃了出来，正好被二叔碰到，二叔将婚事跟她说了，她愿意嫁给我。她，是一个很善解人意、很可怜的女子，或许是因为这个，我们婚后过得很好。"

蒋南羽站起来，推开了门。

房间里太沉闷了。

"你没有想到，第三次依然是个悲剧。"蒋南羽说。

"是的，和前两次一模一样。"说到这里，少都督露出绝望的神情，"蒋长官，中国人都说事不过三，我原先觉得根本就不存在什么诅咒，但自从三年前，这件事情再次重复上演之后，我认命了！真的，我觉得，这就是个诅咒！我这个怪物带来的诅咒！"

一阵风吹过来，带来了一股清新。

"少都督，如你所说，世间根本就不存在诅咒，更没有什么鬼怪作祟！"蒋南羽大声道。

"可是……"少都督摇了摇头。

蒋南羽盯着他的脸，那张可怜的、看不到任何希望的脸："少都督，这次，第四次，你必须打起精神来，拿出比以往更加坚定的斗志来，保护你的妻子和孩子！揪出那个凶手！"

"我，能做到吗？"少都督声音颤抖。

"你不是说，想带着孩子去看那大海吗？"

"大海……"少都督嘴里念叨着这个词语，目光变得闪烁起来，"是呀，大海……"

"我告诉你，大海的颜色，是灰色，也是蓝色，有的时候，它还会呈现出绚烂的绿色，那是生命的颜色，希望的颜色！它阔大，辽远，有风的时候波涛汹涌，无风的时候，接纳万物！群鸟在其上飞翔，鲸鱼在水底遨游，那是生命的海洋！"

"生命的海洋……"少都督咬住了自己的嘴唇，那么用力。

"你不仅要带你的孩子去看那大海，更应该去看一看外面的世界！看那山川河流，看那芸芸众生，看那世事变幻，看那日升日落！你要带着他，看世间一切美的事物！

"少都督，这世界太大，五大洋，七大洲，在大海的对面，有很多别的国家，有黄头发蓝眼睛和我们完全不一样的洋人，有同样灿烂的文化，有同样璀璨辉煌的建筑和文明！当然，还有同样精彩和可爱的妖怪传说！这些，难道你都不想带着你的孩子，去看看吗？！"

"我想！"少都督噌地一下站起来，"我想！"

他在吼，声嘶力竭！

蒋南羽重重地拍着他的肩膀："那就振作起来，保护好你的妻子和孩子！少都督，我发誓，我一定会揪出凶手！"

少都督的眼眶，湿润起来。

"我……会的！"他坚定地昂起了头。

当！

钟声响起，悠长，空灵，回荡在群山之中，人的耳膜也随之嗡鸣起来。

"苍苍竹林寺，杳杳钟声晚。荷笠带斜阳，青山独归远。"少都督喃喃地诵了一首唐诗道，"蒋长官，你知道吗，先前我觉得这钟声，和妖怪很像呢？"

"钟声像妖怪?"蒋南羽被他这句话搞得有些莫名其妙。

"你听得到它,却看不到它。它充满周围空间,不知大小,不知行踪,但是它在。这和妖怪很像,不是吗?"

"好像,是的。"

少都督笑了:"可是,现在突然觉得钟声就是钟声,而妖怪嘛,不过是和钟声一般的虚无缥缈的东西吧。"

蒋南羽也笑。

"所以,这次我一定要鼓足勇气,誓死保护自己的妻子和孩子,还请你和胡巡长多多帮忙!"少都督弯腰向蒋南羽鞠了一躬。

"不敢当。"蒋南羽急忙回了一礼,道,"不过,少都督,我有一个请求,不知……"

"请说。"

"我想去看看产房。"

三桩怪案发生的地方,不亲自去看一看,总觉得不妥。

"这个……一定要去看吗?"少都督明显有些为难,解释道,"内人这段时间情绪一直不好,这个时候,应该是在睡觉。"

"放心,我不会惊醒少夫人。"

"那,好吧,请随我来。"

少都督一瘸一拐地艰难动身,领着蒋南羽出了书房。

穿过圆形大厅,二人在对面的房间门口停下。

门是铁门,看起来分外沉重,紧闭着。

少都督敲了敲门。

"谁?"里头传来一个男人的声音。

"少安,是我。"少都督答道。

门后传来门闩拉开的声响,接着是开锁声,接着门开了。

"请进。"少都督将蒋南羽让进房间里,铁门吱嘎一声又被关上了。

门后站着个男人。

很瘦,却很高大,二十七八岁的年纪,一身花格子西装,相貌英俊,戴着金丝眼镜,镜片后是一双警惕的眼睛。

他的脸色泛出明显不健康的苍白,或许是因为睡眠不足的原因,顶着明显的黑眼圈。

"这位是内人的表哥，沈少安。蒋长官，你们应该很能聊得来。"少都督介绍道。

"哦?"

"他也留过洋，在英吉利，是著名的名物学家。"

"名物学家?"蒋南羽第一次听到这个名词。

"所谓的名物学，是研究与探讨名物得名由来、异名别称、名实关系、客体渊源流变以及文化含义的学科。"沈少安昂起下巴，解释道。

他的声音很涩，带着天生的骄傲和敏感。

"倒是很有趣。"蒋南羽笑了笑，打量了一下房间。

这是一个套房，外头是一个大大的套间，没有窗户，地上铺着厚厚的、柔软的猩红色毛毯，放置桌椅床榻，很是平常，不过最吸引人的，则是正对门口放着的一尊巨大神像。

这神像，蒋南羽在山道荒寺中曾经见过，是大日如来的化身——不动明王，泥塑彩绘，全身青色，端坐于座，左眼细闭，獠牙突出，左手持罥索，右手持利剑，呈现无上愤怒相。

与山道荒寺那尊不同的是，这尊泥塑的不动明王像风格更为古朴，并无怪异的第三只眼，手中所持法器皆是紫铜所铸，锐利无比，无形之中增加了几分戾气，而那明王的嘴，不是紧闭，而是圆圆张开，露出一个幽深的黑洞，显得越发威严震慑!

少都督见蒋南羽的目光停留在神像上良久，笑道："蒋长官是不是好奇此处怎么会有如此的一尊神像?"

"的确有些好奇，我看这神像似乎应该是寺庙之物吧?!"

这般高大、古旧、威猛的神像，除了寺庙之外，一般人家是没有资格供奉的。

"这是家父留下的。"少都督来到神像前，昂着脸看了看，沉声道，"本来属于栖岩寺，家父修建太平庄的时候，在一个倒塌了一半的大灵塔内发现了它，很是喜欢，就迎请到了书房。他去世之后，我将书房里的塑像换成了方相氏，它也就转移到了这里。本来是祈求他能守护我的妻小，不过，似乎并没有这么灵验，否则它不会见证了那三桩惨案的发生。又或许，是我没有足够的虔诚吧。"

言罢，少都督点了三支香插入香炉，恭敬合掌，祈祷了一番，转身对沈少安道："千歌还好吗？"

"睡着了。"沈少安轻轻推开内室的房门，"你们聊，我出去透透气。"

看着他的背影，少都督道："自内人怀孕以来，这里二十四小时都有人，这段时间他和严麻子轮流照顾，辛苦了。"

"他到山庄很久了？"

少都督点头："忘了向你介绍了，我的这任妻子叫夏千歌，二叔挚友之女。少安和千歌自小就感情很好，所以听闻之前的怪案后，生怕表妹有意外，特意来到山上。"

内室布置得简单而温馨，除了必备的家具之外，一张大大的高脚木床，铺着锦缎丝绒，厚厚的羽毛被下，躺着个女人。

房间只有大床对面有个小小的窗户，只能勉强容纳人探出半个身子，蒋南羽伸头看了看，下方是近十米高的光滑墙壁，周围没有一棵树。

"睡着了。"少都督来到床前，充满怜爱地看着床上之人。

二十出头的女子，一头海藻般的秀发光亮得缎子一般，容貌娇美而精致，脸色潮红，额头冒出一层细小的汗珠，双目微闭，呼吸深沉，一吐一纳，犹如大海。

如黛的双眉微微皱起，露出深深的担忧的神色，或许做了噩梦吧。

"像这般的昏睡，一天有多长时间？"蒋南羽问道。

"刚开始还很正常，不过随着临产越近，睡得就越多，现在一天中除了吃饭、上厕所之外，基本上都是如此。"

蒋南羽拿出笔记本，认真地记下来。

"怎么，这有什么问题吗？"少都督问。

蒋南羽笑着摇了摇头。

这时，敲门声响，是福伯。

"少爷，晚宴已经准备好了，还请入席。"福伯恭敬道。

少都督拍了拍脑袋，歉意道："我把这件事忘了，谈了一下午，想必蒋长官早已饿了。"

留下福伯守护夏千歌，二人下楼。

晚宴在中条书斋的客厅里举行，当二人赶到的时候，长长的餐桌上已经坐满了人。

陆建武坐在最上首，身体微微偏斜，认真地听着李亚子低声说话，表情郑重。挨着二人的是两个和尚，其中一个蒋南羽见过，那个扫灵塔的广济，他旁边的僧人，年纪约在四十，清瘦，长脸，身体端正，沉默寡言，想必就是广济的师兄广清了。

沈少安坐在陆建武的对面，形单影只，表情冷漠。一旁的胡淑芬正在和风四娘聊得热火朝天，估计是已经摒弃前嫌，猴五、陈大力、风小宝坐在末座，恭恭敬敬，拘谨得很。

"对不起各位，来晚了。"少都督一瘸一拐地绕过长桌，在正中的主位坐下，呵呵一笑。

"三年不见，少都督清瘦了不少。"胡淑芬摁灭了烟头，晃着二郎腿道。

"三年不见，胡巡长还是如此神采奕奕。"

"神采奕奕谈不上，倒霉透顶却是真的。"胡淑芬嘿嘿一笑，"都说天妒英才，像本大巡长这样的英才，老天总是想尽办法来折磨，不让本大巡长过上好日子。"

"巡长，天妒英才是形容死人的。"蒋南羽小声提醒。

"这个……是吗？"胡淑芬吃了个瘪，讪讪笑了笑，对少都督拍了拍胸脯，"不过少都督尽管放心，这一次本大巡长一定会将凶手绳之以法，保护少夫人和贵公子的安全。本大巡长这次要一雪前耻，一鼓作气，一锤定音，一飞冲天，一扫而光，一……"

"这么说，胡巡长甚有把握？"沈少安冷笑道。

"那必须的！"胡淑芬神气十足地摆弄了一下腰间的佩枪，闭上眼睛，装神弄鬼地深吸了一口气，阴阳怪气道，"本大巡长已经嗅到了凶手的气息！"

"哦？"满桌人神情一顿，目光全都汇聚到了他的身上。

然后这货睁开眼，将桌上的众人一个、一个地看了遍，幽幽地道："或许，凶手就在你们其中哦。"

所有人几乎同时都露出了不屑一顾的表情，各自恢复先前的动作，搞得故弄玄虚的胡淑芬十分尴尬。

"那就拜托胡巡长了。"只有少都督郑重而认真。

"好了，既然人都到齐了，那就开宴吧。"陆建武轻咳了一声，宴会开始。

仆人们鱼贯而入，端上酒菜。

晚宴很丰富，席间立刻觥筹交错，很是热闹。

"二叔，景瑞呢？"少都督不喝酒，端起一杯茶举向陆建武。

陆建武满饮一杯："说工期紧，赶着监工，宴会就不参加了。"

"这是景瑞今年造的第几座桥了？"少都督道。

"第八座吧，真想不通，这混账平日里混吃等死，如今不知道脑袋哪根筋搭错了，竟然迷上了造桥。"

"阿弥陀佛。"一直不说话的广清双掌合十，"二老爷，造桥是大功德，景瑞少爷此举，也是为了陆家积累福报。"

少都督连连点头："是呀，辛苦景瑞了，晚上我让福伯请他来看戏。"

"说到看戏……"陆建武的脸色明显阴沉下来，"景出，千歌如今临产在即，庄上焦头烂额、风声鹤唳，你竟然还有心情看戏？"

少都督想说什么，被陆建武制止了。

老头语重心长道："今年的光景并不好，时局动荡，陆家的铺子关了十几个，赢利甚少，去年亏空了十几万大洋，今年更是雪上加霜，我老了，跑不动了，早晚有一天要去见你爹。这些年来，为这个家我苦苦支撑，为的就是让陆家能够存活下去。我是要死的，或许就这么几年，景瑞是个混账，指望不了，我哪天撒手走了，陆家偌大的家业谁来执掌？"

席间沉默，少都督的脸变得格外复杂。

"二叔，这些年，辛苦你了……"他说。

陆建武摇头："算不了什么，我的本分。陆家到底是你的，我只希望你走点正道。"

"二叔的意思，我这些年，是在胡闹？"少都督盯着陆建武。

陆建武双手搂着拐杖："难道不是吗？你读书，我不怪你，不过你看你搞得那一屋子的怪东西！有这些时间，熟悉一下陆家的产业，学着运作，不是挺好吗？"

"那些，我不感兴趣。"少都督的声音很冷。

"这是你感不感兴趣的事儿吗？这是你的责任！"陆建武的拐杖啪的一声重重磕在地上，老脸涨红，"陆家不是以前的陆家了！这世间向来极为势利，你爹活着的时候，每日门前车水马龙，日进斗金，陆家风光无限，哪个不高看一眼?！可现在呢，太平庄一年到头也来不了几个正经人……"

"哎哎哎，二老爷，你这话说得本大巡长听着怎么如此别扭!？难道本大巡长不是正经人吗？那家伙，就是你……别闭眼了，那个和尚，人家也说你不是正经人呢。"胡淑芬生气道，"真是狗咬吕洞宾，本大巡长受苦受累，为你们保驾护航，得来的竟然是这般的侮辱，很伤心唉！"

"胡巡长，我们在谈家事，你就休要胡闹了！"陆建武怒道。

胡淑芬瘪了。

陆建武盯着少都督："你爹赚下的家业，早已经坐吃山空，你知道我们现在是什么情形吗？只剩一个空壳，再如此下去，恐怕这个家就要败了！我老了，有心无力，着急呀！你一个大男人，整日躲在乌烟瘴气的屋子里，对着那些混账东西打发时光，这就是你的责任?！"

"那不是混账东西，它们是我的朋友。"少都督昂起头，郑重道。

"朋友?"陆建武笑了，痛苦地笑，"有人会和妖怪做朋友吗?"

"有！我呀，我就是个妖怪。"少都督摊摊手。

"你……"陆建武气得剧烈咳嗽起来，脸色铁青，好不容易平复下来，道，"我说不过你。我问你，这都什么时候了，你竟然还能请人来杂耍唱戏？你难道不知道整个庄子已经人心惶惶了?"

"正因为人心惶惶，才想到戏班来让大家轻松一下，这有什么不对?"少都督反问道。

"混账呀……"陆建武愤怒无比。

"喂，两位。"胡淑芬扯了一下椅子，"本大巡长来说句公道话吧。"

众人齐齐看着他，像看着一只猴子。

"似乎……少都督做得并没有什么错呀，二老爷。"胡淑芬扯着公鸭嗓子道。

陆建武的目光，如同刀子一般。

"如你所说，二老爷，时局动荡，人活着不容易。所谓人生苦短，死了早晚，苦巴巴活一天，是一天，笑嘻嘻活一天，也是一天，为什么不开心一点呢？人生呀，就是个屁，不管香臭，最后还是个空，喂，和尚，你说是不是？"胡淑芬望向广清。

广清双掌合十："阿弥陀佛，贫僧以为……"

"你别以为啦，估计你也说不出什么比本大巡长更高深的哲理来。"胡淑芬摆了摆手，示意广清闭嘴，又道，"说到唱戏，呵呵，四娘的这个班子可不一般，江湖上大大有名，表演的曲目嘛，也是有文化有格调，对了四娘，你们要表演什么来着？"

"杂耍幻术，《百鬼夜行》。"风四娘答道。

胡淑芬吓了一跳："妈的！你们真够狠的！"

"《百鬼夜行》!?"陆建武的脸色很难看。

班主猴五赶紧解释："这是我们的看家本领，乃以上古时期流传下来的大傩为基础，改良、加入了杂耍幻术，栩栩如生地展现各种鬼怪精灵，犹如亲身显现一般真切……"

"够了！"因为愤怒，陆建武全身颤抖，转脸盯着少都督，"是你叫他们表演这个的吧？"

"是。"

"你难道还嫌庄里鬼踪怪影不够多吗?!"陆建武怒道，"圣人言：子不语怪力乱神，你倒好，原本就乌烟瘴气，你还……"

"二叔不也如我一般吗？"少都督沉声道。

"我怎了？"

少都督指了指陆建武身边的李亚子："这位先生，是来看祖坟风水的吧？"

"有何不妥!?"陆建武大声道。

"风水之说，和这杂耍表演，有何不同吗？"少都督笑笑，"不过是个心理安慰罢了。"

"你……"陆建武气得再也忍受不了，拍案离席。

"国之将亡，必出妖孽，家之将破，不过如此。"老头走到门口，一声叹息。

这顿饭吃得真是相当尴尬。

胡淑芬喝得醉意醺醺，对少都督道："人都请来了，戏还是要开的……"

一边说，这货一边用那只咸猪爪握住了凤四娘的手儿，道："戏班也是辛苦，拖家带口的不容易，混口饭吃，我看唱唱也好。"

然后，这货仿佛想起了什么，又问："《百鬼夜行》，是不是要在晚上唱呀？"

"那是自然。"凤四娘答道。

"妈的。"胡淑芬脸儿变了，马上道，"少都督，我琢磨着二老爷的话也是有道理的，这大晚上的各种鬼呀怪呀的，挺瘆人的，要不……"

"一定要在晚上，才有意思。"少都督道。

"是这样呀……"胡淑芬挠了挠头，道，"既然如此，为了安全起见……我的意思是我倒是不害怕，还是有劳这两位……喂，你们两个和尚，听到本大巡长说话了没有！你们晚上也必须来，带上法器，在旁边护法！"

广清和广济两个没搭理胡淑芬，望向少都督。

"这种事情，想必广清师父最拿手了，呵呵，听说建起的那间观音殿里头的三目童子灵验得很呀。"自出现在晚宴上就没说话的沈少安，不知为何插了一句，看着广清，呵呵一笑。

广清也笑："灵验与否那和菩萨眷顾有关系，贫僧没有这般的本事。"

"是吗？"沈少安挑了挑眉毛，"还是广济师父修行高深才能赢得菩萨眷顾呀，还有那三目童子，听说信众十分崇敬。"

"沈少爷高看贫僧了。"广清双掌合十。

少都督对广济道："晚上二位和普元方丈都来吧，别无他意，只请一观。"

"师父闭关修行，怕是不便，贫僧二人定当从命。"广清答应得很干脆。

晚宴，就如此结束了。

天色暗淡，夜幕四合。

太平庄的后院，仆人们进进出出，布置着桌椅板凳，搭建起简单的座席，煮茶温酒，忙碌一片。

《百鬼夜行》要在晚上演，地点就选在搜神馆前方的空地上。

火把点起，将空地照耀得如同白昼。凤四娘、猴五他们在座席对面布置舞台，地上铺了一层草席，又竖起帷幕，从带来的箱子里拿出面具、乐器以及各种各样奇形怪状的东西来。

胡淑芬和蒋南羽站在一棵树下，看着这忙碌的人群。

"这个庄子里的人，活得太压抑了。"蒋南羽低声道。

自从进入太平庄，很难从这里的人脸上看到笑容。不说陆家人，便是这些仆人们也是一个个沉默寡言、行色匆匆，经常看到他们躲在一处嘀嘀咕咕，神色诡异。

"你觉得风四娘这小娘们儿怎么样？"胡淑芬根本就没听蒋南羽说什么，咧着嘴色眯眯地盯着不远处忙着上妆的风四娘。

帷幕后面，换上一身鲜艳红色行头的风四娘，露出雪白的腰肢，身段婀娜，着实令人眼前一亮。

"巡长……"蒋南羽哭笑不得。

胡淑芬恋恋不舍地将目光收回来，点上一根烟。

"听说你下午和少都督谈了很长时间，调查得怎么样？"

蒋南羽若有所思："一个可怜人，似乎没有作案的动机和可能。"

"你一直怀疑他是凶手？"

蒋南羽点头："他始终是第一号嫌疑人，不过现在我基本上可以将他排除。"

"为什么？"

"一个以保护妻子和孩子为活下去唯一理由的人，我想，他不可能是凶手。"

胡淑芬点了点头，然后哈哈大笑："大呆货！这个本大巡长多年前就已经做出结论了！"

蒋南羽没有反驳，皱眉道："巡长，不知为何，越是调查，越是觉得这太平庄的水很深，好像掉进了沼泽，眼前迷雾重重，越是挣扎，陷得越深。"

胡淑芬难得有点正行，神情严肃道："这不是沼泽，这是一个噩梦。"

二人都沉默了。

"管他呢。"胡淑芬扔掉了手中的烟头，"车到山前必有路，骑驴看唱本吧。走，咱们的目标现身了。"

旁边的人群，喧哗起来。

仆人们站立两旁，纷纷行礼。

换了一身黑色绸缎长衫的少都督，笑容灿烂地引着一个女人出现在人群中。

一袭白衣，容颜如同洁白山茶，纯粹典雅的女子。

眼前的夏千歌和卧室见到的那个女人，有着截然不同的风采，此刻的她，让你会不由自主产生一种赞叹、亲近之感。

"这么美丽的一个女人，但愿不要重蹈先前的覆辙。"胡淑芬叹了一口气，带着蒋南羽过去。

少都督夫妇二人，无疑成了焦点，众人纷纷上前施礼、问安。

"千歌，这位是胡巡长、蒋长官，特意前来。"少都督介绍道。

"感谢二位长官远道而来，千歌感激不尽。"夏千歌微微点头，笑容灿烂。

火光之下，她的脸色依然有些潮红，精神并不是很好。

"不客气，哈哈，少夫人真是天仙一般，放心，有本大巡长在，定然保你母子平安！"胡淑芬笑道。

寒暄了一阵，众人落座。

蒋南羽看了看，少都督夫妇坐在正中，刀客严麻子一身黑衣矗立在后面贴身保护，福伯垂首立在旁边，表情恭敬。沈少安挨着夏千歌坐着，两个人时不时小声说些什么，看样子感情很好。

广济、广清两个和尚，坐在拐角，僧衣整齐，手中持着金刚铃杵，正襟危坐。

人群中不见了陆建武和李亚子，想必是老头晚宴上生了一肚子气，懒得来，和李亚子二人独处去了。

"福伯，景瑞呢？"少都督心情很好，指了指旁边的一个空位。

"二少爷说是一定会到，这会儿不知……"

"热闹，真是热闹！太平庄这个鬼地方，许久没这么热闹过了。"福伯还没说完，就听见有人冷笑声声。

火把之下，病痨一般的陆景瑞手里端着杆大烟枪，一边吞云吐雾，一边缓缓而来。

"二少爷。"福伯将他引过来。

陆景瑞一屁股坐下，看了看胡淑芬和蒋南羽："二位赖在这里还没滚蛋？"

少都督脸色一沉："景瑞！怎么这么对二位长官说话？"

"什么长官？狗屁都不是，饭桶而已。若是有能耐，大哥你也不至于娶了这第四任。"陆景瑞打着哈欠。

少都督的脸色顿时灰暗了下来。

"要我说呀，这陆家要完了。"陆景瑞丝毫不顾及少都督的情绪，哈哈大笑。

福伯颤巍巍道："二少爷，你怎么如此说呀……"

"我难道说错了吗？咱们姓陆的，老的老少的少，缺德的事情干得还少了？报应，嘿嘿，报应！"

少都督身形一颤，似要发火。

夏千歌轻轻将他拉了下来，对陆景瑞笑道："景瑞，听说你造桥造得辛苦，可得注意身体呀。"

陆景瑞的目光根本不在夏千歌身上，看着对面戏班的帷幕，阴阳怪气道："我这破身体，熬不了多少时间，造桥嘛，无非是给陆家积点德，免得将来绝户了被狗扒了坟头，连个尸身都存不下。嫂子，你还是顾着自己吧，泥菩萨过河了都。"

"够了！"少都督大怒，"你怎么说陆家、说我，都无所谓，对你嫂子，不得如此无礼。"

陆景瑞冷哼了一声，不作声了。

"少爷，开戏吧。"福伯急忙打圆场。

少都督点了点头。

福伯快步走到帷幕后，时候不大，锣鼓响了起来。

咚咚咚，随着一阵雨点般的鼓声，现场安静下来。

随即埙声响起，呜咽，凝重，众人盯着帷幕出口，聚精会神。

轰！

一声巨响，帷幕中腾起一阵浓烟，迅速扩散，将整个帷幕淹没在缥缈之中。

咚，咚，咚。

鼓声缓慢，伴随着鼓点，浓烟之中出现了一个高大、怪异的身影。

丁零零，丁零零。

随着那身影舞动，传来清脆的铃声。

"天地玄黄，生吾方相，身后百鬼，牵引阴阳……"

歌咏之声，低沉，凝噎，如哭如泣。

咏唱中，那高大身影雄壮舞蹈，舞姿慷慨，勇猛刚健。

哗啦啦！

随着一阵抖动之声，身影从迷雾中显现。

"哇……"人群中发出一声低低的惊叹。

身披熊皮，头戴金光灿灿的四目面具，脸上覆盖着一面猩红色的狰狞鬼面，蓬发赤足，左手持盾，右手扬戈，连声怪叫，凶煞猛烈。

"这是方相氏吧？"夏千歌喃喃道。

"不错，正是我跟你说过的方相氏。"少都督笑道。

这方相氏，定然是戏班陈大力所扮，在迷雾中跳着古老的傩舞，虽狰狞丑陋，但有种震人心魄的美。

旋即，横笛尖锐地响了一声，伴随着一声幽幽的低泣，方相氏身后出现了个披头散发的身影。

哭声凄惨，一身白衣，浓雾中分明看到这人影竟然脚不着地，悬浮于半空。

"妾身好苦，吊于横梁，负心人儿，寸断肝肠……"女声悲唱之时，突然轰的一声，浓雾炸开，现出一个面色惨白、舌头猩红的缢死鬼来。

"亲娘！"有仆人吓得差点晕过去。

轰！

浓雾再次合拢，女鬼陡然消失，一个小屋子般的黑色身影匍匐在雾色中。

众人屏息，死寂一片。

"深山之中，独喜那夜行孤人儿，唤一声，现真身，吃他脑，饮他血……"唱词沙哑，阴森恐怖。

少都督看得津津有味，笑道："此乃山魈也。"

轰，浓雾炸开，见一怪物，长臂短腿，黑身有毛，怪面斑斓，獠牙突出，双目圆睁，嗷嗷乱叫，奔着人群猛冲而来。

"我天！"最前方的仆人们失魂落魄，人仰马翻。

噗……

眼见得那怪物冲到眼前，一声轻响，竟然如同雾气一般消失了，化为清风，飘荡开去。

"怎么没了？"仆人们惊慌失措，站起来发现怪物消失，纳闷不已。

"好戏法。"少都督击掌而赞，转脸对夏千歌道，"夫人，怎样，有趣否？"

"有……有趣。"夏千歌勉强一笑。

看起来，她似乎并不太喜欢。

笛声又起。

众人睁大眼睛看着浓雾，却见浓雾中悄无声息。

"那边……"蒋南羽指了指座席左侧。

就在左侧不远处，一股浓烟从地底下冒出，仿佛喷泉一样，烟中长出一棵树，越长越大，迅速开花，结果。

众人纷纷鼓掌，赞叹不已。

却见树下，闪现两个人影，似乎是一对夫妇，将一个襁褓扔了出去，接着传来几声婴儿的啼哭，忽而有狼嗥，几头狼影匍匐而来……

"啊……"夏千歌叫了一声，双手捂嘴，身体微微颤抖。

婴儿哭声被狼嗥淹没，接着传来撕扯吞吃之声，旋即安静下来。

"被弃之儿，躯体不整，怪我父母，乃生怨灵……"婴孩悲泣，一个怪异身影缓缓站起。

头大身小，四肢细长，哇哇乱哭。

浓雾炸开，一个双目突出、全身赤裸、面目被啃食得血肉模糊的小儿鬼现出身来。

"妈呀！"胡淑芬吓得一头扎进蒋南羽的怀里，两股战战。

现场之人，除了少都督看得津津有味外，其他人无不一头冷汗、目瞪口呆。

"少夫人，没事吧？"蒋南羽见夏千歌面色苍白，双手捂着胸口，喘息粗重，不由得担心起来。

"没……没事。"夏千歌看了看身边的少都督，艰难地摇了摇头。

接下来，浓雾之中，一个个精灵鬼怪不断现身，形象狰狞丑陋，伴随着诡异的音乐，使得整个太平庄沉浸在惊恐怪叫里。

这一个个怪物，无不出自远古的传说、神话之中，极尽恐怖之能事，而且那股浓雾飘忽不定，有时出现在半空中，有时从地下涌出，更多的时候干脆就出现在观众身边，一个个精怪就这么毫无征兆地跳出来，吓得众人鬼哭狼嚎，就连那广济、广清也是身体乱颤，最后索性闭上眼拼命念着阿弥陀佛。

"好！好！"少都督十分兴奋，连连鼓掌。

他说得对，那些对于寻常人来说就是噩梦的怪物们，于他来说，是朋友，久未谋面的朋友。

"南羽，咱们还是别看了吧。本大巡长一颗心儿都要跳出来了。"胡淑芬吓得已经呕吐了好几次，痛苦不堪。

"快完了吧。"蒋南羽虽然胆大，可也抵挡不了这般的视觉轰炸，唯有咬牙坚持。

"呜呜呜呜……"一个女人的哭声传入耳膜。

众人纷纷转脸寻找，生怕这个妖怪又出现在自己身旁。

"我好苦呀……"女声呜咽着，好像就在耳边。

蒋南羽此时最担心的就是夏千歌了，寻常人都已经吓得肝胆俱裂，她一个女子，早已经花容失色，若不是为了少都督苦苦支撑……

"少夫人……"蒋南羽转脸想看看夏千歌的情况，忽然见一股浓烟从她脚下冒出。

一个怪物，毫无征兆地显现在夏千歌的身后，无声无息！

其他人的目光纷纷聚焦过来，见到那怪物，无不吓得面目失色。

夏千歌显然看到了身边弥漫的浓烟，更看到了所有人投过来的恐怖目光。

"少夫人，别回头！"蒋南羽见夏千歌脸色苍白如纸，大汗淋漓，知道她已经到了极限，低声叫道。

人往往就是这样，越不让他做的事，越要忍不住好奇地窥探一番。

蒋南羽的这声喊，让夏千歌禁不住转过了脸。

一个腹部膨大如鼓、长发及腰、全身是血、手捧死婴的产鬼，就那么在她的眼前。

"啊!"夏千歌吓得惊叫一声,往后仰面倒去。

"千歌!"少都督惊呼一声。

沈少安眼疾手快,将夏千歌抱住。

与此同时,蒋南羽也冲出,到了跟前,见夏千歌牙齿紧咬,嘴角抽搐,已昏厥过去。

"别演了!"沈少安愤怒地吼了一声,"她向来胆小,怎能看这样的戏!"

"别演了,别演了。"少都督哪料到会有如此的结果,急忙挥手。

鼓乐之声戛然而止,怪物消失,浓雾散去。

"少都督,少夫人没事吧?"猴五、陈大力、风四娘、风小宝四人从帷幕后面走出来,见夏千歌那副模样,吓得够呛。

"胡闹!你们简直是胡闹!怎能这么惊吓她!?"沈少安暴怒,目光如刀。

"我们,我们也没想到呀!"猴五急忙跪倒。

"算了,也怪不得他们。"少都督见猴五等人那副模样,很不忍心,打了个圆场,就要去抱夏千歌。

"滚开!"沈少安一把将少都督推开,"有你这么当丈夫的吗!?妻子即将临产,竟然让她看这么恐怖凶恶的戏!你知不知道她胆子小!"

少都督从地上爬起来,磕碰得鼻青脸肿,自责万分:"少安,是我的错!全是我的错!我原想是让她开心……"

"有这么开心的吗!?你喜欢怪物,她不喜欢!明白吗!?"沈少安抱起夏千歌,大声吼道。

"我……"少都督悔恨无比,看上去十分可怜。

"你是怪物,不代表其他人也是!"沈少安破口大骂。

"沈少爷,你说得过分了,我家少爷也是好心想让少夫人解闷,虽然办了错事,但他也不想有这般的结果!"福伯立刻不愿意了。

"千歌若是有个三长两短,我和你们没完!"沈少安抱着夏千歌,向搜神馆走去。

"少爷,你没事吧?"福伯搀起少都督。

"没事,我没事,福伯,带我去看千歌!快!"少都督带着哭腔,主仆二人跟向了搜神馆。

蒋南羽扯了扯胡淑芬，两个人也走了进去。

就听见陆景瑞阴阳怪气的声音："散了吧，散了吧，这破事儿办的，真是扫兴。自作孽，不可活呀。"

顾不得身后的慌乱，蒋南羽搀扶着少都督，进了搜神馆，跟着上楼。

看着前方沈少安怀中昏迷的夏千歌，少都督拉着蒋南羽的手，泪如雨下："蒋长官，我没料想会这样！没想到呀！"

见他脸面磕得流血，那副悔恨交加的可怜模样，蒋南羽也心酸不已，安慰道："少都督，这怨不了你，谁都没料到。"

"千歌可千万不能有事呀，否则我……唉！"少都督狠狠扇了自己一个耳光。

上了二楼，严麻子打开了房门，沈少安抱着夏千歌走向卧室，少都督站在门口对福伯道："去把普元方丈请来，快去。"

福伯答应一声，出去了。

蒋南羽正要安慰少都督，突然听到卧室之中传来沈少安一声惊叫——

"来人呀，有鬼！"

第六章　三目婴

空气中飘荡着一股甜得发腻的味道。

听到沈少安的高叫声，蒋南羽最先冲进了里间的卧房，同时拔枪，动作麻利得如同一只捕食的豹子。

不知怎的，胸中涌出了一股强烈的兴奋。

妖怪，现身了？

但那股气味，还是让蒋南羽有些纳闷。

先前来这房间时，可并没有嗅到这般诡异的味道。

不是花香，不是他熟悉的世间的气味。

房间里没有点灯，从外头冲进去，双目陷入短暂的黑暗。

但在几秒钟适应之后，蒋南羽看清了房间内的情形。

在窗户下！

一抹淡淡的月光，斜斜地漏进来，照出了一个怪物。

那是……鬼吗？

蒋南羽的后背，没来由地冒出了一股凉气！

身大如几岁幼童，全身漆黑，头大身小，一张脸丑陋变形，长着三只眼睛，顶上的那一只，发出截然不同的炯炯之光。

它静静地站立在窗户下，盯着闯进来的人，脸上露出一丝诡异的笑容，接着飞快地跃上了窗台。

手里……手里好像拿着什么。

蒋南羽看得不甚清楚，但这怪物的手里，似乎抱着一个黑色的毛茸茸的球形东西。

"打死他！打死他！"抱着夏千歌的沈少安看着蒋南羽手中的枪，喊道。

枪响！

清脆的声音响彻山巅，激起层层回声。

子弹射到窗台的石块上，冒出几点火星。

怪物转过来，肩头抖动了两下，似乎在嘲笑他们，凭空从窗台消失。

是跳下去了吗？

蒋南羽扑到窗口，伸出头下望。

外面一片漆黑，空空荡荡。

灯亮起来，照着昏厥的夏千歌那张苍白的脸。

……

房间里站满了人。

颤颤巍巍的年迈老和尚皱着眉头给夏千歌号完脉，轻轻地将她的手放回被子里面。

"受到了些许惊吓，需要安心静养。"老和尚低低道。

"方丈，内人不要紧吧？"少都督一边将老和尚请出内室，一边道。

栖岩寺方丈普元大和尚微微摇了摇头。

"并无大碍，但少夫人即将临产，故而这般的惊吓万不可有第二次了。"普元叮嘱道。

言罢，老和尚的目光落到了蒋南羽身上，道："适才贫僧来时，听到枪声，少夫人惊吓是否……"

"都怪我，非要唱一出戏，原本是让她开心，不过……"

少都督还未说完，普元就苦笑连连："那般的戏，少夫人想来是看不了的。"

"至于枪声……"少都督对蒋南羽点了点头。

"房间里有妖怪！"沈少安抢先道。

"妖怪？"普元一愣。

"虽没有看得太清，但那东西着实诡异。"蒋南羽不愿意承认自己看到的是妖怪，可一想到那东西的面目，内心不由得揪了起来。

"你们看到了什么？"少都督道。

"三目婴，长着三只眼睛的婴孩，幽灵！"沈少安的话，让房间里所有人都吓了一跳。

"南羽，是真的？"胡淑芬叫道。

蒋南羽很不情愿地点了点头。

"我天，这世界上果真有三目鬼存在呀！"胡淑芬面如土色。

"凶手！那就是凶手！现在它来了！不行，我要带表妹走！不能待在这里，待在这里她只有死路一条！"沈少安明显受了刺激，情绪激动，要抱起夏千歌离开。

蒋南羽拦住了他。

"少夫人临产在即，经不起山路颠簸，现在下山，反而更危险。"普元也表示反对，继而双掌合十道，"阿弥陀佛，贫僧在此山居住了六十多年，还从未亲眼看过什么三目鬼。世间诸相，皆是幻象，并没什么可怕的。"

"幻象？我们刚刚可是亲眼所见！"沈少安愤怒地看着少都督道，"再说，即便是我和蒋长官两个都眼花了，发生在太平庄的三起怪案，那死去的三个孕妇，已经足够说明问题！"

少都督的脸上，露出了抽搐、痛苦的表情。

……

房间里唯一的窗户，随即被坚硬的木板层层封闭了起来。

发生了这种事情，少都督态度强硬，一定要保护自己妻小安全，不仅将窗户封闭，更是让严麻子、福伯、沈少安轮流昼夜守护，大门从内用铁闩顶上，没有允许，任何人不得进入。

书房里，忙完了这些事的少都督，身心疲惫。

他窝在那把高大椅子的毛皮里，头也不抬。

"少都督，傒囊这种东西，真的存在吗？"胡淑芬点了烟，幽幽问道。

房间里鸦雀无声，众人都不说话。

所有人里，对这些怪物的了解，恐怕没有一个比得上少都督了，他毕竟是研究妖怪的专家。

"在一些典籍里，的确记载了这种妖怪，但似乎从未有过它害人的记录。"少都督揉着太阳穴。

"关于傒囊最早的记载，出现在《白泽图》里。中国古代对鬼怪记载详细的书籍，一本是《山海经》，一本是《白泽图》，不过如今知道前者的多，后者很多人连名字都未听说过。"

少都督站起身，从书房里找出一本发黄的古卷。

"这本书据说是'河图洛书'的一部分，成书时间很是悠久，后来就慢慢失传了。白泽是传说中的神兽，它知道天下所有鬼怪的名字、形貌和降服它们的方法，所以历来被当作驱鬼的神和祥瑞来供奉，所以以白泽命名，应该是人们想以此来记载并告诉后人降服鬼怪的方法吧。"

少都督将古卷翻到了一页，打开，推到了众人面前。

那上面，画着一只怪物，状如婴儿，头大身小，生有三目。

"'两山之间，其精如小儿，见人则伸手欲引人，名曰"傒囊"。引去故地则死。'这是关于傒囊的最权威的记载。"少都督指着那幅画，目光变得热烈起来，侃侃而谈，"除了《白泽图》之外，后世也有不少典籍有过记载，但基本上都是引自这里。最有名的，应该是干宝的《搜神记》了，里头记载了一个亲眼见到傒囊的人。"

众人好奇了起来。

"三国时期，吴国的诸葛恪为丹阳太守，一次出门打猎，在两山之间的山道上，见到了傒囊。"

少都督看着烛火，缓缓道："吴诸葛恪为丹阳太守，尝出猎，两山之间，有物如小儿，伸手欲引人，恪令伸之，乃引去故地，去故地即死。既而参佐问其故，以为神明。恪曰：'此事在《白泽图》内，曰'两山之间，其精如小儿，见人，则伸手欲引之，名曰傒囊，引去故地，则死'。无谓神明而异之。诸君偶未见耳。"

"原文便是这样记载，可能这位丹阳太守是唯一亲眼见过傒囊的人了。"少都督道。

胡淑芬狠狠抽了一口烟，道："少都督方才说傒囊并不害人，什么意思？"

"所有的典籍中，并没有傒囊害人的记录。虽然它长得怪异，被认定是妖怪，但每次出现似乎都是伸着手和人亲近，而结果都是它将人带到它来的地方，就死掉了。"

"这似乎并不能说明它就不能害人。"胡淑芬道。

"还有一个证据。"少都督指了指那本古卷，"《白泽图》里记载的怪物，除了形貌之外，都会有降服的方法，而在傒囊的条目里，除了记录它的长相之外，并没有写下怎样除去，想必是因为它不害人故而没有对付的必要了吧。"

"不过，在西域流传的一本名为《奇闻精怪录》的古籍中，记载倏囊喜欢食死人双目，但那本书内容多不可靠，所以可信度不高。"

胡淑芬立刻打断了少都督的话："非也！这个记载正说明倏囊害人。"

"此话怎讲？"

"在来的山路上，我们或许已经碰到过这怪物，而且，死了一个人，他的双眼就被挖掉了。"胡淑芬恐惧道。

"竟有此事？"少都督看向蒋南羽。

蒋南羽点了点头，将黄老狗的死说了一遍。

"山道上出现倏囊？这事我怎么不知？"少都督看着一直不说话的普元，道，"方丈听说过吗？"

普元叹了一口气："贫僧年纪大了，都在寺后祖师洞修行，对这种事情也不上心，好像听过广清提过几次，后来就不甚了了了。"

"这座山，真的有倏囊？"少都督的情绪明显激动起来，"如果是这样，那岂不是说……"

胡淑芬胸有成竹道："若是真有倏囊，嘿嘿，我看说不定凶手就是它！南羽刚刚在卧房看到的那怪物，和倏囊的长相一模一样，还有，手里抱着的黑乎乎毛茸茸的玩意儿，说不定就是一颗人头呢！我和福伯仔仔细细搜查过卧室，里面没有丢失任何东西。"

"巡长，我并没有看清那东西是不是个人头。"蒋南羽反驳道。

"那你也不能证明那玩意儿就不是个人头。"胡淑芬幽幽道，"很有可能是这妖怪从乱葬冈子里掏出死人头，一边吃着双眼一边来寻找新的猎物呢。"

蒋南羽站起身，来回踱了几步，道："尽管如此，但我依然不相信什么妖怪杀人，这太虚无缥缈了。"

少都督点头表示同意："以我的经验，典籍、传说中的妖怪，基本上都是人们自己的想象，说是奇谈逸闻也不为怪，不足信。"

"但它现在的确出现了！"胡淑芬昂着下巴看着众人，"就在这山里，在这太平庄，在你们的眼皮子底下！"

……

从书房回到歇息的房间，已经半夜了。

胡淑芬烫完脚，四仰八叉地躺在床上。

蒋南羽一边翻着自己的笔记本，一边若有所思。

"你还不回你的房间休息？"看着蒋南羽那副认真样，胡淑芬笑了起来。

蒋南羽的目光始终都没有从笔记本上移开。

"他似乎的确没有作案的理由和动机……"他喃喃道。

"你说的是少都督？"

蒋南羽点头。

"我以为你研究出了什么结果了呢？搞了半天，就这个呀！"胡淑芬一骨碌爬起来，道，"早跟你说了，少都督不可能。"

"凶手藏得很深呀！"蒋南羽发出了如是的感慨。

"深个屁！秃子头上的虱子，这不明摆着的吗？"

"巡长你真的认为凶手是那个妖怪？"蒋南羽笑道。

"我知道你这样留洋的人是不信的，但我信。"胡淑芬重又躺下，舒舒服服地伸了个懒腰，"你等着吧，本大巡长一定将这妖怪捉拿归案，到时候，嘿嘿，此事一出，本大巡长闻名天下，官复原职，回太原继续抱着我的那小娘们儿，可不在这穷乡僻壤受苦了。"

蒋南羽说不过他，道："就算凶手是妖怪，这是一种可能，除此之外，巡长也应该想想，如果凶手是人呢？"

"谁呀？"胡淑芬偏着脑袋看过来。

"我现在当然不知道是谁，不过，嫌疑人还是有几个的。"蒋南羽举了举自己手里的笔记本。

胡淑芬来了兴趣，坐起来道："来来来，说说你的推断，本大巡长给你指点指点。"

"二十年，三起怪案，在这么长的时间里有作案可能和动机的，有三伙人。"蒋南羽竖起三根手指。

"第一就是少都督本人，当然了，福伯算得上他的同伙，毕竟这老头对他言听计从，二人之间亲若父子。上山之前，在我的推测中，少都督是第一号嫌疑人，但是接触下来，尤其是和他深谈之后，我觉得基本上可以排除了。"

"是呀，一个可怜的家伙。"胡淑芬叹气道，"天生缺少亲情和爱的男人，有了妻子发誓要守护一生的男人，是不可能接连杀了自己的三个妻子的。"

"第二个，就是陆家人。"蒋南羽说到这里，停顿了一下。

"你是说陆二爷和陆景瑞？"

"巡长，你没发现这对父子和少都督的关系并不融洽吗？"蒋南羽反问道。

胡淑芬不说话了，默默地抽出一根烟，点上。

房间里烛影晃动。

"是有点不融洽。"胡淑芬意味深长地说道。

不过胡淑芬很快回过神来，道："但他们有作案动机吗？"

"当然有！"蒋南羽郑重地提示，"巡长，你想呀，少都督那样的身体，活多长时间谁都说不好，如果他没有子嗣，那么陆家家产的继承人是谁？"

"当然是陆二爷和陆景瑞了。"胡淑芬脱口而出。

蒋南羽摊了摊手，笑了笑。

"等等！"胡淑芬凑了过来，想了想，"你这个想法我之前倒是没有想过，如此说，二人的确有作案动机，不过……"

胡淑芬痛苦地挠了挠头："不过，陆二爷和少都督的关系，并不是你想象的那样。这两个人，关系固然很僵，说白了，彼此对对方都带有怨气，可并不是仇恨。老都督去世之后，若不是陆二爷辛苦支撑，陆家早完了。陆二爷对少都督，是恨铁不成钢，不喜欢看着少都督足不出户一点都不过问陆家的生计，他老了，担心死了之后陆家在少都督手里败了。"

"所以，如果陆家的家产少都督继承不了……"蒋南羽手中的笔转了转。

"不可能，陆二爷活不了多久，即便是少都督继承不了，他也不愿意让家产落到他那儿子手里。陆景瑞你不是没见过，那就是个纨绔子弟，吃喝嫖赌样样精通，就是不会干人事，陆二爷是绝对不可能让自己辛辛苦苦挣来的基业交给那么一个现世报手里的。"

蒋南羽不得不承认胡淑芬说得有点道理。

"至于这个陆景瑞……"胡淑芬迟疑了一下，笑道，"现在看来，还真他娘的排除不了嫌疑。"

"哦?"

"即便是他爹陆二爷没那坏心思,他有,也是可能的。"胡淑芬兴奋起来,道,"吃喝嫖赌,坐吃山空,陆二爷管得极严,他手头定然没有多少钱挥霍,说不定还在外头欠了一屁股债呢,少都督若是没有子嗣,陆二爷再死了,家产都是他的,所以他有动机。"

蒋南羽的笔,在笔记本上陆景瑞的名字旁,重重地画了个圈。

"这小子,对陆家全家人都没有好脸色,对少都督毫不尊重,挖苦讽刺,平时对他亲爹也是蹬鼻子上脸,我一直搞不清他为何对陆家有那么大的怨气。"

"怨气?"听到这个词,蒋南羽不由得愣了一下。

"是的,似乎陆二爷和少都督亏欠过他,他那样胡闹,两人对他也是包容退让。"胡淑芬道。

"这一家人之间,好像还藏着什么秘密。"蒋南羽感慨道。

胡淑芬困了,打了个哈欠:"你说三伙人有作案嫌疑,剩下一伙呢?"

"僧人,栖岩寺的僧人。"

"栖岩寺的和尚?"胡淑芬显然没有想到,愕然道,"那帮和尚怎么了?"

"准确地说,是普元和广清。"

"不会吧?普元老和尚一把年纪随时可以见佛祖的人了,广清虽然沉默寡言,可也是个老实本分的和尚,他们为什么要杀死少都督的妻小,而且是接二连三?"

蒋南羽望向窗外。

栖岩寺的建筑,在夜色中显现,隐约可以听到诵经声。

"我暂时说不出他们的作案动机,但有一件事,我十分奇怪。"蒋南羽沉声道。

"中山道闹三目鬼的事?"

看来,胡淑芬并不是十足的酒囊饭袋,这家伙还是有些头脑的。

蒋南羽欣慰地笑笑:"巡长睿智。"

"那必须的,我可是大名鼎鼎、风流倜傥、智勇双全、玉树临风、视金钱为粪土的胡大巡长!"胡淑芬洋洋得意,催促道,"别卖关子了,说说!"

"中山道闹鬼的事，我问了少都督、福伯他们，陆家人对此事似乎并不太知晓，而相反，普元和广清倒是听说过。"蒋南羽的态度变得很严肃。

胡淑芬摊开双腿坐在床上，脚趾晃动："这说明什么？"

"都住在山顶，比邻而居，陆家人并不知晓，而栖岩寺的僧人却有所听闻，你不觉得矛盾吗？"

"这有什么，陆家人本来就不怎么下山走动，消息闭塞。"

"那为何不是闹的别的鬼，偏偏是三目鬼？"蒋南羽眯起眼睛。

胡淑芬似乎想到了什么："你是说……"

"我也是猜测。"蒋南羽深吸一口气道，"之所以注意到这个，是因为黄老狗死前跟我说的一件事。"

"说了什么？上山时我只顾着跑了。"胡淑芬讪讪一笑。

"栖岩寺位于山巅，交通不便，信众不多，日子并不好过。但中山道闹鬼之后，广清修建了观音殿，而且立了一个三目童子像，更有各种灵验，什么漫天神佛现身，引得香客大为信服，香火鼎盛。"蒋南羽笑笑，"先是三目鬼传闻，接着又干了这么桩事，栖岩寺可是得了大利益。"

"你的意思是说，栖岩寺的和尚借此重振了寺里的风光？"

"风光说不上，但日子是好过了。"蒋南羽道。

"这么说来，的确有些道理。"胡淑芬点了点头，不过很快又提出了异议，"即便如此，还是有些牵强了。"

"哦？"

胡淑芬昂起下巴："普元和广清这两个和尚，虔诚得很，修行也很努力，像你所说为了寺里的香火、赢得信众，接连杀了少都督三个妻子，搞出一套蒙骗信众的手段，有些严重了。他们不会去杀人，杀生可是大罪，而且你觉得他们有杀人的本事吗？最重要的是，命案发生时，他们都不在场，第二次和第三次，他们都被隔离在太平庄外，这是我特别吩咐的。"

"这样呀……"蒋南羽不得不矫正自己的推断，但还是有些难以将普元和广清的名字从自己的笔记本上排除。

"这伙僧人，我还是觉得蹊跷。"蒋南羽说。

"怎么蹊跷了？"

"巡长，广济这个人，你打过交道吗？"

"广济？他两年前才来到山上吧，上一次我来的时候，他不在，没有过交往，不过看起来也是个安分的和尚吧。"胡淑芬倒了杯茶，一饮而尽，"为什么说他蹊跷？"

蒋南羽将自己在塔林和广济相遇的事情说了一遍。

"此人举止有些怪异，不但劝我早点下山，而且还说留在这里恐怕有性命之忧，我觉得他似乎有什么难言之隐。"蒋南羽道。

胡淑芬沉吟了一会儿，道："妈的，都说三个和尚没水喝，如果你的推理是对的，说不定能从广济的嘴里撬出点什么东西来。"

"明天我去会会他。"蒋南羽笑道。

"好了，事实证明，本大巡长带你上山还是有识人之明的，虽然你的聪明比起本大巡长来说还是差了许多，但还算是个人才，好好努力，本大巡长看好你！"胡淑芬拍了拍蒋南羽的肩膀，打了个哈欠，"明天的事情明天再说，累了一天，妈的，困死了！睡觉，睡觉！"

蒋南羽起身告辞，胡淑芬起来相送。

二人走到门口，还未开门，身形突然定住。

"什么声音?!"胡淑芬脸色变得煞白。

是哭声。

断断续续、幽幽的哭声。

婴孩的哭声。

世间，婴儿的啼哭往往预示着新生，那是一件令人无比喜悦的事，尤其对于父母来说。但三更半夜，深山古寺之中，如此的哭声就有些让人毛骨悚然了。

蒋南羽拔出枪，轻轻推开门。

"你要出去？"胡淑芬哆嗦着。

"或许是那先前现身的三目婴呢。"

"这个……或许也有可能是狸猫或者夜隼呢？"胡淑芬僵硬地笑笑，"毕竟这是深山。"

哭声戛然而停，周围一片寂静，草丛中传来虫鸣。

"一定要去看看的，如果不是呢？"蒋南羽坚持。

胡淑芬似乎很为难："要不……你去看看，本大巡长在此坚守。"

蒋南羽忍住笑："当然可以。不过，我怕我走了，那东西专门来找你……"

"本大巡长刚刚跟你开个玩笑，像我这般爱护下属的人，怎么会让你孤身一人冒险呢。蒋巡警，头前带路，本大巡长定要看看是何方妖孽!"胡淑芬拔出了枪。

二人出门，顺着先前哭声传来的方向摸去，离了院子，往后院行进。

月亮被浓云遮盖，漆黑一片中，林木随风摇摆，张牙舞爪，暗影婆娑。

起了雾，飘荡翻滚，最终连虫鸣都消失了。

蒋南羽举着枪，蹑手蹑脚，耳朵保持着敏感，时刻捕捉周围的一举一动。

唉……

在草堂旁边的假山处，发出了一声低低的叹息。

"谁?"蒋南羽豹子一般冲过去，举起枪。

"太上老君急急如律令! 阿门! 姜太公在此! 泰山石敢当!"胡淑芬嘴里乱七八糟地嘟囔着，战战兢兢地双手持枪。

"两位还没睡呀?"一块突兀的太湖石之下，立着个黑影。

蒋南羽凑近前看了看，发现竟是陆建武。

"陆二爷? 半夜三更的，你怎么会在这里? 本大巡长差点擦枪走火!"胡淑芬见是陆二爷，长出一口气，收了枪，擦擦额头上的冷汗。

"我怎么就不能在这里?"陆建武有些纳闷地看着二人，道，"倒是你们二位，这是……"

"你方才听到哭声没有?"胡淑芬看了看周围。

"哭声?"

"嗯，婴儿的哭声。"

"婴儿的哭声?"陆建武被说得紧张起来，摇头道，"老朽并没有听到什么哭声呀。"

"奇怪了，本大巡长分明听到那声音是从后院传来的。"胡淑芬小声道。

陆建武呵呵一笑："年纪大了，耳朵早就不好使了，比不上你们，你们真听到哭声了?"

"像是婴儿的哭声。"蒋南羽无法彻底确定。

"或许，是山中的夜隼吧。这周围的林子里有很多，听起来和婴孩差不多。"陆建武转身，道，"二位如此敬业，倒是让老朽甚为感激，走，喝杯茶吧。"

"也好。刚才吓得鸡飞蛋打，喝口茶压压惊。"胡淑芬一点都不客气。

来到草堂门前，那里早置好了茶案，看来陆二爷也是睡不着。

沸水煮茶，茶香四溢。

"有结果了吗？"陆建武分了茶，头也不抬道。

"啊？"

"我是说晚上卧室里出现的那东西。"陆建武抬起头，眉头紧锁，"我听阿福说了。"

"那东西呀……"蒋南羽放下茶盏，"的确是出现了，但转眼间便消失不见，诡异得很。"

"真的是……三目婴？"陆建武的声音，微微有些颤抖。

胡淑芬使劲点点头。

陆建武愣了很长时间，长长叹了口气。

"难道真的是诅咒？"老头似乎是自言自语。

他的神情，突然很落寞。

"陆二爷，自第一场怪案发生以来，这二十年间，太平庄有没有什么诡异的事情出现？"蒋南羽问道。

"诡异之事？除了三起怪案，并没有什么诡异之事发生过。"

"没人见过三目婴？"

"没有，一次都没有。"

"那哭声呢？婴孩的哭声？"

"也没有。一切都正常，从没有蒋长官你说的类似的事。"陆建武十分肯定道。

"那就奇怪了。"蒋南羽看了看胡淑芬，道，"如今看来，好像是一到少夫人生产的时候，怪事才有，凶案才发生。"

陆二爷回头看着黑暗中若隐若现的高大的搜神馆，苦笑道："似乎就是冲着他去的。景出这孩子，从一生下来，大哥就说来了个祸害。"

"祸害？"蒋南羽十分不认同这种说法，"天下做父母的，怎么会这般说自己的孩子呢。"

"大哥当时就是这么说。"陆建武的眼神瞬间黯淡下来,"大哥十几岁就出去自立门户,腥风血雨,三十好几才娶了表妹,婚后一直没动静,好不容易表妹怀了孕,结果改朝换代,大哥不得不退隐下来,表妹在洛阳生下了景出……"

"等等,陆二爷,你是说少都督不是在这里生的?"蒋南羽打断道。

"当然不是在这里。"陆建武依然低着头,"大哥隐居中条山,建起太平庄,是表妹去世之后,那时痛失所爱的他已经心灰意冷了。"

蒋南羽和胡淑芬都点了点头。

"大哥一直都想要个儿子,他军人出身,门户观念甚重,一定要有儿子继承香火,完成他未了的雄心壮志,表妹怀孕的时候,他乐坏了,早早在老宅里置办了婴儿的用具,请了最好的奶妈、仆人,还派人专门订购了矮马,请来了德国的教练,说等孩子生下来,就按照最严格的军规训练他,让他成为顶天立地的男子汉。"

"结果……"陆建武说道,"结果表妹生下了双胞胎,一个死了,一个就是你们看到的长得这般的景出。"

蒋南羽被陆建武的这句话震动得抖了抖,失声道:"生下来的时候,是双胞胎!?"

"是,怎么了?"陆建武见蒋南羽表情诧异,很是奇怪。

"但是少都督跟我说的时候,似乎并没有提他还有一个兄弟。"

"哦……"陆建武笑了一下,"或许,那是他不愿意吧。如果那个孩子也活着,他的人生或许是另外一个样子。"

"那个孩子……我是说那个死婴,是……是怪胎吗?"蒋南羽道。

陆建武沉凝了一下,"怎么说呢,那孩子就不能算得上是个正常的胎儿。"

蒋南羽和胡淑芬相互看了看。

陆建武把玩着手中的茶盏:"产婆说他在发育没多久的时候,就已经死了,形体都没长全。"

蒋南羽和胡淑芬恍然大悟。

"表妹生下孩子后,很快就血崩而死,大哥悲痛欲绝,一蹶不振,便上了这中条山，建了这太平庄。景出这孩子，活得不容易。别人看来，他是陆家大少爷，有钱有势，可实际上，大哥将所有的仇恨和失望都发泄到了他的身上，所以……"

陆建武抬头看着二人，双目含泪："这些年来，他如同虫子一般活着，你们明白吗？"

沉默。

"大哥说他是个祸害，一直到死都这么认为。我却不这么看，人都有各自的命运，如同水里的浮萍，谁也左右不了，生生死死，皆是云烟，唯一不变的，就是苦难。

"人生下来的时候，自己哭，周围人却是欢笑，人死去的时候，自己笑，周围的人却是痛哭。哭和笑，是正常人的一生，但对于景出来说，他的人生从未和笑有关联。

"这几桩怪案发生后，太平庄人心惶惶，外头也有传闻。说什么的都有，有说是景出干的，毕竟在别人眼中他就是个怪物，怪物能干出任何事情来，也有人说是我和景瑞干的，说我们阴谋霸占家产，呵呵，我比任何人都了解景出，他虽然丑陋畸形，可他的心金子般纯粹，至于我和景瑞，更不可能，我视景出为己出，将他看成自己的亲儿子，他幸福是我所求，景瑞虽然混账，可也不至于。"

"为什么？"蒋南羽忍不住插话，"我听闻景瑞少爷在外头……"

"吃喝嫖赌，不务正业，是吧？"陆建武苦笑，"别人眼中，他就是这般的混账，而且曾经欠下一屁股巨债。不过，原先他并不是这样，他也是个上进本分的好孩子……是我，对不起他。"

说到这里，陆建武抬起头，看着夜幕下的浓厚云层："胡巡长，蒋长官，一个将死之人，会处心积虑谋财害命吗？"

蒋南羽倒吸一口凉气："你是说……"

"景瑞十几年前就落下了病……"说到这里，陆建武露出了羞愧、悔恨的表情，"能活到现在已经算是奇迹了，大夫说，命不久也。"

这事情，让蒋南羽极为震惊。

若真是如此，那么先前自己的推断……

看着眼前这个憔悴的老人，蒋南羽一时不知道如何安慰他。

这个家族，也实在是太……太不幸了吧。

"所以，我相信它是一个诅咒。"陆建武笑，但那声音更像是哭，"否则，如此多的灾难为何全都汇聚到我们陆家？倘若真有那三目鬼，我真想当面问问它，为什么如此惩罚我们？"

起风了，吹落了叶子，吹凉了茶，吹皱了人的心情。

默默无言间，竟又开始淅淅沥沥下起雨来。

"很晚了，二位早点歇息，我还有事情，就不陪你们了。"陆建武起身送客。

蒋南羽、胡淑芬告别了陆建武，在细雨中往回走。

"家家有本难念的经，光见到贼吃肉没看到贼挨打，看来什么样的人日子都不好混呀。"胡淑芬一边走一边大发感慨。

"是呀，如巡长你这般一个人吃饱全家不饿的潇洒之人，还真不多。"

"臭小子，说本大巡长孤家寡人光棍是吧？"胡淑芬顿时双目圆睁，"告诉你，那是本大巡长不乐意，我要是松了口，嘿嘿，那漂漂亮亮的小姑娘俊媳妇能从风陵渡排到洛阳城去！"

说话间，绕过影壁来到前院，却见前院里人仰马嘶，忙碌一片。

"这是干什么？半夜三更的，要上天吗？"看着眼前的情景，胡淑芬叉着手，十分不爽地道。

第七章　曼陀罗

"你们这样，也太过分了吧。"胡淑芬挺起肚子、睁着眼睛，虎视眈眈地叫道，"杀了人，就想走?!"

蒋南羽被他这话吓了一跳。

同样吓一跳的还有对面的那帮人。

几匹骡马打着响鼻，老老实实地站着，猴五、陈大力满头大汗地把戏班的道具箱和行李架上马背，风四娘抽着烟，儿子风小宝捧着一块糖糕狼吞虎咽。

"什么杀人?"猴五手里的箱子差点掉在地上，"巡长呀！你不能这么满嘴跑火车。"

"怎么不是杀人了?"胡淑芬绕着猴五转了一圈，"刚才的表演，差点把少夫人吓死，这是谋杀未遂。"

猴五苦笑："这个我们也没想到，只想逗他们开开心。"

"你们这是干什么，要下山?"胡淑芬踢了一脚地上的箱子。

"嗯，表演完了，当然就要走了。"猴五鞠了个躬。

胡淑芬转头看了看风四娘，情深义重。

"四娘，你真的在杀人哎。"胡大巡长伤心道。

"老娘怎么杀人了?"风四娘一口烟喷到胡淑芬脸上。

胡淑芬被呛得咳嗽了几声，道："正是你侬我侬时，你这就要下山，不是要让我肝肠寸断吗?"

蒋南羽在旁边突然觉得很想吐。

"对不住，巡长，我们也想多待两天，但明天已经约好了，山下还有一场戏，所以也是无奈。"猴五过来赔不是，"还请您老人家多多担待。"

胡淑芬正眼都不瞅猴五，直勾勾盯着风四娘："唉，在天愿作比翼鸟，大难临头各自飞呀。"

正说着呢，那边福伯过来，将一沓大洋交给猴五，免不了一番寒暄。

收拾完了，猴五谢过了福伯，对胡淑芬施了一礼，赶马下山了。

"唉。"看着风四娘的背影，胡淑芬如丧考妣，"阿羽呀，此时此刻，我想起了一首词，原先觉得那词没啥水平，现在想想，这首词其中的几句，真是无比契合本大巡长的心情呀！"

"哦，不知是哪首？"蒋南羽倒很是想听听胡大巡长的情怀。

胡淑芬恋恋不舍地将目光从风四娘的背影处收回来，缓缓昂头，四十五度向天，缓缓念道："遥想公瑾当年，小乔初嫁了，使我不得开心颜！"

蒋南羽强忍住笑："风四娘这不还没嫁出去嘛，巡长你还有机会。"

"也是。"

"还有，巡长你好像背串词了吧？"

"有吗？"

"分明是：安能摧眉折腰事权贵，使我不得开心颜。"

"那一定是你记混了，本大巡长才高八斗，不会错。"

"……"

胡淑芬长吁短叹，背着手，垂头丧气地往自己屋里去，一边走，一边还在诗兴大发："唉！四娘呀，问世间情为何物，两岸猿声啼不住！"

……

这一夜，蒋南羽睡得相当不好。

无休止地做梦，梦见吊在石梁上晃晃悠悠的黄老狗，梦见三目怪婴，梦见自己深陷在密密麻麻的妖怪之中，被撕扯、吞噬……

咣咣咣！

猛烈的敲门声将蒋南羽从睡梦中惊醒。

打开门，看到的是胡淑芬一张因为焦急而扭曲变形的脸！

"杀人啦！杀人啦！"

蒋南羽打了个哈欠，笑道："巡长，不就是一个风四娘嘛，你若是认准她，改日找媒人上门求亲便是。"

"求个屁的亲呀！真他妈的死人了！"胡淑芬大骂着，伸手把蒋南羽从屋子里薅了出来。

果真死人了。

此起彼伏排列的塔林深处，一个隐蔽的角落里，广济的尸体躺在地上。

昨晚的雨水将尸体打得全身浸湿，冲刷了血迹，让那一张面目全非的脸显得格外刺眼。

双眼被生生挖掉了，张着嘴巴的广济，似乎在临死的那一刻，格外地不甘心。

"三目鬼！又是三目鬼！黄老狗就是这么死的！"胡淑芬恐惧地叫道。

蒋南羽没有搭理他，蹲下身来仔细检查尸体。

"谁最先发现的？"胡淑芬道。

福伯站出来："是我。我年纪大了，起来得很早，喜欢在这边散散步，然后看到一片衣角，走过来就发现是广济。"

"你没看到三目鬼？"胡淑芬牙齿明显在打战。

"没看到。"福伯摇摇头。

蒋南羽站起来，掏出手帕擦了擦手："死亡时间是在后半夜，死亡原因很简单，头顶遭受重击，颅骨塌陷，当即死亡，死后被挖了双眼，太平庄不大，晚上也有仆人巡夜，广济遇害时没来得及发出声音，足以推断凶手行凶时干净利索，一击毙命。"

"当然干净利索了！那可是鬼呀！杀完了人，挖双眼吃！妈的，太狠了。"胡淑芬贴过来，低声道，"今晚我搬你房间睡，谁知道那玩意儿今晚会不会找上我呢？阿羽呀，我不能死，风四娘本大巡长还没娶呢。"

蒋南羽真恨不得掐死这货，正色道："巡长，出现命案，先别扯什么鬼呀怪的，我看还得按照正常的顺序推断。"

"可昨天大家都看到三目鬼了！"胡淑芬做出了自己的推断，"这东西从我们一上山就盯上了，先杀了黄老狗，再弄死广济，接下来，可就是……"

"如果是人呢？"蒋南羽道。

"人？谁呀？"

"我怎么知道，必须排查一番才好。"蒋南羽道。

"怎么排查？"

"当然排查所有人，"蒋南羽眯起眼睛，"一个都不能少。"

……

"昨晚呀……昨晚贫僧睡得很晚。"

广清看着香炉里的一炷袅袅青烟，沉沉道。

栖岩寺并不大，分为两个部分，西边是庙，坐落着大大小小的佛殿、经堂，东边是僧舍，因为人少，建筑大多损坏，广济和广清都有自己的僧房，单独居住。

广清的房间陈设很简单，甚至说得上是寒酸，除了简单的日常用具，最显眼的就是桌子上的那个紫铜香炉还有种在瓦罐里的山花了。

"昨晚你见广济的最后一面，是在什么时候？"蒋南羽打开笔记本。

"看完杂耍我们就回来了，寺里清苦，若是平时，那时间我们早休息了。回来之后，贫僧直接就进了自己的房间。"

"他呢？"

"他当然也是回房了。"

"广济一直负责清扫灵塔，是吧？"

"是，寺里的活各有分工。"

"他会在晚上清扫吗？"

"绝对不会，灵塔都是早上扫，而且昨晚下雨，更不可能了。"

蒋南羽点了点头："那就是说广济回屋之后，因为什么特殊的原因去了庄里，而且经过了灵塔群。"

"那么晚了，又下着雨，他跑那边干什么？"胡淑芬问道。

这个问题，问到了关键。

半夜三更，还下着雨，这个时候绝对不会去灵塔群的广济，为什么死在那里？

"贫僧不知。"广清答道。

"你昨晚回屋之后，干了什么？"蒋南羽看着广清。

"贫僧做了半个时辰的功课，原本想休息，沈少爷上门找我。"

"沈少安？"

"是的。"

"他为什么找你？"

"他来庄子里很长时间了，贫僧和他很谈得来，有些共同爱好。昨晚他找贫僧谈花事，聊得很投机，我们还相约找个时间一起采花呢。"

"混账！"胡淑芬一巴掌差点把桌子拍碎，"好你个广清，他娘的，看不出来你竟然是个淫僧!"

"淫僧?巡长此话何意?"

"不老老实实念经,谈什么花事,还相约一起去采花!?不是淫僧是什么?"胡淑芬义愤填膺。

广清苦笑:"巡长,此花非是你说的那花。"

和尚指了指桌子上瓦罐里的山花:"贫僧没什么特殊的爱好,就是喜欢花花草草,平日里也精心养护。沈少爷也有此爱好,手头有不少外国带来的种子,他也种,所以我们很谈得来。"

"哦,这样呀。"胡淑芬不好意思地挠挠头,"本大巡长误会你了。"

"你们聊了多长时间?"蒋南羽重新切回话题。

"一个时辰吧大概。"广清想了想道,"因为少夫人的事,沈少爷情绪很不好,找贫僧显然是谈心,喝了会儿茶,他就告辞了。"

"然后呢?"

"贫僧送他出门,之后便就寝了。"

"你出门的时候,有没有注意到广济的房间。"

"没有注意,不过他房间里没有亮灯,我以为他早睡了。"

蒋南羽认真记下来,房间里陷入了沉默。

"会不会是沈少干的呀?他来这里找广清聊天,回去时碰上广济,然后杀了他!嗯!肯定是这样!"胡淑芬摸着下巴。

"不可能。"站在旁边的福伯急忙摆手。

"为什么?"胡淑芬昂头问。

"沈少爷出来时,是我挑着灯笼一直送到这里,后来少夫人醒了,叫沈少爷,我又过来接的。再说,沈少爷和广济无冤无仇,杀他干吗。"

胡淑芬瘪了。

蒋南羽看了看窗外:"普元方丈住在哪个房间?"

"师父不住在这里,他这半年都在寺后的祖师洞修行,二位要想去,贫僧带路。"

"麻烦你了。"

蒋南羽和胡淑芬站起来,广清头前带路,一路向北。

栖岩寺虽然破败,但毕竟是隋朝时候的大寺,历史悠久,一路上却也见殿堂众多，宝刹庄严。

因为是因山而建，所以道路上上下下，穿过僧院，拾阶而上，来到北寺。

这里是栖岩寺的后方，建筑低矮，古木参天，旁边一个新修的大殿和周围格格不入，让蒋南羽不得不多看了两眼，

两层殿楼，青砖黄瓦，倒是规模不小，门前堆满了建筑材料，还有生泥、石灰，殿门紧锁，上面的匾额上写着"观音殿"三个大字。

"这就是你新建的那个观音殿吧？"蒋南羽问道。

"正是。"

"听说里面供奉的三目童子十分灵验？"胡淑芬道。

广清双手合十："听闻中山道闹鬼，信众人心惶惶，贫僧便向菩萨祈求，梦见菩萨带着童子显现，光华万道，于是就在山下化缘，辛辛苦苦总算是建了起来。"

"我听说建成时，当着信众，菩萨显灵，满天都是神佛，不少人都亲眼所见，是吗？"蒋南羽淡淡道。

"佛佑鄙寺，正法弘扬，也是难得。"广清笑道。

"既然如此灵验，我们去拜拜呗，这两天一身的晦气，倒霉透顶。"胡淑芬道。

广清摇了摇头："过几天是鬼节，为了准备盂兰法会，贫僧正在修缮，里头杂乱不堪，等忙完了，一定请二位来。"

"也好。"胡淑芬对着观音殿，双掌合十，嘴里嘀嘀咕咕，"菩萨保佑，千万别让三目鬼找上我，还有，风四娘是个好娘们儿，您老人家可一定给我留着呀！阿弥陀佛！"

众人语塞。

穿过观音殿，推开栖岩寺的北门，就是寺外了。

山巅青翠，流水潺潺，松涛起伏，风景宜人，居高临下，放目远眺，可见黄河蜿蜒，人烟铺展。

真是洞天福地呀。

向上走了一段山路，迎面是一片断岩，岩体花白，露出一个山洞。

山洞旁边也是一片建筑，面积不小，不过都倾颓了，又有一塔，塔基

甚大，黄色的琉璃瓦满地都是，规格甚高。

山洞柴门虚掩，洞口上方刻着五个大字"昙延祖师洞"。

山洞前的向阳土坡上，种着一片花，枝叶繁茂，花瓣呈喇叭状，火红如血，香味扑鼻，分明是人工种植，开得浓郁。

广清在外头叫了两声，里面传来普元老和尚的声音。

广清送到了地方，施了一礼，转身回去了。

"这群和尚，生活得倒是滋润，住着山，看着云，养着花，优哉游哉呀。"胡淑芬走到那群花里，低头贪婪地狂闻，甚至摘了大大的一捧，抱在怀里，一边嗅一边道，"好香，好香！可惜了，风四娘要是在，就好了。"

"是两位长官吧？"山洞里传来普元老和尚窸窸窣窣的声音。

蒋南羽进去，但见山洞并不太大，正中立着一个泥塑僧人像，摆着供案，上了香烛，旁边则是蒲团、寝具，简简单单。

普元老和尚颤巍巍地站起，双掌合十："二位怎么到这里来了？莫非少夫人有事？"

"少夫人很好。"看着老和尚那模样，蒋南羽还真不忍心告诉他广济死了。

"洞里寒气大，外面说话吧。"普元老和尚带着蒋南羽出了洞口，福伯拖出了板凳，众人在阳光下坐了。

普元疑惑地看着蒋南羽："长官找老衲，所为何事？"

蒋南羽看着站在花丛中的胡淑芬。

胡淑芬似乎对那片花相当感兴趣，弯腰耸着鼻子闻："南羽呀，你问吧，这花真不错，本大巡长玩一会儿。"

蒋南羽这个气呀，只得对普元道："广济死了。"

"广济，死了？不可能！昨天不还好好的吗?!"普元大为震惊。

蒋南羽将事情说了一遍，老和尚呆若木鸡。

"大师，广济死得蹊跷，所以我来是为了了解一些他的情况。"蒋南羽郑重道。

"唉。"普元点点头，迎着阳光闭上了眼。

出家人虽然看破生死，但并不代表不悲伤。

"广济两年前来到山上，他之前具体做什么的，老衲并没有多问，只知道他日子过得并不好，也无妻室。长官也看到了，鄙寺凋零破败，香火不旺，距离山下又远，难得有人主动上山求入佛门，我见他心又十分诚恳，就收了他。"

"平时广济这个人，怎么样？"

"挺好，话不多，干活也卖力，对老衲很尊敬，经常上这里陪老衲聊天。人老了，总是希望有个人说话，所以老衲对他很满意。"

"广清呢？"

"广清呀，这孩子从小便是老衲看着长大，性格虽孤僻，可修行刻苦，是个单纯的孩子，就是……"

"就是什么？"

"他哪点都好，就是性格太要强，一心要将鄙寺发扬光大，重振当年隋唐时的盛况，所以太难为自己了。"

"哦。"蒋南羽在笔记本上认真记下，又道，"他二人之间的关系如何？是不是有争执？"

普元双目微微张开："蒋长官怀疑是广清杀了广济？"

蒋南羽笑笑，没说话。

"不可能。"普元坚决地摇了摇头，"他二人从来没什么争执，各司其职，广清虔诚向佛，出家多年从未破戒，杀生乃是佛门最大的禁忌，他宁愿杀了自己也不可能杀别人。"

"这样呀……"蒋南羽挠了挠头，正要问话，却听见不远处传来扑通一声闷响。

与此同时，福伯噌地一下站起来，失声叫道："不好！胡巡长怎么晕倒了！？"

胡淑芬摔得很浪漫，四仰八叉躺倒在花丛中，嘴歪眼斜，口水直流，手里捏着一个盘子，想来是放在花丛中的，里面盛满了黑色的凝固状花膏，散发着一股浓浓奇香。

蒋南羽和福伯拖死狗一般将他扯出来，普元老和尚查看了一下，说了声无碍，转身从山洞里取出一枚黑乎乎的药丸塞到胡淑芬嘴里，用山泉水灌下，很快胡淑芬就哼哼唧唧地爬了起来。

"花虽好，但不能如此嗅闻，那花膏乃是采下来的精华，就更不能如此了。"面对蒋南羽疑惑的目光,普元老和尚笑了笑。

"这是什么花?"蒋南羽道。

"曼陀罗。"

"曼陀罗?"

"常人说的彼岸花。"普元老和尚淡淡道,"佛经上称之为曼珠沙华,《法华经》中云,此花为天界四华之一,生长在三途河边的接引之花,花香有魔力,开在阴历七月,大片大片,能够唤起死者生前的记忆,灵魂在此花的指引之下,走向幽冥地狱,这也是黄泉路上唯一的风景。"

"这么美的花,被你们说得如此恐怖吓人。"胡淑芬立马扔掉了辛苦摘来的曼陀罗,叫道,"既然是幽冥之花,种它作甚?!"

普元双掌合十:"此花自栖岩寺建立之日,就被种植,传说是昙延祖师亲自带来的种子,一直流传千年,不过后来历经战火便濒临绝迹了。这片曼陀罗还是广清在山后发现的一株,辛苦种植,繁衍成这千朵,此乃昙延祖师留在栖岩寺的宝贝之一。"

"大师,这位昙延祖师很有名?"蒋南羽对栖岩寺的来历略知一二,对这位昙延祖师则不甚了解。

"周隋之时,这位祖师可谓闻名天下,现在嘛,没多少人知道了。"普元老和尚说起祖师,无比崇敬,道,"蒋长官可知长安城?"

"当然知道。"

"长安城是隋代所建,原来叫大兴城,东西两门名为延平、延兴,可知为什么?"

"难道是从昙延法师的名字上来?"

"不错。"

"不会吧,帝国都城的东西两门,何其重要,为何要以一个僧人的名字命名?"

"这位昙延法师,北周时候就名满天下,皇帝封为'国统',到了隋代,隋文帝引以为帝师,崇敬无比,特意用他的名字命名了大兴城的两座城门,当时祖师的声名显赫,可见一斑,乃是佛门第一人。这栖岩寺,也是隋文帝特意供奉给祖师的,为的是报答祖师对佛门对众生所做的极大贡献。

"祖师圆寂在这里,隋文帝听闻消息之后悲伤不已,罢朝三日,亲自带领王公大臣前来吊唁，供奉了无尽的珍宝。"

"无尽的珍宝？皇帝供奉的珍宝，定然十分稀奇了！"胡淑芬听到这个来了精神。

"这是自然，珍宝无数，其中更有许多神奇之物。据老衲所闻，其中有一幽冥珠，神奇无比，据说置之于屋，乃生阴凉，可令酷暑尽去，真乃奇物。"

"乖乖，若是得了，岂不是发财了。"胡淑芬念叨着，笑道，"那什么幽冥珠，还在寺中吗？"

普元直摇头："虽有记载，但历经战火，杳无影踪。"

"可惜了，可惜了。若是找来，给四娘做个定亲彩礼，本大巡长这婚事就算成了。"胡淑芬遐想道。

众人顿时为之无语。

普元老和尚看着那花，叹道："佛门虽说讲究诸行无常，看破生死，但广济的事还是让老衲觉得悲伤，人这一生，如同这花，看它发芽，看它开枝，看它盛开，看它落败，自然而然，也是轮回。"

"大师放心，我等一定找到凶手。"蒋南羽安慰道。

"因果而已。"普元站起来道，"两位长官若是无事，老衲告退，为我那徒儿做超度法事了。"

"大师请便。"蒋南羽将普元送回山洞，与胡淑芬、福伯下山。

"好好的佛门清净地，竟然命案连发，真是玷污了这满山的清风明月。"回到太平庄，看着佛塔殿堂，听着幽远钟声，蒋南羽突然觉得很落寞。

陆建武是被审问的第三个人。

蒋南羽、胡淑芬找上门的时候，陆建武正在草堂里和李亚子喝茶。

广济的死已经传遍了太平庄，所以蒋南羽不开口陆建武也知道他的来意。

"昨晚你们走后，我和李先生办事去了。"陆建武的脸上，波澜不惊。

"三更半夜的，办什么事？"蒋南羽道。

"非要说吗？"

"当然。"

陆建武面带惭愧之色："去祖坟，看风水。"

蒋南羽这才想起来，的确先前陆建武特意请李亚子上山来看风水的。

"大概什么时候回来的？"

"用的时间很长，回来的时候天都快亮了。这一点，李先生可以证明。"李亚子点了点头。

"陆二爷，风水怎么样？"胡淑芬对此很感兴趣。

陆建武脸色青灰，不想说，倒是李亚子开了口。

"十分不好。"李亚子喝了一口茶，道，"陆家的祖坟埋在山凹之中，原本倒也是个宝地，可惜后来山洪暴发，山体塌陷，由原来的'元宝地'变成了两山之间的凶穴，风水上讲'龙头不立居，龙眼不埋宅'，陆家祖坟此刻就落在两山之间的龙眼上，大凶之兆。"

"这些年陆家诸事不顺，怪案连发，想来就是风水闹的，过段时间，寻个黄道吉日，把祖坟迁下来，重新找个好地方安置，才是正道。"陆建武担忧道。

一旁的李亚子点了点头，然后对蒋南羽道："广济和尚的尸体我也瞧见了，庄里都说是三目鬼所害，我查看了下，发现顶上遭受重击，伤处呈现尖棱四方形，似刺非刺，似锤非锤，应该是一种名为'蒺藜刺'的奇异铁器击打所致，民间说鬼怕铁器，由此推断，恐怕不是什么鬼怪所为吧。"

蒋南羽大喜："多谢鸭爷，我虽发现了这个伤处，却没看得如此仔细。"

"客气了，我也是给蒋长官提个醒。"李亚子呵呵一笑。

"不是三目鬼所害，那为何与黄老狗死相一样？本大巡长觉得暂时不能过早下结论。"胡淑芬嚷道。

众人又说了会闲话，蒋南羽见问得差不多了，告辞。

接下来是严麻子，此人正在夏千歌的产房守护，昨晚和少都督一直都没离开搜神馆，这一点好几个人都能证明。

少都督对广济的死甚为悲伤，更多了几分担忧。

"三目鬼现身之后，我一夜未眠，想不到广济又蹊跷死了。蒋长官，过几日千歌就要生产，这可如何是好？"少都督哭丧着脸。

"少都督尽可放心，广济的死非是妖怪，更像是人为，少夫人这边只要严加防备，应该无事。"蒋南羽安慰了一番，少都督总算是稍稍放了心。

从搜神馆出来，蒋南羽向福伯询问了沈少安的住所。

胡淑芬觉得蒋南羽纯粹多此一举："方才广清不是说了吗，昨夜他二人喝茶聊天，应该排除嫌疑了吧?!"

"离开之后呢? 福伯说之后沈少安就回了住所，他也有再次返回行凶的时间。"

"也是。"胡淑芬想了想，觉得甚有道理。

素心居，一所格外优雅的小园，对着一片紫竹林，白墙黑瓦，十分清幽。

蒋南羽、胡淑芬进院子时，沈少安正捧着一本书边看边浇花。

花圃中，一片高大花束开得如火如荼，枝干高大，异常美丽，特别是香味，隔得老远就能够闻到一股刺鼻的浓香!

"想不到这杜鹃花还能长得这么大!"胡淑芬见了，惊叹无比。

"这似乎，不是杜鹃花吧。"蒋南羽走过来，看了看，发现这花比寻常的杜鹃花要魁梧得多，花瓣肥大，枝干粗壮。

"不是杜鹃花，但属于杜鹃花科，是我从国外带回来的品种，名为'看林人'。"沈少安淡淡一笑，"二位找我，恐怕不是为了看花的吧?"

"少安兄不要紧张，不过是问几句话，我们进去谈?"蒋南羽也笑。

沈少安做了个请的手势，将二人带进房间。

进去之后，蒋南羽觉得还不如在外面谈合适——房间太乱了。

本来不小的空间，堆满了各种各样的书籍，国内的国外的都有，一摞摞、一堆堆的植物、动物、矿石标本随地都是，各种各样的仪器更是放了一地，连插脚的地方都没有。

沈少安收拾了一番，总算是挪出片落脚的地方，三人坐下了。

"少安兄真是个大学者呀，这般的阵势，我在国外留学的时候也没有看到过。"蒋南羽看了看周围，甚是敬佩。

沈少安颇为自负："都是这些年行走各地的研究之物，名物学博大精深，没有实地勘测是无发言权的。"

蒋南羽随手从桌子上捡起个笔记本，发现上面用工整的字迹记录着研究的心得、植物动物的名称及习性，还有大量的数据，英文、法文甚至是拉丁文都有，看来沈少安的确是个博学之士。

"你们来是问我广济的事吧?"沈少安将自己的笔记本从蒋南羽手中接

过来，淡淡道。

"听说昨晚你在广清那里研习经文？"蒋南羽有意无意道。

沈少安冷笑一声："蒋长官何必给我埋陷阱，哪里是研习经文，我没那个爱好，不过是喝茶谈花而已。"

蒋南羽一张俊脸为之一红，道："回来后呢？"

"看了会儿书，就睡觉了。"

"大概几点？"

"不记得了。我这个人从来就没有什么时间观念，搞起研究来废寝忘食，已经形成习惯。"

"那……有谁能证明你回来后一直在素心居呢？"蒋南羽问道。

沈少安摇头："无人证明。我素来喜欢清静，素心居就我一人，问完了吗？"

"完了。"

"那就请回，我还有事。"沈少安站起身。

二人几乎被赶了出来。

"蒋长官，我这里实在不必浪费心思，广济的死和我半点关系都没有。"沈少安站在花圃边，对着出门的二人笑道。

出了门，胡淑芬气破肚皮道："妈的，这个沈少安，脾气也太臭了吧！这太平庄哪个对本大巡长不是客客气气的，一个小年轻，仗着喝过几年洋墨水还给我端架子，我呸！"

蒋南羽回头看着那个小院，道："脾气虽然是古怪了点，但读书搞研究的人，一般都这样，我上学的时候，这类人遇见许多。"

"我觉得这家伙有问题！"胡淑芬恨恨道。

"哦，怎么讲？"

"还能怎么讲？就这态度，妈的，嚣张，我跟你说，往往凶手都会说案子和自己没关系！"

蒋南羽笑道："也不能这么讲，我看他禀性挺好的。"

"他说回来就看书休息了，没人证明呀！"胡淑芬认准死理。

"所以他顶多算是没有排除嫌疑而已。"蒋南羽摊手道。

胡淑芬点了一根烟，抽了一口："下一个审谁呀？"

蒋南羽看了看自己的笔记本："陆景瑞。"

陆景瑞不在太平庄，他住在工地上。

出庄，沿着起伏的山路走了三五里，溪流旁边，一片开阔地上，人影忙碌。

因为下雨，溪水暴涨，水色浑浊，隆隆作响。

石桥桥墩已经竖了起来，工匠们忙着搬运石头、梁柱，做最后的努力。

陆景瑞手拿着大烟枪，站在块巨石上，俯瞰人群，眯着眼睛，神态悠闲。

胡淑芬和蒋南羽走到石头下，陆景瑞正眼都没看。

"老吴！他娘的，你那块石头放歪了！对，就那块！歪了怎么打得下木桩！饭桶！"陆景瑞大叫道。

"景瑞少爷，先别忙活了，抽根烟，歇息歇息。"胡淑芬笑道。

陆景瑞装出这才发现他们的模样，从石头上跳下来，双脚软绵无力，差点跌倒。

"哟，二位长官呀，不在庄里审案子，怎么跑到我这里来了？"陆景瑞喷了一口烟，斜着眼睛看着二人。

"你知道广济死了吗？"蒋南羽问道。

"好事不出门，坏事传千里。太平庄他娘的烂透了，我看还得死人！死吧，死吧，都死了才好呢。"陆景瑞笑了一声。

有工匠搬了板凳来，三人坐下了。

"景瑞少爷，昨晚看完戏，你都干吗了？"蒋南羽掏出笔记本。

"你们怀疑我是凶手？"陆景瑞差点笑岔了气，"一个和尚，值得我动手吗？我杀谁也不会杀他呀。"

"景瑞少爷！这是公事，还请你配合！"蒋南羽脸色沉凝，冷声道。

"曜，蒋长官好大的官威。行，我昨晚都干啥来着？老吴，他娘的，过来！"陆景瑞招呼一声，那个姓吴的憨厚石匠走了过来。

"东家，你叫我？"吴石匠满身泥泞，搓着手道。

"告诉二位长官，我昨晚都干什么了？"

"哦，禀两位长官大人，东家昨晚从庄里回来一直监督我们修桥。"

"不曾离开？"蒋南羽问道。

"没有，大家都看着呢。"吴石匠指了指周围的工匠。

陆景瑞笑道："怎么，蒋长官相信了吧？早跟你说了，我现在除了修桥，别的事情没兴趣。"

平心而论，整个太平庄蒋南羽印象最不好的就是陆景瑞了。

这家伙完全就是个烂到了骨子里的纨绔子弟，任何人都看不到眼里。

"景瑞少爷似乎对修桥情有独钟。"蒋南羽看了看那石桥，修得的确下功夫，坚固无比。

"一辈子作孽，也得干点好事了，为我自己，也为陆家。"陆景瑞打了个哈欠，"话说回来，不干好事的不止我一个，呵呵，驴屎蛋子外面光，有几个好人？"

蒋南羽觉得陆景瑞话里有话。

"我看陆家人不都挺好的嘛。"

"蒋长官，你就别套我话了。陆家人好不好，他们自己知道。"陆景瑞就是个滚刀肉，蒋南羽这点心思他早看出来了，"之前我就跟你们说过，这些破事不要掺和，对你们没好处，广济死了，他不是第一个死的，也不是最后一个死的。"

"为什么这么说？"蒋南羽还真来了兴趣。

"为什么？因果报应呗。"陆景瑞指了指自己，"看到没，我是最好的一个例子。"

他那身体，如同一截枯木，摇摇欲坠，脸色青白无血色，像个死人一般。

"听说景瑞少爷的身体……"蒋南羽迟疑了一下。

陆景瑞哈哈大笑："怎么，我那亲爹连我这事情也告诉你们了？是不是说我命不久矣？"

"这个……"蒋南羽还真不好意思直说。

"是的，老子没几天活头了。"陆景瑞却十分坦荡，坐下来，两腿叉开，抬头看天，一副看破红尘的模样，"早些年吃喝嫖赌，玩得太狠，酒色掏空了身子，得了那病，没治了。"

"什么病？"胡淑芬问道。

陆景瑞像看着怪物一样看着胡淑芬："胡巡长，蒋长官是个青瓜蛋子看不出来我不怪，你也是个中老手，难道看不出来？"

"我哪里知道。"胡淑芬笑道。

陆景瑞指了指自己的裤裆："烂了，他娘的烂透了这身子。"

胡淑芬恍然大悟："你怎么这么不小心！？"

"小心个屁呀！'昔在长安醉花柳，五侯七贵同杯酒。'要想快活，就不能管那么多。我这也是作死，懂吗！"陆景瑞毫不顾忌，笑道，"我知道这是早晚的事，不忧也不怕，死就死呗，人来这世上，他娘的谁最后还不是个死？胡巡长，你说是不？"

"也是，景瑞少爷倒是看得开。"胡淑芬连连点头。

"看不开也得看得开。"陆景瑞笑了一声，转脸对蒋南羽道，"蒋长官，我一个将死之人，所剩时间不多，不会去干那些浪费时间的破事儿，一个和尚我没兴趣。"

在他面前，蒋南羽觉得自己如同只老鼠，遇到了戏耍自己的猫。

不过，陆景瑞这个人，虽纨绔子弟一个，却不失坦坦荡荡。

"那你先忙着，我们告辞。"胡淑芬见问不出个结果来，站起身。

"不送。"陆景瑞屁股都不抬。

胡淑芬、蒋南羽二人起身，离开工地，上了山道，就听见后面传来陆景瑞的声音——

"两位长官，还是听我的劝，哪儿来的回哪儿去，还要死人的。"

蒋南羽回过头，见陆景瑞坐在阳光里，笑容灿烂，突然觉得这家伙像个即将融化的雪人一般，让人不爽又不得不为之叹息。

还要死人的。

或许，他的话没错。

不知为何，蒋南羽有种预感——说不定，真的还会死人的。

第八章　藏经阁

"阿羽，你觉得，目前谁的嫌疑最大？"

胡淑芬蹲在凳子上，缩着脑袋，发出懒驴一样的愚蠢怪声。

"巡长认为呢？"

"本大巡长自然早有定数，主要是考验考验你，要知道，你还是个生瓜蛋子。"胡淑芬挠了挠头。

蒋南羽哑然失笑："从目前掌握的情况来看，有几个人可以排除。"

"哦。"

"普元老和尚年老体弱，修行在山上，不太可能。少都督、福伯、严麻子整晚都在忙活，也无作案的可能。陆建武和李亚子二人晚上去看风水，陆景瑞和工匠在修桥，都应该没啥问题，除此之外，其他人都有嫌疑。"

蒋南羽摊开笔记本，沉凝一下，道："广清虽说有和沈少安喝茶谈花的证明，但他二人在后半夜都独自休息，有作案的时间，所以他二人的嫌疑最大，不过作案动机现在搞不清楚。"

胡淑芬拍了拍大腿："哈哈，的确，本大巡长也是如是想。"

蒋南羽摇了摇头，愣了很长一段时间，喃喃道："为何我总觉得自己什么地方疏忽了呢？"

"疏忽了？有什么地方疏忽了的？"胡淑芬凑过来，指了指笔记本，"你小子的案头工作，做得相当踏实，是个干巡警的料，算我没看错你。"

"不，一定有什么地方，我漏掉了。"蒋南羽拿过笔记本仔细翻着，眉头紧锁。

胡淑芬不敢打扰他，独自待在旁边一边泡茶一边留心观察，似乎把全部的希望都寄托在了蒋南羽的脑袋瓜子上。

"哎呀！巡长，真是疏忽了！"蒋南羽猛地拍了一下桌子，茶水四溅。

滚热的开水，烫得胡淑芬杀猪一般叫了起来。

"巡长，我们漏了一伙人！"

"漏了人？谁呀？"

"还能有谁呀，戏班那一帮人！"

胡淑芬听了，立马不乐意："四娘他们呀？别扯淡了，人家半夜就走了。"

蒋南羽扫视着胡淑芬："他们走的时候，已经是后半夜了，同样有杀人的时间。"

"动机呢？"

"暂时不知，但这伙人急急忙忙赶着半夜下山，有些可疑。"

"猴五都说了，他们要赶场子演戏，当然连夜走。"

"戏班唱戏，一般都要留足时间赶场吧，接连两天都有安排虽说有些合情合理，但毕竟这是在山上，路途曲折难走，万一耽误了呢？我总觉得，没这么巧。巡长，万一他们不是赶场子呢？"

"那就是畏罪潜逃了。"胡淑芬撇着嘴十分不情愿地道。

"不能排除有这种可能，所以……"蒋南羽站起来就要往外走。

"你干什么？"

"我下山一趟，把这伙人叫回来。"

见蒋南羽态度坚决，胡淑芬拦在门前："即便如此，也用不着你下山呀。你别忘了，我们眼前最重要的任务是保护少夫人，她那肚子像个熟透了的西瓜，不知道什么时候就生产了，若是你不在，本大巡长虽然智勇双全，可也孤掌难鸣呀！"

"也是，那如何是好？"

胡淑芬捏着下巴上的几根老鼠须，想了想，道："我看让福伯下山一趟，我写封书信递给警局，让他们在山下锁拿戏班一帮人，再加派些人手上山来，应该没问题。"

"也只有如此了。"

蒋南羽双手插进兜里，点了点头，忽然又愣住了。

"咋了？"胡淑芬见蒋南羽面色有异，忙道。

蒋南羽缓缓地将手拿出来，掏出了个纸团。

很普通的黄纸，团成一团。

"什么东西？"胡淑芬靠过来，一把抢了过去。

摊开，见纸上写着几行字——"是人又非人，面目全不清，河神采山宝，得后各西东。"

胡淑芬读了几遍，抬起头意味深长地盯着蒋南羽："这不是你的字迹。"

"嗯。"

"因为你写得没这么好看。"胡淑芬扬了扬手中的纸条，"谁的？"

"我怎么知道。"蒋南羽把纸条拿回来，显然在思考上面这四句话的意思。

"这就他娘的扯淡了，纸条在你的口袋里，你不知道谁给你的？"胡淑芬气道。

"我早上审问之前，口袋里空空如也，现在才发现，定然是谁偷偷放进去的，我没有察觉。"

"偷偷放进去的，那说明对方和你近距离接触过。"胡淑芬难得说了一句人话。

蒋南羽没吭声。

"近距离接触过的，只有我们审问的这帮人，那就说明是其中之一！"

"嗯。"

"为什么他要这么做？为什么他要放个纸条在你口袋里？"胡淑芬打破砂锅问到底。

"可能……可能是给我什么提示吧。"

"是了！"胡淑芬兴奋道，"肯定是这人发现了什么线索，又不能明说，所以用纸条传递消息！这人他娘的会是谁呢？"胡淑芬昂着下巴，眯上眼睛。

"是谁暂时不重要，重要的是这纸条上的四句话，我根本看不懂什么意思。巡长，你社会经验丰富，难道没什么想法？"

"想法？本大巡长书都没读过几本，认识字就不错了，谁知道这四句诗是个啥意思？"胡淑芬反复端详着那四句话，苦着脸。

是人又非人，面目全不清，河神采山宝，得后各西东。

字里行间，玄秘重重，让人琢磨不透。

"想不清楚也没关系，既然这人就在庄里，说不定还会和你联系，我先去找福伯。"胡淑芬戴上警帽，推开门正要出去，却见福伯满头是汗站在外面。

"真是说曹操曹操到，正要找你呢！"胡淑芬大喜，一把将福伯拖进屋来。

"两位长官，少夫人突然肚子不舒服，怕是快要生产了，少爷让我通禀你们一声，我这就下山去请产婆上来。"福伯很是匆忙。

"这么快！？"蒋南羽吃了一惊，"生产？"

"女人的肚子，就如同头顶这片天，风云变幻，啥时候生谁也说不准，有什么大惊小怪的。"胡淑芬白了蒋南羽一眼，搂着福伯的肩膀，好言好语道，"也是巧了，你要下山，顺便帮我办一件事。"

"巡长尽管吩咐。"

"我写封书信，你帮我递到局里去。"

"倒是顺路，没问题。"

胡淑芬转身到书桌旁边，捏着笔，鬼画符一般地龙飞凤舞写了一封信，交给福伯："路上小心，快去快回。"

"知道了，我这就走。"福伯将书信揣在怀里。

"福伯，鸭爷现在干什么？"蒋南羽突然问道。

"鸭爷？鸭爷半个时辰之前下山了。"

"下山了？"这回倒是轮到胡淑芬吃惊了，"他不是要帮着你们迁祖坟吗，怎么突然下山了？"

言罢，这货转过身，双目圆睁地看着蒋南羽："这狗日的不会是畏罪潜逃吧？"

蒋南羽没理胡淑芬，问福伯："鸭爷为什么突然下山你知道吗？"

"这个我不太清楚，好像他跟二爷说下山有要事，去几天就回来。"

"蹊跷唉！有鬼！这老东西，我早就觉得有古怪。"胡淑芬骂道。

"什么古怪？人家说了有要事，下山还回来的，又不是飞了。"蒋南羽笑道。

胡淑芬冷冷地看着蒋南羽，道："不对吧，你小子平时谨慎无比，要是别人突然下山，你估计早就坐不住了，怎么换上李亚子，你倒是十分放心呢？还有，你刚才为什么突然问他的下落？"

蒋南羽呵呵一笑："巡长呀，你真是反应过头了，我之所以问鸭爷的下落，是想让他帮我参谋参谋纸条上的这四句话，他是混江湖的，说不定能咂摸出来含义。至于他突然下山，估计有他的理由吧，我们之前已经排除了他的作案嫌疑，你怕什么。"

"说的也是。"胡淑芬点了点头，对福伯道，"赶紧下山，别耽误事。"

福伯答应了一声，一溜烟去了。

忙活了一天，已经日头西斜。

二人筋疲力尽，吩咐庄里的仆人做了两碗面吃了，在一起胡乱谈了谈，蒋南羽提出去搜神馆看看。

"去那里干什么？"胡淑芬累得四仰八叉躺在床上，不愿意动。

"少夫人即将生产，得去看看。"

"也罢，娘的，做这差事，真是姥姥不疼舅舅不爱。"胡淑芬支撑着起来，二人去搜神馆。

原本白天晚上都黑漆漆的搜神馆，此刻真是变换成了另一番天地。

怪楼周围都点上了火把，布置了庄里的仆人站岗放哨，一楼点上无数蜡烛，照得如同白昼一般。

二楼产房外面，少都督把沙发摆到了门前，坐着看守，严麻子持刀立在旁边，沈少安在房里头陪护，防守得严密无比。

蒋南羽从他们每一个人的脸上都看出来了紧张，想来也自然，怪案接连发生三起，少夫人临产的日子，就是最重要的一天，对于他们来说，如同过鬼门关。

蒋南羽和胡淑芬进了产房看了看夏千歌。她依然是陷入昏睡，脸色潮红，状态虽然不太好，但看不出什么问题。

出了门，又和少都督聊了会儿天，无非是安慰而已。

"少都督，我想向你借几本书，不知方便吗？"谈到晚上八点多，蒋南羽临走时笑着提出了要求。

"借书？"少都督先是纳闷，然后就笑了，"你要借别的东西，我说不定没有，书呀，有的是，随我来。"

少都督领着蒋南羽来到书房，指着满屋子的书籍道："想看什么方面的？"

"风水、堪舆、民间的旁门左道之类的书，不知少都督可有?"

"哦?"少都督愣了一下，"蒋长官是留过洋的人，信这套?"

"也不是，不过是好奇。"蒋南羽笑笑。

少都督没多问，蹒跚脚步，拽过梯子来，从书架上挑了十几本，放在桌子上："看山点穴、阴阳五行、江湖道门，这些都是。可惜我不喜欢这个，所以一直都放在这里。"

"多谢。"蒋南羽接过，谢了。

"蒋长官，广济的死还没查出蛛丝马迹吗?"少都督突然问道。

"暂时……暂时没有。"

"哦。"少都督忍不住露出一丝失望之色，担忧地看了一眼门外，"千歌快要生了，这几天……麻烦你们了。"

"这个少都督放心，我们定会尽全力。"

二人出门，寒暄了几句，蒋南羽抱着书离开。

"你借这些书干吗?"回来的路上，胡淑芬翻了翻那些书，如同看着怪物一般瞅着蒋南羽，"不会你受了打击看破红尘，想出家当道士吧?"

"胡扯什么，不过是深夜无聊，打发时间而已。"

胡淑芬嘿嘿冷笑了几句，摇头道："我看好像不是，你小子做事情从来专心一致，不会分心，不可能是为了什么打发时间。"

"信不信由你。"蒋南羽懒得解释。

因为广济的死，胡淑芬吓破了胆，不敢一个人睡觉，所以硬生生让人将蒋南羽的床铺搬到他房间里来，二人同处一室，这货放心了，脱掉衣服躺倒就睡，呼噜扯得山响。

见胡淑芬的难看睡相，蒋南羽哭笑不得，点了蜡烛，捧着书来到窗下，细细看了起来。

一直读到三更天，在翻看最后一本书的时候，蒋南羽的手突然停了下来。

"好像，是这么回事。"蒋南羽笑了笑，满意地将书合上，转身上床。

烛火照耀下，那本书的名字赫然在目:《江湖道门录》。

……

一夜无话，第二天早晨，天空阴沉，淅淅沥沥下起了小雨。

蒋南羽起床的时候，胡淑芬已经出去了，床铺空空。

起来简单吃完了早点，蒋南羽坐在檐下发呆，见胡淑芬鬼鬼祟祟地跑了进来。

"一大早的，你干什么去了？"见胡淑芬全身湿透，淋得落汤鸡一般，蒋南羽倒是好奇。

这货平时好吃懒做，让他早起比杀他还难，今天倒是太阳从西边出来了。

"当然是办要紧的事去了！正事！"胡淑芬态度严肃，四顾周围，见没人，在对面坐下，小心翼翼地从怀里掏出了个黄纸包。

"什么东西？"蒋南羽见他跟捧着个宝贝一样，不知他葫芦里卖什么药，难道这货发现了什么有用的线索，自己侦查去了？

看来也不是一无是处。

"我告诉你，我们能不能顺利破案，可全指望它了！"胡淑芬指了指那黄纸包，得意扬扬。

"发现了什么线索？"蒋南羽高兴道。

胡淑芬脑袋摇得拨浪鼓一般："线索？这可比任何线索都重要！不信你看！"

一边说，这货一边小心翼翼将黄纸包打开。

里三层，外三层，最终竟然露出两张符咒来。

"我寻思了一夜，妈的，还是觉得不安全，有道是阎王好管，小鬼难缠，办案是不错，可性命最要紧！所以天还没亮，我就早早地去山顶把普元老和尚从被窝里拎了出来，让那老家伙给我画了两张护身符咒！你看看，朱砂画的六字大明咒，我特意让普元老和尚念了念咒语开了光，我学会了，你也得学，懂吗？符带在身上，咒也要常念！"

蒋南羽无语。

胡淑芬将两张符咒分开，一人一张，自己揣进怀里，把另一张塞进蒋南羽口袋里，然后将他拉起来。

"干吗？"

"起来，双掌合十！对，像我这样，我教你念咒！"

"巡长！别胡闹了！"

"谁和你胡闹!? 本大巡长头一回起这么早冒着大雨出去，你当我和你胡闹呢! 赶紧跟我学! ……妈的，这六字大明咒普元老和尚怎么跟我念的来着……忘了……哦……想起来了!" 胡淑芬双掌合十，对着天空恭敬行礼，然后把蒋南羽拉到身边，"认真点，跟我学，听好了我的发音! 六字大明咒，乃是佛门最神圣的咒语，威力无边，我念，你学!"

蒋南羽哭笑不得，只得学他的样子。

"听好了! 六字大明咒——唵你妈你妈吽!"

蒋南羽两腿一软，差点跌倒："巡长，你确定这是普元方丈教的!?"

"那是当然!"

"六字大明咒，不应该是'唵嘛呢叭咪吽'吗?"

"不是'唵你妈你妈吽'?" 胡淑芬一脸认真地问。

"不是。"

"那定然是普元老和尚教差了! 本大巡长过耳不忘，绝对不会弄错!"

蒋南羽无语。

胡闹了一番，二人去后院，在大门口碰到了福伯。

此时雨停了下来，竟出了大太阳，灼热的日头烘烤着水汽，炎热而沉闷。

福伯收起雨伞，身后跟着一顶轿子，四个壮汉抬着，累得呼呼直喘。

胡淑芬踮起脚尖看了看轿子后面，发现空空荡荡，把福伯拽了过来。

"我让你送的信，你送到了?"

"送到了。"

胡淑芬指了指福伯身后："警局没来人?"

"哦，局里的长官收到了信，说人手紧张，要抓捕，就不能派人上山了，让我告诉你。"

"妈的。" 胡淑芬骂了一句，无可奈何，又看了看轿子道，"轿里谁呀，这么大架势?"

"产婆。"

福伯回头指了指，轿子落下，帘门打开，从里头走出来个全身上下收拾得干净利索的老太太来。

年纪五十开外，身子骨健壮，裹着小脚，一身碎花小衣，穿得朴素，却精神奕奕。

"这老太太，不错！"胡淑芬眼前一亮。

蒋南羽头大："巡长，你看上风四娘我不怪你，人家虽然是孩子的娘了，但风韵犹存，你不会连这老太太都不放过吧？"

"胡扯八道！她愿意我还不愿意呢！"胡淑芬狠狠瞪了蒋南羽一眼，"我这只是欣赏！欣赏，懂吗？"

福伯笑道："巡长真是识货的人，这产婆叫花母娘，方圆百里接生没人比得过她，年轻的时候也是风陵渡周围响当当的一朵花。"

"残花了已经。"胡淑芬嘴贱无比。

"福伯，能不能让她过来，我问问话。"蒋南羽沉声道。

"这个……"福伯虽不太情愿，但还是掉回头跟花母娘嘀嘀咕咕了一番。

老太太倒是很大气，两只小脚挪到胡淑芬跟前，施了一礼："这位官爷，俺是个妇道人家，有啥事，你尽管问，说得不对的地方，你多包涵。"

"曜！不错，见过世面，这话说得跟唱戏一样！问你话的不是我，是他！"胡淑芬指了指蒋南羽。

……

阳光从窗户直射下来，照在人身上，热烘烘的。

蒋南羽脱掉了外面的警服，拿过笔记本。

看得出来，眼前花母娘多少有点紧张。

"你干这一行，多少年了？"为了缓解气氛，蒋南羽摆出一副拉家常的样子。

"也不知道多少年了，反正年轻时候就干这活儿。"

"家里还好？"

"好什么呀，这年头能活着就不错了。好在孩子都大了，各自有各自的活路，俺忙忙，家里能有口吃的。"

"第一次来太平庄接生，是二十年前吧。"

"差不多，那次俺记得很清楚。"花母娘话匣子一打开，就收不住了，"当时管家一伸手就给了二十块大洋，老天爷，那好多钱呀，喜得俺眉开眼笑。"

"当时产房里发生的事情，你还记得吗？"

提起产房，花母娘的脸色顿时沉了下来："记得。"

"仔细说说。"

"吓人。"花母娘的身体缩了缩，"这生孩子的女人，俺见识得多了，没见过像那样的。"

"怎么了，生产困难？"

"不是困难，是容易。"

"容易？"

"嗯。妇道人家生产，一般都疼得死去活来、哭爹喊娘，可那位少夫人不是，一声不吭，一点反应都没有，俺就着急了，生怕难产，上去忙活了半天，突然少夫人双目圆睁……孩子就自动生下来了。"

"自动生下来了？"蒋南羽和胡淑芬同时倒吸了一口凉气。

"孩子自己滑出来的，还哭了一声，俺当时松了一口气，心里一块石头落了地，赶紧去收拾孩子，哪知道抱起孩子，吓得俺尿都差点蹦出来……"

花母娘唾沫纷飞："二位长官，你们可不知道那孩子的模样有多吓人，是个怪胎，身体扭成一团，头大身小，一张嘴咧到耳朵边！老天爷……"

"那孩子有没有三只眼？"

"没有。"花母娘摇头，"俺正不知怎么办才好呢，少夫人突然跳起来，死命把俺往外推，打俺，咬俺，披头散发，牙关紧咬，简直是想要把俺杀了。少都督过来拉扯，也被她推倒在地，俺跑了出来，接着就听见里面一片厮打之声，过了会儿外面的人都冲进去，后来就听说少夫人死了，肚子都被剖开，里面不少内脏都没了，少都督也昏迷不醒。"

"这事儿完了之后，管家又给了俺十块大洋，让俺不要声张，那一次可把俺吓死了。"

蒋南羽点了点头。花母娘的说法，和从少都督那里听来的情况十分相符。

"第二次呢？"蒋南羽接着问道。

花母娘叹了一口气："第二次和第三次，都差不多，生下的都是怪胎，而且那两位少夫人的反应、房间里的情形都一模一样。山外头都传遍了，说是妖怪作乱。俺觉得吧，这肯定是，要不长官们你们想呀，哪有接连三次都这么死人的？太奇怪了，唉，要说少都督也真够可怜的，那么好的一个人，摊上这种事。"

花母娘一边说一边抹了抹眼泪，这老太太心肠看起来很善良。

"要说不一样吧，这第三次倒是不太一样。"花母娘想了想道。

"有什么不一样的？"

"孩子不一样。第三次生的虽然也是个怪胎，却是长了三只眼睛，脑门上的那只怪眼，只有眼白，可真够吓人的，接生回去我在床上躺了三天才下床。"

蒋南羽认真记下了，道："先前那三位少夫人和已经死去的婴孩，你看到他们怎么处理了吗？"

"这个俺倒是不知道，从产房出来俺就没见过了。"花母娘坦诚道。

蒋南羽不说话了，点上一根烟，抽了起来。

花母娘看看蒋南羽，又看看胡淑芬，大胆道："两位长官，你们这一次也是和上几次一样，来捉拿妖怪的吧？"

"是凶手。"蒋南羽道。

花母娘笑了笑："不管是凶手还是妖怪，赶紧抓了吧。俺看少都督真是太可怜了，再说，虽然每次给的钱挺多，俺也不想再这么干下去了，每一次都吓得要死。"

"放心吧，这一次我们一定抓住凶手，少夫人那边有什么异常情况，你及时通报，明白吗？"蒋南羽叮嘱道。

"这个俺明白，放心吧。长官，俺可以走了吗？"花母娘站起身。

蒋南羽点点头，老太太跟着福伯去了。

在房间里歇了歇，胡淑芬和蒋南羽来到搜神馆，见周围气氛十分紧张，不仅加派了人手，而且没有少都督的命令，任何人不准上楼。

"怎么了福伯？"在搜神馆门口，蒋南羽把福伯拽了过来。

福伯满脸愁云："情况不太好，少夫人的肚子一阵比一阵疼，花母娘说估计是要生了，少爷现在焦躁不安，担心得很，佛祖保佑，这一回可千万不能出事。"

正说着呢，忽然听见旁边有仆人大喊一声："失火了！失火了！"

众人转脸向西望去，但见栖岩寺那边，一栋楼宇冒出滚滚浓烟，火龙曼舞，冲天而起！

"赶紧救火去！"周围顿时乱成一片。

"都给我站住！"蒋南羽一声厉喝，"不要慌乱，各回各的位置，把搜神馆保护好！"

胡淑芬情绪激动："失火了，救火要紧呀！"

看着那大火，蒋南羽冷冷一笑："巡长，这个时候突然起火，谁知道是怎么回事？万一……"

胡淑芬不傻，很快反应过来："你是怕有人调虎离山？"

"不能确定，但不能不防，现在是关键时刻，一定要小心。再说，你看火都烧成那样了，救也救不了了。"

"那应该是寺里的藏经阁吧，可惜了。"福伯悲叹道。

"福伯，你带人好好把守搜神馆，告诉少都督不管外面发生什么事，都按照原计划行事，少夫人身边一定不能没人。"蒋南羽吩咐道。

福伯连连点头："好！还是蒋长官想得周到。"

"巡长，咱们过去看看到底怎么回事。"蒋南羽低声道。

二人离开搜神馆，带着太平庄其他的闲杂人向栖岩寺跑去。

失火的果真是藏经阁。

这栋楼是整个栖岩寺保存最好的一栋建筑了，二层木楼，历史悠久，雕梁画栋，有隋唐的博大气息，但等众人来到跟前时，第二层都已经被大火吞没。

"救火呀！赶紧救火呀！"普元老和尚灰头土脸，站在楼底下，哭天抢地。

"救火！"蒋南羽挥了挥手，仆人们蜂拥而上，有的提水扑火，有的拿起长长的木棍开始挑落着火的建筑构件。

"快！快！里面可藏着从建寺起就保存的各种经文佛宝呀！佛祖菩萨！这可是栖岩寺的命根子！"普元拉住蒋南羽，声泪俱下，"蒋长官，救救我们吧，广清还在里头呢。"

"广清还在里头!?"蒋南羽闻听此言，也是震惊无比，转身从旁边夺过一条被子来，让人用水浇透了，顶着被子就往里冲。

"你不要命了？"胡淑芬一把把他拉住，"这么大的火！"

"救人要紧!"蒋南羽冲了上去。

一楼楼梯上,仆人们传递着水桶,不停浇水,幸好老天有眼,天空骤然阴沉,下起雨来,而且越来越大,借着雨势,大火迅速被控制住,蒋南羽带着众人扑灭了楼梯上的火,一头冲了进去。

二楼弥漫着浓烟,炙热无比。

"怎么这么香呀?"旁边有人一边扑火一边叫道。

是的,香!一股浓烈的香气,钻入口鼻。

"别扯没用的,救人!"情况紧急,蒋南羽吼了一声,命令仆人们跟着他一块找广清。

众人一个个焦头烂额,一桶桶水不断浇出去,总算将二楼的火扑灭。

"广清!"蒋南羽视线模糊,不断呼叫广清的名字,但没人搭理。

"大伙好好找找,一定要找到人!"身上的被子早就被烧得千疮百孔了,蒋南羽顾不得疼痛,在残垣断壁中寻找广清的身影。

"蒋长官,找到了!在这里!"墙角有仆人叫了一声。

奔过去,眼前的情形让蒋南羽顿时愣住——周围都是放置经卷的木架,坍塌一片,烧焦的梁柱下,一具尸体烧得血肉模糊,躺在破碎的书案旁边,脚底下的几个花盆已经被烧得炸裂成碎片。

"死了。"仆人将尸体翻过来。

那张脸蒋南羽不陌生——广清和尚。

人的生命,真是很奇怪的存在,如同花露,那么晶莹剔透,折射出一个五彩斑斓的世界,美好无比,但时候一到,日头一晒,就成了虚空。

或许,世间万物,最终都是虚空吧。如同广清和尚自己曾经说过的:诸法无常。

……

藏经阁下的空地,普元老和尚坐在石凳上,昂头呆呆地看着焦黑的楼宇,木然地拨动手中的六道木念珠。

啪嗒,珠线突然断掉,百十颗佛珠滚落一地。

蒋南羽弯身去捡,普元老和尚摆了摆手:"随它去吧,树木老朽总要倒去,花果熟透,自然凋落,这是因果。"

"怎么会失火了呢?"蒋南羽问道。

"老衲也不知。"普元老和尚沉凝了一下道,"这火,来得太蹊跷。"

"蹊跷?火有什么蹊跷的,不会是广清自己不小心点着了吧?"胡淑芬道。

普元摇头,一言不发。

"大师,到底是怎么一回事?"蒋南羽觉得普元老和尚似乎话中有话。

"因为广济的死,老衲十分不安,你们讯问之后,思索良久,便来问广清。老衲知道广济的死和广清绝对没有关系,但总是想他二人一直待在一块,或许能有什么线索。"普元老和尚垂下头。

"广清并无隐瞒,一五一十给老衲说了当晚的情况,之后便上楼研习经卷了。老衲无事,就在一楼坐禅。"

听到这里,胡淑芬忍不住接道:"老和尚,你的意思是说,从广清上楼到大火烧起,再到我们来,你一直都没有离开?"

"正是,老衲一直都待在这里。"

蒋南羽轻声道:"其间,没有人上楼?"

"没有,没一人上楼。"

胡淑芬信心满满道:"那很容易判定了:定然是广清自己不小心点着了火。"

普元冷哼道:"这就是方才老衲所说的蹊跷了。"

"怎么讲?"蒋南羽眯起眼睛。

普元双掌合十:"藏经阁乃是栖岩寺最重要的地方,藏着自隋唐以来就保存下来的大量佛经,虽历经战火劫难,数量依然十分可观,其中不少还是孤本。本寺长久以来,对于上楼之人就有两条法令……"

"什么法令?"

"其一,非本寺僧人,不得登楼;其二,登楼之人不能携带任何火器、烛蜡之类的东西!"

"这……"胡淑芬明白了,不禁倒吸了一口凉气。

普元沉声道:"藏经阁本是木梁所构,里头存放的经卷又都是纸本,所以保管极为严格,不仅定期除虫、消除火灾隐患,所有可能引起火灾的东西更是不可能被带上去!所以……"

普元盯着蒋南羽,幽幽道:"所以老衲才说,这火简直就是凭空而生,实在是太蹊跷了！"

"果然是……蹊跷。"蒋南羽眯着眼睛打量那藏经阁，喃喃道，"此楼周围很是空旷，百步之外没有任何的其他建筑，连树木也没有，也就是说排除了别人往里投送火烛的可能，大师一直在楼下，也没有看到任何人上楼……"

"啊哈！本大巡长知道了！"胡淑芬嘿嘿一阵冷笑，一把将普元拎了起来，"那肯定是你这个老家伙在下面放的一把火！"

普元为之无语，一副懒得辩解的样子。

"巡长，别胡闹，根本不可能是方丈放的火。"蒋南羽将普元从胡淑芬的"魔爪"里救下来，道，"我方才查看得很仔细，火势从二楼的内部烧起来的，然后才向四周蔓延。"

胡淑芬此刻傻眼了："不是老和尚放的火，也没别人放火，楼上又绝对不存在任何能够引起火灾的东西，广清又不会自己烧死自己，那这火……"

胡大巡长说到这里，脸色极为难看，声音颤颤道："总不会是……是鬼放的吧！"

"别胡扯了，哪来什么鬼……"蒋南羽哭笑不得。

"或许……或许是报应呢。"普元的一句话，让蒋南羽和胡淑芬同时愣住。

"大师，你这话……"

普元失神地看着藏经阁，喃喃道："或许，这是命中注定的事情，自从他干了那件事情之后，就已经注定了，注定了的报应。"

胡淑芬和蒋南羽相互看了看，脸上露出了狐疑的表情。

"二位，随老衲来，这件事情，应该跟你们说了。"普元起身，颤颤巍巍地朝寺后走去。

第九章　叫魂桩

观音殿前，雨后的树木显得格外青翠，一只鸟儿在枝叶间雀跃鸣叫。

大门紧锁，门前依然杂乱地摆放着修缮的工具和材料。

蒋南羽和胡淑芬都不知普元为何将自己带到此处。

"一切，都是因为这个而起。"普元无力地指了指这间新建起来的殿堂。

"老衲之前跟二位说过，鄙寺曾经无比辉煌，隋唐二代，是国内少有的名刹，顶级的皇家国寺，鼎盛时有僧万人，寺里大钟响起，佛音能传三省，梵语动天，香火漫山，那是何等的荣耀呀！"

老和尚双目炯炯，随机又黯淡下去："可到了我等这里，这闻名天下的栖岩寺已经到了绝地。无僧人，无香火，无名声，再这么下去，恐怕用不了多长时间就要彻底荒废淹没于荒草藤蔓之中了！

"佛门圣地，若落得如此下场，那便是我等的罪孽，所以维持鄙寺香火，重振慈悲佛光乃是我等最大的愿望，比性命都重要的使命！你们，明白吗？"

蒋南羽和胡淑芬二人都点了点头。

普元长叹一声："老衲风烛残年，老了，所以这般的理想，这般的希望，这般的重担，都压在了广清一个人身上。这些年来，他到处奔走，辛苦得很，受人讥讽、辱骂，风餐露宿，却毫无进展。然后有一天晚上，他找到了老衲，说有一个办法……"

"什么办法？"胡淑芬插话道。

"打开吧，将这间本不应该存在的佛殿，打开吧！"普元指了指观音殿的大门。

咣当。

铁锁落地，两扇沉重的木门被吱嘎嘎推开。

迈步而入，蒋南羽觉得里头阴冷无比。

里头并不十分大，但堪称金碧辉煌。正中树立着一尊一丈高的送子观音像，慈眉善目，宝相庄严。观音怀中抱着一个童子，一身绿色的衣服，表情可爱，但额头上多出一目，在高处幽幽地盯着下方。

不知为何，蒋南羽突然觉得这佛像特别的诡异。

不是那尊观音，是那童子！

一般的送子观音，观音慈祥，童子可爱，但眼前这三目童子，尤其是顶上的那一只眼睛，令整尊佛像散发出一丝说不出来的阴森之气！

"两位长官，可看出了这尊像的蹊跷之处？"普元道。

"童子！"蒋南羽和胡淑芬异口同声。

"阿弥陀佛。"普元沉沉宣了一声佛号，转身看着门外。

群山颜面，山道树木萧萧。

"你们上山的时候，山道上有三目鬼的传闻，其实……"普元垂着头，似乎是集聚了全身的力量才说出下面的话，"其实，和广清有关系。"

这下，轮到蒋南羽和胡淑芬二人惊诧了。

"怎么会和他有关系！？"胡淑芬大叫道。

"这也是广清那晚找老衲，所说的办法呀。"普元双目含泪道，"当时广清说，少都督家里接连发生的怪案，让山下到处流传着这山头闹鬼的传说，广清对这些普通百姓的心思摸得最透，有句老话叫临时抱佛脚，人在顺利时是想不起来诸佛菩萨的，只有恐惧的时候、遇到险难的时候才求佛。"

普元悲伤道："广清说只要以此为根基，加以利用，定然能够让信众对栖岩寺产生无比的信心！"

"所以他搞起了装神弄鬼的把戏？"蒋南羽冷冷道。

"这件事情，实施起来，并不那么容易。"普元叹气道，"广清深夜躲在偏僻山道中，制造了三目鬼现身，效果很好，很快山下的诸多信众就传开了，接着他挺身而出，说只有佛法才能够祛除……"

"但信众不可能一下子就相信他。"蒋南羽接道。

"是呀，所以并不容易。"普元惨淡一笑，"于是在一个晚上，广清穿着僧衣，拿着法器，率领着信众们，进入了中山道，在那里，他抓住了'鬼'。"

"啊？"胡淑芬惊讶无比。

"当信众们看着广清从废墟中拎出一个身如婴儿大小的'三目鬼'的时

候，他们全都相信了！接着广清说那只是其中之一，要想永保太平，必须在栖岩寺修建一间送子观音殿镇压。于是信众纷纷筹款，盖起了这间佛殿，塑造了这尊送子观音像，并且将那三目鬼的尸身用各种符封裹起来，摇身一变成了三目童子，成了护法神。

"观音殿落成，佛像开光那天，广清又亲自点燃香炉里的香，冲天的烟火之下，作法念咒……"

"信众看到满天神佛降临，于是越发确信广清的能耐，栖岩寺很快就香火鼎盛。"蒋南羽接道。

"哪里有什么满天神佛现身呀……"普元呵呵冷笑，"老衲虔诚苦修一生，也不曾亲眼见到一尊佛陀菩萨现身，那只不过是幻觉，人的幻觉而已。"

"幻觉？"胡淑芬睁大眼睛。

普元沉默了一会儿道："二位长官还记得后山那一片曼陀罗吗？"

"那片彼岸花？"胡淑芬自然记得，这货因为猛嗅花香当场晕倒。

"我似乎，明白了。"蒋南羽目光闪烁。

普元点头："当时，香炉里盛放着满满的曼陀罗的花膏，这种东西乃是一种致幻之物，如此的焚烧，在场的所有信众全部被笼罩，在广清的咒语声、暗示下，集体产生了幻觉！"

"这……太不可思议了。"胡淑芬彻底呆了。

"当时你为什么不阻止他？"蒋南羽盯着普元。

朽木一样的普元，脸上没有任何的生气。

"他找老衲的那个晚上，老衲许久以来静若寒潭的一颗心，也忍不住被激怒了，老衲呵斥他，责骂他，击打他，但他双膝跪地，一番话，让老衲心如刀绞。"

普元潸然泪下："广清当时流着泪说，'我不入地狱谁入地狱'，为了不断送栖岩寺千年的香火和基业，为了重振佛光，哪怕他身坠阿鼻地狱，也无怨无悔。他一生都在这里，这里就是他的家，从始至终他做的每一件事，都没有任何的私心，他做的一切，都是为了这日渐凋零的栖岩寺呀！老衲……老衲怎么阻止他？！"

普元，这位修禅一生，早已看破生死的老和尚，终于号啕大哭。

胡淑芬和蒋南羽沉默了，良久没有说一句话。

广清或许是错了，真的错了，但他的所作所为，谁又能够去指责呢？

蒋南羽强行将自己从同情、悲悯的情绪中挣脱出来，恢复冷静，道："广清手里的那个三目鬼，哪来的？既然是真实的存在，那根本就不是什么鬼。"

"这个，老衲也不知，问过他，他不愿多说，表情落寞。"普元道。

"三目，婴儿大小……"胡淑芬念叨着，突然反应过来，直勾勾地看着蒋南羽，叫道，"难道……"

蒋南羽全身打了个冷战，如同被雷霆击中！

"黄老狗说，一个晚上，一个身上散发着奇异香气的蒙面人找他，让他打捞黄河里的一具尸体……"蒋南羽觉得原先分散的线索，开始汇集，逐渐清晰起来。

"那股奇异的香气，想必就是曼陀罗吧，那样的香气之下，黄老狗被征服了，他们打捞出了一具怀抱三目怪婴的女尸。"胡淑芬接道。

"广清显然知道这具女尸以及那三目怪婴的来历，否则他不会去找黄老狗打捞。这样的三目怪婴是极难见到的，从打捞的地点和时间上推断，那具女尸和三目怪婴应该就是……"说到这里，蒋南羽闭上了眼睛。

"应该就是三年前少都督的第三任夫人以及生下来就夭折的那个可怜的婴孩吧。"胡淑芬接道。

蒋南羽点了点头："之前产婆说过，夫人和死胎的尸体她之后都没有看到过，少都督说尸体都由福伯处理，想来是被抛入了黄河……"

"广清发现了这件事，所以决定以此做文章，天呀……"胡淑芬激动无比。

"如此看来，杀死黄老狗的凶手，应该是广清了。"蒋南羽缓缓抬起头。

"为何？"胡淑芬问道。

蒋南羽摊摊手："很简单，广清虽然蒙着面去找黄老狗，但他还是担心黄老狗上山会认出他来，这件事情是他的秘密，关乎栖岩寺重振，如果黄老狗认出了他，那他所做的一切都功亏一篑，因此他利用以往的装神弄鬼，杀死了黄老狗，杀人灭口。"

"肯定是这样了！好呀，好个广清！竟然是个凶手！"胡淑芬摩拳擦掌。

"非也！"普元沉声打断了二人的谈话，他的表情坚定无比，"广清绝对不会杀人！"

胡淑芬怒道："老和尚，都到这个时候了，你就别拿什么杀生破戒的说法来糊弄人了，装神弄鬼这种下阿鼻地狱的事情广清都不怕，杀人他还怕个屁！？"

普元摇头道："除了这件事广清破了戒之外，这一生他从未破过！老衲之所以说他绝不会杀人，还有另外一个原因！"

"什么原因？"

"广清他自小就有一个毛病，一见到血就立刻抽搐、昏倒！"普元冷声道。

蒋南羽和胡淑芬大眼瞪小眼。

"二位长官，你们想想，如果他怕人发现，为何不自己去捞尸体？在尸体流入黄河之前，他就有足够的机会去捞尸体，但他没有！他冒险去找了人，而且那天晚上他带尸体回来的时候，是用厚布包得严严实实的，老衲当时不知道里头是尸体，还纳闷呢，想来，他是怕见到血。"

"如果他杀了黄老狗，当时他就抽搐晕倒被你们发现了。"普元想了想，道，"还有最重要的一点，他那段时间一直待在山上，并不知道你们哪天上山，更不知道里面有黄老狗了，怎么可能去杀人呢？"

"这个……"胡淑芬张了张嘴，想去反驳，但发现自己的确没有什么理由了，只得转脸望向蒋南羽。

"广清……的确没有杀死黄老狗的可能。杀死黄老狗的凶手，应该另有其人，但是……"蒋南羽盯着胡淑芬，他的一张俊美的脸，因为激动，变得有些狰狞，"但是有没有可能，他是三起连环怪案的凶手呢？！"

"啊！？"胡淑芬顿时跳了起来。

普元目瞪口呆。

面对如此表情的二人，蒋南羽深吸一口气，让自己冷静下来，开始分析："广清想重振栖岩寺已经不是一天两天了，这些年来，他一直在为此筹划，在找个机会，找个说辞。"

胡淑芬比蒋南羽还激动，接道："于是他接连杀死少都督的夫人，寻找合适的畸形胎儿，前两个虽然畸形，但谈不上怪异，当第三个三目怪胎生下来时，哈哈，他终于找到了！而且，若是说地形，这里他比任何人都熟悉，他能够搞出密室里头杀人之后凭空消失的鬼把戏！"

"好像，有些说不通了。"蒋南羽给胡淑芬泼了一盆冷水，"其一，他不可能在胎儿生下来之前就知道少夫人肚子里面是个怪胎；其二，那产房我们都清楚，广清根本无法做到凭空消失；其三，他晕血，别说杀死少夫人了，就是他站在那里，见到血也已经晕厥了。"

"这个……"胡淑芬瘪了，他很失望。

蒋南羽点上一根烟，蹲在地上一口接一口地抽着，升腾的烟雾，遮住了他的脸。

一根烟抽完，他走出门外，拎了一把铁铲进来。

"你这是要干什么？"胡淑芬问道。

蒋南羽没说话，来到那尊佛像前，手臂挥舞，铁铲狠狠地扎入泥胎之中。

泥胎很快崩塌，裹在三目童子外面的一层泥土裂开。

一具全身裹满符咒的小小尸体，平静地躺在地上。

虽然已经风干、枯瘪，虽然怪异、狰狞，但那的确是一个可怜的畸形怪胎。

是一具婴儿的尸体。

"广清没有杀黄老狗，他也不可能是三桩怪案的凶手，他所做的一切，都是基于重振栖岩寺的装神弄鬼而已，这是可以确定的。"蒋南羽将铁铲扔在一边，看着那具婴尸，徐徐道，"现在最重要的事情，也是必须被确定的事情，就是——这具婴儿的尸体到底是不是少都督第三任夫人生下来的那个。"

胡淑芬愣愣地盯着蒋南羽。

蒋南羽的目光透过窗户，落到了远处那焦黑的藏经阁上："广清人脉关系十分简单，没有仇家，藏经阁起火尽管十分诡异，但我确信不是什么鬼怪，而是有人蓄意要杀死他，尽管凶手的作案手法我们现在还不清楚。如果能够确定眼前的这具尸体，就是少都督第三任夫人生的死胎，那么就能确定广清的死，和这具三目怪婴有十足的关系，而且，有可能广济的死，也与此有关。凶手，就在这山里，就在太平庄！"

"我……同意！"胡淑芬点了点头。

"叫福伯来吧，尸体的事，他最清楚！"说完这句话，蒋南羽疲惫地坐在了地上。

……

观音殿门前的大树底下，福伯第一眼看到脚下的那具小小的尸体时，吓得怪叫一声当场瘫倒。

蒋南羽冷冷地盯着他，什么话都没说。

"这是……这是！"福伯叫道。

"福伯，看清楚，这是不是三年前少都督第三任夫人生下来的那具怪胎？"胡淑芬一把将福伯拎起来，送到尸体面前。

福伯脸上的肌肉在颤抖，强行压住内心的恐惧，睁大眼睛仔细地辨认着。

"是不是？"蒋南羽问道。

"我，确定不了。"福伯抬起头来，迎着蒋南羽的目光，"那具死婴，我也只是在处理的时候看过一眼，而且相隔这么多年了，这具已经干枯，很难确定。"

"那你方才看到尸体时，为何要惊叫？"

"这样的一只眼睛，怎能不惊叫？"福伯指了指怪婴多出来的那一只眼睛，"我想，世间有三只眼的婴孩，很少吧。"

"三年前，少都督的那位少夫人以及死胎的尸体，你扔进黄河了？"蒋南羽问道。

福伯摇头："没有。黄河距离这里太远了，而且你觉得我这样的身体，有搬运两具尸体下山然后走到黄河抛尸的可能吗？"

看得出来，福伯并没有说谎。

"二位长官，这具尸体你们从哪里得来的？"福伯问道。

他对广清的所作所为，看来也毫不知情。

"这个和你没关系。"蒋南羽站起身来道，"少夫人和死婴的尸体你怎么处理了？"

"裹上白布，投入溪里了，就是你们上山看到的那条大溪。以前的两位少夫人还有死婴，都是这么处理的。"

蒋南羽的心中，涌出了一丝希望："那条大溪流入黄河吗？"

"这个……我不太清楚。"福伯认真道，"山里水流复杂，而且即便是到了山下，也有很多枝杈河湾。"

"知道了。"蒋南羽点了点头，"这里没你的事了，你回去吧。记住，这件事情不能给别人说，任何人，包括少都督本人在内。"

蒋南羽凑近福伯，低声道："此事关乎能不能破解三桩连环怪案，关乎少夫人和孩子的安全，关乎你们太平庄的兴亡，我想你知道轻重吧？"

"我知道。放心，我不会说的。"福伯使劲点头，然后看着地上那具尸体，"这尸体……"

"这尸体你秘密带回去，找个只有你知道的地方放好，说不定我还有用得着它的时候。"

"明白。"福伯脱下长衫，将那具小小尸体包裹得严严实实，抱在怀里，离开了。

"接下来，怎么办？"胡淑芬走到蒋南羽跟前，愁眉苦脸。

蒋南羽痛苦地揉着太阳穴："巡长，虽然黄老狗、广济、广清的死，各有诡异，扑朔迷离，但我觉得都和怪婴和连环怪案有关系。眼下最重要的就是确定这具尸体是不是三年前那位少夫人生下来的死胎，若是能确定，那起码我们就有了一个重要的线索！"

"的确如此，但怎么确定呢？你有办法？"

蒋南羽打了个哈欠，看着胡淑芬道："倒是有一个，不过巡长，今晚你可睡不好觉了，你得跟我去一个地方。"

"什么地方？"

"秘密。"蒋南羽神秘一笑，"这是一个秘密。"

山里的太阳早早就落下去了，起了雾，湿漉漉的冷。

不过夜空澄澈，爬上了月亮，星斗满天。

从窗户里，可以看到一个无边际的世界，隐约有一条无边际的大水，那是黄河。浓密的树林中，突然有一只白色的苍鹭飞出，翅膀平伸，高叫一声，远远去了。

匆匆吃完晚饭，蒋南羽、胡淑芬二人悄悄出了太平庄，消失在林莽之中。

阴历七月，漫山遍野的藤蔓覆盖累累，一朵朵雪白的花儿微微绽放，空气中有股甜得发腻的香味，其下是倒塌的建筑残骸还有肢体破碎的石雕佛像。

蒋南羽在林莽中穿梭，动作敏捷得如同一头豹子。

胡淑芬跟在后方，气喘吁吁："你这是带我去哪里？"

蒋南羽不说话，点上一根烟，低头赶路，看不清他的表情，亦看不清他的心思。

两个人就这么停停走走，就在胡淑芬快要累瘫的时候，蒋南羽突然停了下来。

眼前是一条愤怒的溪流，大水咆哮，席卷而下。

两个人站在陡峭的岸边。

"没路了。"胡淑芬看了看对面。

蒋南羽抬头向上看了看，再往上，便是山顶，的确无路可走。

"这里应该算得上这条溪流的最上游了。"蒋南羽笑道。

胡淑芬明白了蒋南羽的心思："你神神秘秘的，搞了半天是要顺着这条溪流走下去，看它到底能不能流入黄河？"

蒋南羽点头："如果的确能流入黄河，那基本上可以确定广清的那具婴孩尸体就是三年前少都督那位夫人所生的怪胎了。"

"那岂不是我们要在这山里奔波一晚？"胡淑芬叫起苦来。

"这是没办法的事，总得去查明吧。"

胡淑芬看了看周围漆黑的山林，不情愿道："今天，是鬼节呢。"

"哦，我倒忘记了，鬼节呀。"蒋南羽呵呵一笑，"是的，百鬼夜行。"

"妈的，本大巡长这辈子真是倒霉透顶了。天灵灵地灵灵，太上老君急急如律令，阿弥陀佛！"胡淑芬双掌合十，祈祷道。

抽完一根烟，二人顺着溪流往下走。

两岸陡峭，并无道路，只能踩着巨大的石块跳跃前进，很快就衣服湿透，狼狈不堪。

蒋南羽动作轻盈，胡淑芬却是叫苦连天。

"老了，真是老了。妈的，老子下辈子绝对不干这活儿了！简直就不是人干的。"巡长骂道。

一个多小时之后，走了几里地，远远地看到了石桥。

那是陆景瑞监督的工地。

夜色已深，劳累了一天的工匠们早早歇息了，营地上一片空荡，连篝火都没有，死寂无声。

"这帮人活干得挺快，眼看着就要完工了。"胡淑芬道。

的确如此，那石桥基础部分全部完成，只需要架起两根支撑的木桩，石梁桥就建成了。

"你说，这帮修桥的伙计当中，有没有人熟悉水情呢？"胡淑芬道，"他们都是本地人，土生土长，定然清楚，找一个问了，岂不是免了我俩的奔波之苦？"

难得胡淑芬能有个靠谱的想法。

"行得通。"蒋南羽笑道。

"那就别愣着了，赶紧找陆景瑞去，妈的，本大巡长累得死狗一般，上他那里搞点酒喝！"胡淑芬大喜，一溜烟往工地奔去。

二人很快来到桥边，胡淑芬想上桥，被蒋南羽一把摁住。

"怎么了？"胡淑芬一个趔趄，差点跌倒。

"小声点！"蒋南羽捂住了胡淑芬的嘴，朝桥那边看了看，低声道，"有人。"

二人蹲伏在一块巨石之后，借着明亮的月光，果然看到两个人。

一个在桥上，一个在桥下。

桥上的人，拿着杆烟枪，蹲着，勾着头往下看。

桥下，一人立于水中，拎着个巨大的铁锤。

"陆景瑞和那姓吴的石匠，他们半夜三更的不睡觉，搞什么这是？"胡淑芬疑惑道。

"看看。"蒋南羽死死盯着那二人。

"东家，真的要这么干吗？"吴石匠的声音有些发抖，"俺听说这样会有报应的，会死人的。"

"报应个屁！有报应的话，也让它报应在我身上，和你没他妈的半点关系，你怕什么！让你干，你就干！"

"东家，昨晚已经打下去一个了，没必要再打一个吧？足够了。"吴石匠昂着脸道。

"保险起见。"陆景瑞冷冷一笑。

接着，这家伙窸窸窣窣从怀里掏出一样东西，递给吴石匠。

"老吴，你跟了我这么多年，我什么时候亏待过你？这事儿完了，再给你加五十块大洋。"

"东家，这不是钱的问题。俺娘说了，这可是作孽的事。"吴石匠接过东西道，"俺脑瓜笨，想不明白，少都督和你也算是一家人，你为啥非得这么害他？已经死了两回人了，这可是第三次了。"

"哪那么多废话，老吴，我告诉你，钱每回你可都收进了自己的腰包，拿钱的时候怎么没听你这么多屁话！"陆景瑞呵斥道。

听到这里，胡淑芬激动起来。

"南羽，原来这陆景瑞才是怪案的凶手呀！你听清楚了吗刚才？"胡淑芬想出去，被蒋南羽摁住。

"巡长，再等等。"

在陆景瑞的责骂之下，吴石匠叹了口气，将东西揣在怀里，从岸边托过一块粗粗的木梁，取出铁锤和凿子在木梁底部凿挖。

"东家，俺可说清楚了，干完这一回俺再也不干了。少都督是个好人，这些年每回死人，俺看在眼里，觉得挺可怜的。"

"他可怜？妈的，老子可怜的时候你看见了？这是报应，懂吗？"陆景瑞冷笑道，"我就是要让他痛苦一辈子，让我身上曾经的痛苦，加上一千倍一万倍还给他！"

吴石匠不说话，很快做完了手头的活，从怀中取出那东西就要往孔洞里放。

蒋南羽瞅准时机，从巨石后面一跃而出，拔出枪，大喝一声："都别动！"

胡淑芬也紧跟而上，将陆景瑞和吴石匠堵在当场。

陆景瑞显然吓了一跳，不过回头看清楚二人，冷笑道："哟，二位长官不在庄子里歇着，怎么跑这里来了？"

"不到这里来，怎么能发现你的真面目！？"胡淑芬义愤填膺，一把揪住陆景瑞，"好你个陆景瑞，妈的，你让老子找得好苦！"

"巡长要是找我，招呼一声便是，有什么苦不苦的。"

"这二十年，老子被你们太平庄的怪案连累得够呛，一直苦寻凶手，想不到竟然是你小子！妈的！"

"巡长，饭可以乱吃，话不能乱说，我怎么就是凶手了？"陆景瑞浑然不在意。

"少他妈废话，你们刚才说的，本大巡长听得一清二楚！"胡淑芬用枪指了指吴石匠，"还有你，狗日的帮凶，给我上来！"

吴石匠两股颤颤，一身是水上了石桥。

"把那东西交出来！"胡淑芬眯着眼睛道。

"长官，俺，俺没有东西。"

"装什么蒜!? 刚才陆景瑞给你的东西！"

吴石匠见隐瞒不过，从怀里掏出东西来。

陆景瑞大叫一声，挣脱胡淑芬就要去抢，被蒋南羽一拳打翻在地。

"还他娘的想毁灭证据是吧？陆景瑞，本大巡长面前，你就别耍什么猫腻了，识相的，有罪认罪，本大巡长心软，或许还能让你好过点。"胡淑芬一脚踏在陆景瑞的背上，转脸看着蒋南羽，"喂，什么东西？"

蒋南羽从吴石匠手里把那东西接过来，不由得一愣。

一个小小的布包，外面油纸包裹。

"打开看看。"胡淑芬大声道。

小包裹得挺严密，一层层解开之后，最里面是个布袋子。

蒋南羽抖落了一下，里面的东西，让二人都傻了眼。

一张宣纸上，用朱砂写着个名字——夏千歌，名字底下是她的生辰八字，除此之外，还有一撮长长的头发。

"就这个呀？"胡淑芬走过来，检查了一下，很是失望，掉过身去，狠狠给了陆景瑞一脚，"妈的，你们半夜三更在这里干的坏事，就是这个呀？"

陆景瑞被踢得满脸是血，一声不吭。

"巡长，我看还是押回去审问吧。"蒋南羽沉声道。

"走！跟本大巡长回太平庄！老实点！"胡淑芬答应了，二人举着枪，押着陆景瑞和吴石匠往回走。

……

厢房，烛火通明，照着陆景瑞狰狞的脸。

他和吴石匠二人被绑在椅子上，捆得粽子一般。

胡淑芬和蒋南羽坐在对面。

站在门口的福伯看着屋里的情景，目瞪口呆。

"二位长官，二少爷这是怎么了？"福伯指了指陆景瑞。

"怎么了？"胡淑芬冷笑，"福伯，日防夜防，家贼难防，你想不到吧，所有的事情都是这混账干的。"

"所有的事情……"福伯疑惑地看着陆景瑞，"二少爷，你干了什么？"

陆景瑞昂头看着房顶："姓胡的，要杀要剐随你便，爷眉头都不会皱一下，别的事情，他娘的就别问了。问了，爷也不会告诉你。"

"行，还挺有种。"胡淑芬看了看吴石匠，"吴石匠，我看你是个老实人，本大巡长不想为难你，老老实实说吧。"

吴石匠扫了眼陆景瑞，惧怕地低下头。

蒋南羽走到吴石匠跟前，将纸包放在桌子上："老吴，你家里还有老娘是吧？"

"是。"

"你有没有想过，你若是被关进牢里，或者因为陆景瑞挨了枪子，你老娘怎么办？"

"俺没有杀人呀，所有的事情都是东家让俺干的！"吴石匠惊慌起来，"长官，俺要是有个三长两短，俺娘肯定活不成了。"

"那还不说！？"胡淑芬啪的一声将配枪狠狠拍在桌子上，"不然你就别想见到你娘了！妈的！"

吴石匠抹了一把眼泪，点了点头："俺说！俺什么都说！"

"你们这到底搞的什么把戏？"蒋南羽指着桌子上的东西。

"长官，这是一种厉害的巫术，叫'打桩'。"

胡淑芬脸上露出沉凝之色："以前只是听说过有打桩这么一回事，以为是子虚乌有，想不到这回竟然撞见了。"

"打桩？什么打桩？"蒋南羽闻所未闻。

"是流行于本地的极为歹毒的巫术，若是有苦大仇深的仇家，只要建起一座石桥，找来仇家的头发，写上姓名和生辰八字，装入木梁打入桥里，封顶镇压，仇家定然不得善终。"吴石匠解释道。

蒋南羽顿时觉得哭笑不得："巡长，这不是胡扯八道嘛。"

"胡扯八道？可不能这么说。"胡淑芬直摇头，"千万别小看了这玩意儿，乾隆爷厉害吧，当年连他老人家都惊动了，搞得大清朝天翻地覆。"

"这和乾隆有什么关系？"

"本大巡长也是听师父说的。"胡淑芬挠了挠头道，"说是乾隆三十三年，江南沿海一带，出现了很多人头发被剪了的怪案，而这些人不少出现了昏迷、晕厥、掉魂甚至死亡的情况，巡捕随后抓住了不少游僧、道士，搜出了这些头发还有写着他们名字、生辰八字的纸条，讯问得知他们用的是一种巫术，就是这打桩。这玩意儿几个月间席卷了大半个中国，乾隆爷都惊动了，亲自下旨捉拿凶犯，杀了不少人。"

蒋南羽摇头："区区名字、生辰八字，加上点头发，就能置人于死地？"

"你年轻，不晓得此中的厉害！"胡淑芬摆了摆手道，"身体发肤，血胎带来，尤其是头发、指甲之类的东西，乃是本命精血所化，最容易被人利用，加上名字和生辰八字，以巫术施展，真的是要死人的。"

蒋南羽懒得和胡淑芬分辩。

胡淑芬拍了拍桌子，冷笑道："吴石匠，之前你说干过两回了，怎么回事？"

吴石匠此刻早吓破了胆子，不敢有隐瞒："回长官，东家的确让俺干了两回，头一回是八年前，用的是少都督第二任夫人的头发，第二回是三年前，用的是少都督第三任夫人的头发，这是第三回。"

"好你个陆景瑞，果真是凶手呀！"胡淑芬欢喜若狂，"你可认罪！？"

"认罪，认什么罪？"陆景瑞笑道。

"当然是接连杀人了！"

"我没罪！"陆景瑞说完，闭上眼睛，一副死猪不怕开水烫的样子。

福伯惊得魂飞天外，颤声道："二少爷，你……你怎么能干出这般的事情来呀！"

"什么事情？呵呵，巫术是吧？这山上这么做的又不是我一人，有人不还弄了个三目童子吗？"陆景瑞笑道。

蒋南羽一愣："广清的事情，你知道？"

陆景瑞闭上嘴，不说话了。

蒋南羽正要往下问，就听见外面响起一阵急促的脚步声，一个仆人满头是汗跑过来："二位长官，少夫人要生了！"

"要生了！？"胡淑芬直接从椅子上跳了起来。

"走！"蒋南羽拿起佩枪就往门外走，走到门口想起了什么，对福伯道，"福伯，派两个靠得住的人看管，不能走漏风声，更不能让他们二人跑了。"

"知道了。"福伯出去，很快找来两个壮汉。

"走，去搜神馆！"蒋南羽拎着枪奔向后院。

第十章　泥菩萨

看着黑暗中矗立的那栋古怪建筑，蒋南羽的心情陡然沉重起来。

夏千歌要生了，这一回，可千万不能出事呀！

相比之下，胡淑芬十分放松。

"南羽呀，别这么急匆匆的，凶手已经抓住了，少夫人那边自然可保无恙。"

"凶手？巡长，你是说陆景瑞？"

"嗯！这狗日的搞的巫术，少都督的前两任夫人不都死翘翘了，他就是凶手！"

蒋南羽颤声道："巡长，干我们这一行的，怎么能信那种子虚乌有的东西。即便是巫术能害死人，即便是少都督的第二任、第三任夫人死于陆景瑞的巫术，我问你，那第一任呢？那时候陆景瑞可没有搞什么巫术，第一任少夫人的死，可是和后面两个一模一样，怎么解释！？"

"这个……"胡淑芬额头冒冷汗。

"陆景瑞现在根本就不能断定是凶手，我总觉得，真正的凶手恐怕还隐藏在这黑暗中，今夜，就是他现身的时刻！"看着周围的夜色，蒋南羽沉声道。

胡淑芬明显慌了："那怎么办？"

"怎么办？我怎么知道怎么办？眼下就是尽我们最大可能，保护少夫人母子的安全！"

言罢，蒋南羽对福伯大声道："福伯，搜神馆周围的火把全部点亮！五步一人，十步一岗，团团围住，告诉所有的人，成败就在今晚，眼睛放亮点，哪怕是一只鸟，一只蚊子，都不要让它们溜入馆里！没有我的命令，任何人不得进入、不得出来，也不允许靠近！"

"明白！"福伯答应一声，亲自带人忙活去了。

蒋南羽和胡淑芬两个人，穿过一楼大厅那密密麻麻的妖怪泥塑，噔噔噔上了二楼。

二楼圆形大厅，忙碌一片。

产房门口的椅子上，陆建武手持一杆火枪威严而坐，严麻子拎着大刀面色沉凝，沈少安坐卧不安，焦急地走来走去，仆人们端着热水、拿着毛巾进进出出，个个如同热锅上的蚂蚁。

"真的要生了？"蒋南羽道。

陆建武点了点头。

"少都督呢？"蒋南羽道。

沈少安指了指产房："在里面。"

蒋南羽掉头就往产房里冲。

"蒋长官，妇人生产之地，你不能进去！"陆建武站了起来，声音里带着愤怒。

自古以来男女授受不亲，大户人家的媳妇、姑娘，陌生人见上一面都有伤风化，更别说是生孩子时候的赤身裸体了。

这些蒋南羽当然知道，可想到之前发生的诡异的怪案，哪里肯听，推门而入。

外面的房间，放满了热水、盆具、工具、衣物，少都督跪在地毯上，不停地向那尊不动明王神像叩拜，见到蒋南羽进来，不由得愣住。

"蒋长官，你怎么进来了？"

"少都督，实在是抱歉，我不放心，要进去看看！"

"这……"少都督面露难色，十分犹豫。

"我知道此举有伤风化，是对少夫人的冒犯，可如果那种事情再出现一次……"

"别说了，我陪你进去！"少都督咬了咬牙，下定了决心，领着蒋南羽进了里头的卧室。

大床之上，夏千歌躺着，身体上横盖着一床被褥，没有叫喊，没有呻吟，显然已经昏厥了，产婆花母娘正在小心翼翼地进行针灸刺激，羊水和血，顺着夏千歌的双腿之间缓缓流出来。

"啊呀，老天爷，你们两个大男人怎么跑进来了！快点出去！"产婆见少都督和蒋南羽进来，惊叫一声，奔过来把二人往外推，"产房里不能有男人，否则会有血光之灾，还有，你们身上在外头要是沾染上了不干净的东西，更麻烦，快出去！出去！"

产婆十分有原则，将二人拦着。

她说的的确有道理，产妇产子之时，不管是使用的器皿还是衣物，都经过高温消毒，自己一整夜都在外头，泥污不堪，不应该待在这里。

但是……

蒋南羽仔细扫了扫产房，尤其是那扇窗户。

几层厚厚的木板将窗户封得死死的，连月光都漏不进来，此刻的房间就是个没有一丝缝隙的密室！外头还有无数双眼睛盯着，这里应该是安全的。

"蒋长官……"少都督指了指产婆。

"好，我们走。"蒋南羽退到外间来。

"那里你们也不要待，出去，到外面，快点！"花母娘对二人道。

"蒋长官，你出去吧，我留下来。我身上消过毒，千歌是我的妻子，我一定要在她身边！"少都督咬着牙，面目坚毅，"我已经失去了三个孩子，这一次，一定要保她们母子安全！"

蒋南羽不想出去，他的计划里，就是要留在里头，即便不是在产房里，也要待在这外间。

"南羽呀，里头太乱，赶紧出来，我们在外面等，一样！"胡淑芬进来，把蒋南羽拖出去。

蒋南羽还想说什么，卧室房门咣的一声关了起来，里头传来门闩插动的声响。

"蒋长官，我会守在千歌身边，一步都不离，哪怕是我死了！外面拜托你们了！"里头传来少都督的叮咛嘱咐之声。

那声音，就像是战争的号角。

里头的那个男人，那个曾经接连失去了三任妻子、三个孩子的男人，此刻就像是头守护领地的雄狮，愤怒地向命运发出了挑战的吼叫。

"不行呀，这样，不行呀……"站在大厅里的蒋南羽，还是很担心。

"蒋长官还是坐下来吧。"陆建武指了指旁边的椅子，昂起下巴道，"外面，整栋楼已被团团围住，那么多眼睛盯着各个方向，上上下下，左左右右，不留一点死角。里面，老朽之前已经仔仔细细检查过一番，一只耗子都钻不进去！我们等在这里，若是凶手强来，老朽手中这杆火枪、严麻子的那把刀，都不是吃素的！"

端坐于高椅之上的陆建武，腰杆笔挺，虎目圆睁，身上散发出滔滔的肃杀之气："此次，凶手不来便罢，若是敢来，不管是人，是鬼，老朽都要让其有来无回！"

外面，浮云堆积、飘移，朦胧的月亮被云覆盖，又开始淅淅沥沥下起雨。

空气中多了些许凉意，在这孤岛般的高山庄园，在与世隔绝的处境之中，蒋南羽觉得自己如同一只收拢了翅膀落于枝头的鸟，周围的密林中，不知何处，藏着一个黑洞洞的枪口。

紧张、恐惧、愤怒、复杂的情绪让身边的这帮人，精神绷到了极点，仿佛一张弓，已经被拉到了极限。

似乎，人生就是这样，始终脱离不了生命的绝境。

"老朽方才让人去找景瑞，有石匠说看到他被二位长官押走了，不知出了什么事情？"陆建武看着产房的房门，淡淡问道。

看来，消息还是走漏了。

"无他，不过是有些问题要问问。"

"好像，没这么简单吧。"陆建武笑道，"若是简单的询问，不会举着枪押着回来。"

"胡闹！"一向不怎么说话的严麻子露出了讽刺的神情，"这些长官们，实事干不了，添乱倒是擅长得很。景瑞少爷……"

陆建武举起手，示意严麻子闭嘴，转过脸来，问道："蒋长官……景瑞虽然混账，但绝对不会干出……干出那件事。"

陆建武并没有说破，但谁都知道他的意思。

"那要彻底调查才能断定了。"蒋南羽不卑不亢。

"是呀，眼下，这屋里头，最要紧。"陆建武紧握着火枪。

众人皆又沉默了。

大厅里一片死寂，只有外面的风雨声。

这寂静，是多么的不正常呀。寻常人家生孩子，都是产房里哭天喊地，外头忙碌欢闹，而这里，却是像等待着审判，一场命运的审判。

就这么等着，不知道过了多长时间，突然从里面传来了一声啼哭。

婴儿的啼哭，尖锐而响亮。

呀的一声，便戛然而止。

只有一声。

"生了！"

与此同时，几乎所有人都站了起来！

蒋南羽第一个冲到大门前，使劲推了推门。

门从里面插上，根本推不开。

"南羽，你这是……"胡淑芬过来。

"我要进去！必须进去！"蒋南羽知道最关键的时刻来了，既然孩子生下来，便是凶案可能再次发生的时候，自己必须进去！

"这个……"胡淑芬有些为难。

这刹那，里头传来咣当一声闷响，接着是铜盆掉在地上的声音、水泼洒的声音、厮打之声！

还有，一声惨叫。

那惨叫，声音沙哑，显然是产婆花母娘的。

"少夫人，俺是产婆呀！俺……"产婆的声音显得无比痛苦，几乎是呻吟了。

"把门打开！"蒋南羽转过身，对严麻子等人大叫。

房门从里面插上，要想打开，只有用外力。

严麻子拎起一把椅子，用尽力气砸过去，啪的一声，硬木椅子粉碎，房门岿然不动。

"找东西撞开！"蒋南羽转过身去挪动沙发。

沈少安、严麻子等人过来，弯腰抬起沙发。

哗啦啦……

房门后传来门闩拉开的声响。

门开了？蒋南羽转身走过来。

门缝闪开，产婆花母娘用手帕捂着脑袋，殷红的鲜血顺着额头往下流，显然是被硬物砸到了，开了瓢。

"里头怎么样？"蒋南羽一把搀住她。

"和以往一样！少夫人疯了！打人！孩子……是怪胎……"花母娘脸色苍白，双脚一软，昏倒在地。

冷汗从蒋南羽的额头冒了出来。

"看好她！"把产婆交给胡淑芬，蒋南羽三步两步来到门边……

啪！

门再次被关上，显然门后有人，接着门闩被扣上。

只差一步！

只差一步，蒋南羽就能冲进去。

而在门合上的那电光火石间，透过门缝，他看到了半边脸。

披头散发的苍白的半张脸，被遮盖住，只露出一只眼睛。

那眼睛，让蒋南羽毛骨悚然。

没有任何的生气，充满血丝，目光幽幽，如同鬼魅！

那是……

那应该是少夫人的吧！

"千歌！千歌！孩子怎么样？……刚生产完，快回床上……你疯了!?……千歌……"

少都督焦急的声音从里头传出来，然后是扭打、推撞之声，可以明显听到里头的陈设物品被撞击到地上的声响！

然后，一片寂静。

"撞门！快点！"一股不祥预感涌上心头，蒋南羽声嘶力竭！

"撞门！"陆建武老脸铁青，知道恐怕不妙。

旁边的福伯已经吓得要快瘫倒了，嘴里喃喃道："又来了……又来了……"

蒋南羽、严麻子、沈少安、胡淑芬，四个人费力抬起沉重的沙发，狠狠地朝门撞去！

咣！

咣！

咣！

猛烈的撞击之下，大门在晃动，在震颤，但根本不可能一下子就撞开。

"用力呀！"蒋南羽大吼。

没人知道门后面的密室里现在在发生什么，可里面诡异的寂静让所有人都感到情况不妙。

在撞击了十几下之后，蒋南羽绝望地发现凭借那个沙发，恐怕撞不开。

"铜像！用书房里的那尊铜像！"蒋南羽叫道。

众人一窝蜂冲进位于旁边的少都督的书房，合力将那尊方相氏的铜俑像抬了出来。

两三米高的铜像，虽然里面是空心的，但也极为沉重，福伯和陆建武都加入其中，挪出来之后，铜像横放着，如同一根古代攻击冲门的攻城锤般，奔着大门，猛撞而去。

咣！！

大门剧烈震颤了一下，传来了闷响。

那是门闩开裂的声响。

"再来！用力！"蒋南羽抬着铜俑的头，额头上的青筋条条绽出。

"再来啊！"沈少安此刻五官狰狞，焦急得都快要哭出来，"千歌，你可千万不能有事啊！"

众人连退十余步，皆用尽全身的力气，扛着那巨大铜像，呐喊着，奔撞而去。

咣！！！

轰！！！

强大的撞击之下，两扇大门被撞得齐齐倒了下去，惯性之下，铜像横飞出去，落在地面之上，发出沉闷的响声。

一帮人纷纷跌倒在地。

蒋南羽头晕目眩地从地上爬起来，眼前的景象，让他不由得呆住——

几步远的地方，外室的地面上，少都督躺在地上，满身是血，昏死过去。

"少爷！"福伯当即哭出声来，跪着爬过去。

蒋南羽来到近前，蹲下身，简单检查了一下。

"福伯，别哭了，这身上的血不是少都督的，似乎……"蒋南羽转脸看着卧室的房门。

嗖！一个人影冲进去，那是沈少安。

蒋南羽紧跟而上。

当他冲进门的瞬间，听见沈少安无比痛苦的、撕心裂肺的哭声："千歌！你不能这么丢下我一个人呀！"

陆建武、胡淑芬等人很快也冲进来，和蒋南羽一样，卧室里的这一幕，让大家全都呆若木鸡！

床上，全是血，乌紫色的血！

弥漫着的，是一股无比的腥臭味道，让人忍不住作呕。

房间里一片狼藉，烛台、板凳、铜盆，掉落一地。

一具赤身裸体的尸体，横躺在地上，腹部被剖开，血肉模糊。

那张脸，苍白无生气的脸，一双眼睛空洞地睁着。

是死不瞑目的夏千歌。

在她的脚边，有一团肉体。

是的，除了"一团肉体"这四个字之外，恐怕没有任何的词语能够形容那玩意儿——一具手脚交错、头大身小、畸形丑陋的已经死掉的怪胎。

"诅咒，真的是诅咒……"气力虚脱的陆建武双眼一翻晕了过去。

福伯抱住陆建武，号啕大哭："老天爷！我们陆家到底做了什么，让我们遭受这样的罪呀！"

蒋南羽觉得自己一点力气都没有了。

世界扭曲变形，冰冷无比。

所有的努力，所有的尝试，在此刻，化为泡影。

这样的结果，他想不通，更不愿意接受！

强打着精神，他朝夏千歌的尸体走去。

"别过来！"抱着尸体的沈少安，转过脸，冷冷地看着所有人。

他的表情，绝望而愤怒，已经崩溃。

"沈少爷……"蒋南羽想安慰他，但找不到任何合适的语句。

"别过来！"沈少安潸然泪下，紧紧抱着那具冰冷僵硬的尸体，仿佛要抱住属于他的全部世界。

"千歌，我们不是说好了的嘛，要平安地活下去，我陪着你，不管遇到什么事情……"沈少安呢喃着，低下头，轻轻吻着夏千歌的脸，呢喃着，呼喊着，"你不能就这么走了，不能留下我一个人。你看看，孩子还在，孩子……"

当他的目光落到那死亡的怪胎上之后，声音戛然而止，取而代之的是呆滞。

然后，他突然站起来，朝门外走去。

蒋南羽朝胡淑芬使了个眼色，胡淑芬跟上。

蒋南羽三两步来到那具死胎跟前，检查了一下。

身体已经长成，但各个器官的比例都不协调，自己从来没见过这么严重畸形的婴儿。

他小心翼翼地将死胎的脑袋转过来，那张小小的脸上尽管满是肿瘤、脓液，五官错位，但是还好，没有多长出眼睛。

然后他开始小心地查看夏千歌的尸体。

身上没有任何的伤口，只有腹部被剖开，伤口皮肉整齐，显然是用了利器！而这房间里，根本就不存在任何的刀具，这一点，先前就已经特别吩咐了！

蒋南羽屏住呼吸，小心翼翼扒开尸体的腹部，腹腔里的景象，让已经有心理准备的他，依然感到了无比的震颤！

里头几乎空空如也！

除了胃部之外，肝脏、大肠、小肠、肾等这些部位全部消失了！

这么多的器官，这么庞大的器官，应该装满人腹腔的器官，全都不翼而飞！

这，怎么可能!?

法医出身的蒋南羽，几乎觉得自己的眼睛出了问题。

他忍着血污和呛鼻的腥臭低下头去仔细观察。

结果更让他难以置信——其他的器官，原本都通过各种各样的方式连接着，即便是消失，也应该有撕裂或者割开的断口吧，但是，这些连接处，却异常的平滑、自然，好像那些器官没有任何外力的撕扯，自行消失一般，好像，它们原本就不存在！

这，不可能！绝对不可能！

这样的人是根本就不可能活着的呀！

可就在今晚，夏千歌还好好的呀，门缝中，蒋南羽分明看到了她！

一连串的疑问，不符合常理的尸体，让蒋南羽完全失去了方向。

"别拉我，我要杀了他！这个怪物！是他害死了千歌！"

门外，一片大乱，沈少安的声音如同一头受了伤的饿狼。

蒋南羽站起身，来到门外，沈少安手脚乱踢，被胡淑芬死死抱住，几步之外，是昏厥的少都督。

"沈少爷，别闹了，我们家少爷够可怜的了。"福伯护住少都督，跪倒在地。

"怪物！怪物！是他害死了千歌！我要杀了他！杀了他！"沈少安的情绪已经彻底崩溃。

福伯抹着眼泪："怎么可能呀！沈少爷，你也看见了，我们家少爷对少夫人一往情深，他比任何人都想保护少夫人母子，他比任何人都不愿意再发生这样的惨事！他怎么可能杀了少夫人?! 那可是他的夫人、他的孩子呀！"

"除了他，没别人！"沈少安愤怒地挥了挥手，嘴唇颤抖，"有嫌疑的人，已经不存在了！除了他，没别人！"

"沈少爷，你说什么胡话呀，少爷生来就善良，鸡都没杀过！"福伯哭道。

"只有他一个人在房间里！除了他，还能有谁！这个怪物！丑陋的恶心的怪物，凶手！凶手！"沈少安怒发偾张，一把推开胡淑芬，朝少都督奔去。

啪。

一记重掌，狠狠击打在沈少安的脑后，沈少安应声而倒。

蒋南羽出了手。

意味深长地看了沈少安一眼，蒋南羽沉声道："他情绪失控，把他带回素心居，先让他冷静冷静吧。"

有仆人进来，抬走了沈少安。

"福伯，把少都督也带走，好生照顾，等他醒来，告诉我。"对着少都督，蒋南羽叹了口气，又道，"其他的人，都出去吧。"

很快，卧室里只剩下了胡淑芬和蒋南羽二人。

"妈的，这是第四次了。本大巡长……不，巡长我是做不成了，回去肯定要卷铺盖滚蛋了。"胡淑芬哭丧着脸道。

"巡长，仔细搜查一下，看看有没有什么蛛丝马迹。"蒋南羽看了看四周。

两个人，几乎将里里外外一尺一寸地检查了一遍！

卧室里头，封死窗户的木条纹丝未动，根本就没有打开过，里头家具本来就不多，床底下、门后、家具里面根本就不可能藏人，也就是说，如果有凶手的话，那家伙也是穿墙而来，在极短的时间干完了之后，又凭空消失。

这是绝对不可能的事，除非真的是鬼。

可这世界，根本就不存在什么鬼怪呀！

"尸体检查了吗?"胡淑芬低声道。

蒋南羽点了点头："腹部被剖开，里面除了胃之外，其他的器官，凭空消失。胸腔和其他要等做了尸检才知道。"

胡淑芬点了一根烟，吸了一口，用绝望的口吻道："和前三次，几乎一模一样！"

是的，整个事情发生的全过程，和胡淑芬描述的前三次怪案，完全相同。

四桩惨案，四具尸体，四个怪胎……

看着这个冰冷的房间，蒋南羽打了个冷战。

这不是一个房间，而是一个不折不扣的坟墓！

这不是四桩怪案，而是一个近乎残酷的审判，命运的审判！

"接下来，怎么办?"胡淑芬已经失去了所有的动力。

"我不相信有鬼怪，我也不相信有诅咒，普元老和尚说过，这世界只有因果。我看到了果，所以我确定一定有它的因！"蒋南羽咬了咬牙，对胡淑芬挤出一丝笑容，"巡长，我们必须找到这个因！它就在某个地方等着我们，或许，正在嘲讽地看着我们呢。"

"妈的！反正老子已经倒霉透顶，大不了被巡警局扫地出门！阿羽，你就放开手干吧！"胡淑芬掐灭了烟头。

蒋南羽苦笑："看来，今晚又是个不眠夜！"

……

第一个被审问的，是产婆花母娘。

这个干净利索的老太太，此时用白棉布裹着头，上面污血点点。

她显然还未从惊恐中彻底恢复过来，面对蒋南羽和胡淑芬，神情惴惴不安。

"一开始，俺就觉得情况不太妙。"花母娘撩了撩头发，"俺说的是少夫人。俺进去的时候，她就已经昏迷了，失去了知觉。"

"前面三位夫人的状况，也是如此吗？"蒋南羽插话。

"嗯。平常妇道人家生孩子，很少有昏迷的，遇到这种情况，一般母子都很难活命，道理很简单，生孩子是个力气活，而且肯定得尽快生出来，不然孩子难活，当娘的也凶多吉少。"

花母娘叹了一口气："少夫人已经昏迷，要想生产顺利，要紧的就是让她醒来。"

"所以你进行了针灸。"蒋南羽道。

"这是俺的绝活，大部分的产婆只是会接生，俺会其他的东西，这针灸就是通过刺激穴道，帮助产妇清醒，接下来就好办了。"

"我猜，少夫人没有醒吧？"蒋南羽问道。

"下了一十八根银针，都是一等一的大穴，依然没醒，俺就知道要坏事，所以不得不再多下几根针，可还未动手，孩子就生下来了。"

"少夫人没有醒，怎么会生出来的？"

花母娘脸上颤抖了一下，声音变得低沉了许多："不是生下来的，而是……而是滑出来的。"

"滑出来的？"蒋南羽和胡淑芬相互看了一眼。

花母娘无奈地摊了摊手："俺没有帮任何的忙，产门突然大开，伴着污血，孩子就滑出来了。"

"之前的三任夫人，也是这般吗？"

"基本上差不多。俺当时就觉得不妙，低下头去看那孩子……"花母娘摇了摇头，"果然……"

房间里沉默了。

花母娘哆嗦了一下，道："看清了孩子的模样，俺知道接下来要发生什么，就抬起头，看见方才还昏迷不醒的少夫人，不知什么时候无声无息地站在了俺的身后。"

"当时她什么样子？我是说，她的肚子……"蒋南羽紧张了起来。

"下半身全是污血，但肚子好好的。然后，一把扯住俺的头发，把俺顺着地上拖了几步，接着抄了个家伙狠狠砸在了俺的头上。两位长官，当时少夫人简直就是个疯子，就是个恶鬼呀，分明要置俺于死地，俺大叫了几声，挣脱了，就跑了出来。"

"当时少都督在哪里？"

"少都督在外面，听到俺的喊声就要进来，俺出来时，和他打了个照面，少夫人追了出来，少都督拦住她，两个人开始扭打，俺赶紧拉开门闩奔出来。"

"少都督当时情况如何？"

花母娘想了想道："看到少夫人的第一眼，少都督的表情很悲伤，他肯定知道发生了和之前一模一样的事情，眼泪都出来了。看得出来，少都督很爱少夫人，他上去劝阻、安抚……但没有用，少夫人那时候根本就认不出他来了，她就像个恶鬼一样，抓、咬、打，分明要弄死她见到的所有人。"

"唉，少夫人挺可怜的，少都督更可怜，这都第四次了，俺下一次无论如何也不来了，这是要老命的。"花母娘嘟嘟囔囔。

蒋南羽仔细将花母娘的说辞记下了，她所说的情况，基本上没有任何的纰漏，而且印证了先前蒋南羽从门缝里见到的。

这时候，门响。

是严麻子。

他的现身，倒是让蒋南羽觉得意外。

"二老爷醒来让我去看看景瑞少爷，景瑞少爷让我找你们，有事。"严麻子说话言简意赅。

"看看去。"蒋南羽和胡淑芬让仆人照顾好花母娘，出门。

一路上，三个人都不说话，低头快走。

"二位长官，景瑞少爷出了什么事，你们看押他？"严麻子一边走一边问道。

"什么事？妈的，那混账东西干的所有坏事，我们都知道了，你说为什么看押他？"胡淑芬骂道。

"是吗？"严麻子笑了笑，不出声了。

进了院子，还没到看押陆景瑞的房间，蒋南羽就听到了从里头传来的大笑声。

陆景瑞的笑声，带着无尽的快意。

"都这时候了，这王八羔子还能笑得出来!？本大巡长心情不好，先揍他一顿发泄发泄。"胡淑芬气冲冲地推门进去。

事实上，胡大巡长进去之后，客客气气地为陆景瑞倒了一杯茶。

蒋南羽哭笑不得，坐在陆景瑞对面："你找我？"

陆景瑞情绪很激动，准确地说，是兴奋，仿佛捡到了狗头金的乞丐一般，眉飞色舞。

"死了吧？"他说。

"你是指少夫人和孩子？"

陆景瑞打了个哈欠，鼻涕口水直流，这段时间他都没有抽大烟了。

蒋南羽深吸了一口气："看来，你很恨陆景出。"

"我问你，真的死了？"陆景瑞突然收敛了笑，目光直勾勾盯着蒋南羽，饿狼一般。

"和三年前一样。"

陆景瑞坐在凳子上，慢慢弯下腰，头埋进两腿间，看不清他的脸，只能看到他的双肩在剧烈抖动。

"哈哈哈哈哈哈!"然后，一声大笑从他的身体中传出来。

"好！非常好！"陆景瑞抬起头，肆无忌惮地笑，"太他妈痛快了!"

房间里一片愕然。

只有蒋南羽面无表情，他悲哀地看着陆景瑞，一句话都不说。

"我干的！是我弄死了陆景出的娘们儿和孩子！哈哈哈，痛快，真痛快!"陆景瑞歇斯底里道。

"你的所谓的'打桩'，不过是扯淡。"蒋南羽嘲讽地笑笑。

"那不是扯淡，那是货真价实的巫术！这么多年来，每一次我都没有失手过！我亲眼看着陆景出的娘们儿和孩子，尸体一个接一个地拖出来！哈哈，断子绝孙呀他!"

蒋南羽懒得和他计较，开门见山："你为什么那么恨少都督？"

"我呸！什么少都督，他就是一个怪物！"陆景瑞咳嗽了几声，昂头看着房顶，声音变得悲哀起来，"他害死了我一生最爱的女人！这一切，都是他的报应！"

胡淑芬要插话，被蒋南羽拦住。

"他害了你的女人？不可能吧，少都督足不出户，不可能有那样的机会。"蒋南羽在刺激他。

"他足不出户，照样能夺走我的所爱！这个天生的怪胎，就因为他是大伯的儿子，便能有权力夺走我的幸福！"

"你说的爱人，指的是……"

"我表妹！林雨薇！"

"林雨薇?！"蒋南羽和胡淑芬闻言，几乎同时吸了一口凉气。

林雨薇，是少都督的第一任妻子，二十年前怪案惨死的第一人。

蒋南羽强忍住好奇，等待陆景瑞说下去。

"从小，我就喜欢她。人这一生，有些东西是注定的，如同宿命。"陆景瑞缓缓闭上眼睛，开始他的讲述。

"我生下来没多久，母亲就去世了，在我的记忆里，她只是一个模糊的影像。我爹跟着大伯，忙碌的都是大事，即便是回来，对我也没个好脸色。我八岁之前，是姑姑抚养长大的，表妹比我小两岁，我俩青梅竹马。

"我们一同生活，睡在一起，吃在一起，一起去森林里面摘花，她最喜欢山茶，白色的那种，摘回来，就灌上清水养在瓷瓶中，香味许久不散。她不属于绝色天仙的那种，但她善良、安静，内心有着一片绚烂温暖的世界，那是我缺少的。

"尽管她比我小，但她给予了我任何人给不了的感情，我原来一直以为那是亲情，可后来发现，我错了，从一开始，我就爱上了她。

"那是我人生最快乐的时光呀，呵呵。我们走很长的路，去看那条大河，晚上走回来，在山道里看花开，一朵一朵，硕大的花。

"有时，她带上她的画板，我们去外面。麦田、农夫、树木、菩萨、白鸟、水牛……她画所有她见到的东西，在干净的布上，笔触温柔，我就站在后面看，看着面前小小的她，看着她笔下的世界，那时候我觉得，这辈子若是如此，就足够了。

"更多的时候，我骑上洋车，她坐在前面，我们去集市。热闹的集市，到处都是人，装在竹筐里的鸡鸭，刚挖上来的雪白莲藕，洗得干干净净的青菜……我们就如同夫妻一样，讲价，买菜，回来煮上一桌饭，她的手艺并不好，经常烧糊，可那是我吃过的最好吃的美味。

"她知道我爱他，她也爱我。我们就如同两条失掉母亲的小兽，黏在一起，看着太阳升起，月亮升起，看着时光轮转，等待着属于我们的一个小小的家。"

陆景瑞沉浸在回忆之中，他脸上洋溢的幸福，让人很难忍心去打断。

然后，他突然睁开眼睛。

"有一天，我爹来找我。在此之前，他从未主动见我，对我来说，他是我爹，仅此而已。那一次，他态度郑重地坐在我对面。我知道他找我肯定是有事，但我们就那么相互对着，冷坐了一个时辰。他离开时，叹了口气，只说了一句话。"陆景瑞呵呵一笑，"他说，景瑞，我对不起你。"

"几天后，庄里传出来陆景出订婚的消息，新娘是我表妹。"陆景瑞攥起了拳头，"一切都是我爹安排的，他明明知道我和表妹的关系，知道她是我最爱的女人！

"我愤怒地找他。我想问问他，为什么这么对我。可等我进了庄子就被抓起来，关进了小黑屋。"陆景瑞惨惨笑了一下，"等我出来，陆景出和我表妹的婚事已经过了一个月。

"我戳了陆建武一刀，就在他的书房里。他没躲，说对不起我，还说我心里的表妹已经死了，从今以后，她是我的嫂子。

"我见到了表妹，她在我面前哭得如同雨里的山茶花。她告诉我她爱我，但木已成舟，我们之间只能如此。她还是那么的善良，嫁鸡随鸡嫁狗随狗，出嫁了，就老老实实相夫教子，而且她觉得陆景出很可怜。"

陆景瑞笑了起来，那是愤怒而绝望的笑："陆景出可怜，他妈的我陆景瑞就不可怜吗？我什么都没有，只有一个表妹，就这么被夺走了！我恨陆建武，更恨那个怪胎！如果不是他，我和表妹会快快乐乐地过完一辈子！

"自那以后，我自暴自弃，吃喝嫖赌，想尽各种方法败坏我爹的财产，我就喜欢看到他面对各种债主时候的狼狈样，但他从未埋怨过我，可能觉得愧对我吧。他越是那样，我越是觉得可气。

"后来，你们都知道了，表妹死了。我站在门口，看到她的尸体被抬出来，看到她的肚子被剖开，看到那个怪胎，你们能体会当时我的感受吗?!

"她在，哪怕她是我的嫂子，哪怕我们之间不可能，只要能看到她，我的心还有一丝丝的温暖。她是我的全部世界，可她死了，就那么死了!

"一切都是陆景出! 这个怪胎! 如果没有他，表妹是我的妻子! 如果没有他，表妹不会死得那么惨! 他打一生下来就是个祸害，是个害死亲娘的怪物，后代依然是怪胎，还害死了自己的妻子!

"他带来了一切的灾难! 他夺走了我在世界上活下去的全部意义!"陆景瑞咬牙切齿，"我要报复他! 我要他永远生活在痛苦之中! 我要他断子绝孙! 我要让这恶心的陆家，绝户!

"哈哈哈，我拼命出入烟柳之地，终于得了病，命根子都烂掉了，哈哈哈哈，陆建武知道这消息的时候，那表情，哈哈哈，真他妈的痛快!

"我寻访了三年，整整三年，学会了这巫术，你们知道吗，当每一次陆景出的夫人和孩子从那个房间里抬出来的时候，当陆景出肝肠寸断的时候，当陆建武悲痛欲绝时，我是多么的痛快呀!"

陆景瑞站起来，手舞足蹈，喜笑颜开。

"他疯了。"胡淑芬呆呆道。

"他没疯，只不过是个可怜虫。"蒋南羽昂头看着陆景瑞，摇了摇头，"陆景瑞，你知道吗，你很悲哀，真的。"

"我悲哀?"

"是的，打桩这种巫术，只不过是子虚乌有，我想很多时候你也应该清楚这玩意儿根本就没有任何作用。这些年来，你一直在自欺欺人。你用这种愚蠢的方式去报复少都督，报复你父亲，报复陆家，说白了，只能证明你是一个窝囊废，一个不明事理的窝囊废。"

"我不是!"

"你就是! 如果你真的爱林雨薇，你应该后退一步，静静地祝她幸福，然后自己努力开始新的生活。你知道吗，当你这么胡闹、这么堕落的时候，她看在眼里，会怎么想? 或许，她比你，更痛苦吧。"

陆景瑞一下呆住。

"你们本可以有不同的生活，有不同的结局，但你搞糟了一切! 你的所谓的报复，如你所说，让世间仅存不多的温暖，全都化为泡影。你真是个可怜虫，无所作为的可怜虫。"

"我是可怜虫!? 我无所作为!?" 陆景瑞恼怒无比，"你们凭什么这么说我? 你们这帮渣滓! 这帮废物! 这帮饭桶!"

"陆景瑞，本大巡长警告你，你这是在诽谤，明白吗!?" 胡淑芬的自尊心被严重打击了。

"难道不是吗?" 陆景瑞鄙夷地看着蒋南羽和胡淑芬，"难道你们不是饭桶废物吗? 我最讨厌的就是你们这些巡警，假模假样，草包一个! 当年表妹惨死，你们抓住凶手了吗? 一次又一次，包括这次，你们还不是两手空空! 你们凭什么说我是可怜虫? 妈的!"

陆景瑞指着二人，"你们就不应该出现在这里，不管怎样，这是陆家的事，你们来凑什么热闹! 我们生，我们死，那是报应，和你们有个蛋的关系!? 废物! 你们呀，还是哪里来滚回哪里去，我之前就告诉你们了! 否则……"

陆景瑞冷冷笑了几声。

"否则怎么样?" 蒋南羽道。

"否则，你们被横着抬出去，别怪我。"

"自己都泥菩萨过河了，还他娘的满嘴喷粪，你倒真是可笑至极。" 胡淑芬嘲讽道。

"泥菩萨，有时候，也能呼风唤雨，菩萨也有手下。" 陆景瑞坐下，意犹未尽地呵呵一笑。

"我们走，跟这混账玩意儿没法说。" 胡淑芬气得够呛，拉着蒋南羽出了房门，见严麻子站在门外，没好气道："看好他，别让他外出一步，这狗日的干了那么多坏事，没好果子吃!"

两人出了院子，蒋南羽突然冷笑了起来。

"笑什么? 你这表情看着挺瘆人的。" 胡淑芬道。

蒋南羽摸上一根烟，道："陆景瑞这货，是个可怜虫、糊涂蛋，和杀人沾不上关系，不过有个人，现在看来，很可疑。"

第十一章　看林人

庭院里的花池中，几条硕大的锦鲤缓缓游动。

旁边开着一簇硕大的野蔷薇，翠绿色的粗壮枝干上，花瓣密密麻麻排列，在暗夜中显示出勃勃生机。白色的墙壁上，用毛笔提着一行字，不是汉字，却是英文——To be，or not to be，that is the question.

"这洋文吧？看得跟他娘的鸟书一样。"胡淑芬看了看蒋南羽，"啥意思？"

"生存，还是毁灭，这是一个值得考虑的问题。"

"啊？"

"英国一个大文学家莎士比亚说的。"

"这都什么狗屁话，还大文学家。这样的话，本大巡长一天能写八百句。"胡淑芬很牛叉轰轰地对那句话表示了鄙视，然后道，"三更半夜你带我来素心居，不会是只为看这什么英国人的混账话吧？"

"当然不是。"蒋南羽来到花圃旁边，扶着青砖垒成的圃墙，看了看。

沈少安种下的这片花，香气格外的浓烈，尤其是在夜晚。

"你觉得沈少安有问题？"胡淑芬站过来。

蒋南羽没有回答，越过短墙，跳进花圃里，低着头，仿佛在寻找着什么。

胡淑芬有点莫名其妙，他转过脸看了看身后，不远处就是沈少安的房间，里头亮着灯，很安静。

很快，蒋南羽从花圃里头出来，抽了一口烟，眼神如同湖水般宁静。

"巡长，你觉得沈少安这个人，怎么样？"

胡淑芬被他的这个问题搞得愣住，想了想道："挺好的，出身书香门第，一看就是个大户人家的公子，留过洋，温文尔雅，算是有点文化。"

"我问的是性格。"

"性格？性格嘛，还算好，安静，内敛，不张扬，就是……"胡淑芬挠了挠头，"就是有点怪吧。"

"怎么个怪法？"蒋南羽笑了。

"怎么说呢，他看人的目光有点目中无人，似乎所有人都不配和他交往，而且性格有时候未免显得偏激了些，不过，书生都这样。"

蒋南羽点了点头。

"你问这个干吗？"胡淑芬道。

"没什么，我只不过想从你这里验证一些东西。"

"验证？妈的，你就别神神秘秘的了，这家伙怎么就有问题了？"胡淑芬吸了一下鼻子。

"我也只是怀疑，还没有十足的证据。"蒋南羽指了指沈少安的房间，"要想进一步深入，那就得和他面谈了。"

二人来到门口，蒋南羽轻轻敲了敲门。

房间里头寂静无声，无人应答。

胡淑芬烦躁起来，摊开手掌咣咣咣猛拍了几下。

依然无声。

"不在？"蒋南羽眉头皱了起来。

产房惨案之后，沈少安情绪激动，先前蒋南羽让人把他安置到了这里，想让他平复一下悲痛的心情，怎么会不在此处呢。

胡淑芬后退两步，抬起了脚。

"巡长，这个怕不太好吧？"

"屁！本大巡长想干吗就干吗！"胡淑芬一脚将房门踹开。

二人进了屋子，发现烛火晃动，里头空无一人。

"跑什么地方去了？"胡淑芬诧异道。

房间还是那么的凌乱，拥挤，到处都是书籍、摊开的笔记、标本，混杂一片。

蒋南羽饶有兴趣地在房间里走动，在书架旁边停下来，翻看那些厚厚的书籍。

"要不要出去找找？"除了女人，对别的东西，胡淑芬似乎根本就没兴趣。

蒋南羽摇了摇头，翻开那些书的同时，目光在房间里扫视，落在了桌子上一个厚厚的黑色笔记本上。

牛皮包装，烫着金字，约莫有二纸厚，摊开着，旁边放着没有拧上笔帽的钢笔。

"巡长，干我们这行，翻看别人的私人物品，是不是有违道德？"蒋南羽笑道。

"啥狗屁道德！你要想看，我可以让沈少安进来把裤子脱了。"胡淑芬白了蒋南羽一眼。

蒋南羽把笔记本捡起来，走到烛火下。

全部是清秀的英文，身为名物学家，沈少安的这个笔记本上面记载的是众多稀奇古怪的植物、动物，画着插图，惟妙惟肖，有些地方还写着自己的研究心得。

从做学问来说，沈少安的确一丝不苟，极为认真。

"巡长，你还记得上次我们来的时候，沈少安说他花圃里种的那种花，叫什么来着？"

胡淑芬一副崩溃的样子："本大巡长哪记得了那么多！这个重要吗？"

"目前看来，挺重要的。"

"我想想。"胡淑芬捶了捶脑袋道，"想起来了，叫'伐木工'！"

"伐木工？虽然那花的名字很奇怪，但似乎不是这个。"

蒋南羽的质疑，让胡淑芬觉得受到了智商上的严重侮辱。

巡长的一张红脸像熟透了的苹果一般："博闻强记的本大巡长，怎么可能记错！不叫'伐木工'？我记得什么木呀林的……对了，叫'看林人'！妈的，差点说守墓人了！"

"看林人，对，是这个名字。"蒋南羽白皙的手指在笔记本上滑动，一行行对照，最终，在一个地方停下来。

他的脸上，露出了欣喜之色："找到了！"

"喂，阿羽呀，你搞什么名堂，怎么突然对花感兴趣了？本大巡长提醒你，现在人命关天，不是附庸风雅的时候！知道吗？"胡淑芬走过来，表示抗议。

"此事无关风和月。"蒋南羽笑笑，像是发现新大陆一样得意地挥了挥手中的笔记本，"他，还是太大意了，或者说，是自负。"

"你是说沈少安?"

"除了他,我还能说谁?"

"本大巡长以为你说我呢。"

这时候,门外传来一阵急促的脚步声。

"回来了!"胡淑芬赶紧出去,在门口和外面那人迎面撞上。

"哎呀呀,福伯,你也老大不小一把年纪了,怎么做起事情来这么毛里毛糙!"胡淑芬一屁股跌倒在地,爬起来嚷道。

福伯气喘吁吁,满头是汗,看着二人,急道:"总算是找到你们了!你们咋会跑到这里?"

"本大巡长不辞辛苦,连夜办案侦查,总算是发现了线索。"胡淑芬叉手道。

"别管什么线索了,二位,赶紧跟我回搜神馆!"福伯是真急了。

蒋南羽合上笔记本:"搜神馆怎么了?"

"少爷刚醒,差点被人杀了。"

"我天!少都督嗝屁了!?"胡淑芬失声叫起来。

福伯恨不得掐死他,道:"是差点,差一点点就完了。"

胡淑芬拔出枪:"谁这么大胆子!?"

福伯不说话了。

"沈少爷是吧?"蒋南羽道。

福伯点了点头:"我一直看着少爷,一番忙活少爷总算是醒了,我去伙房倒热水给他洗漱,回来就看见沈少爷拿着一把刀,把他摁倒在地,要杀他。"

"现在呢?"

"都在书房,沈少爷被我们摁住了。"

"看来这家伙还是将夏千歌的死,怪罪在了少都督身上。"胡淑芬头疼道。

"或许,他有他的道理。"蒋南羽喃喃自语,将那个笔记本拿着,出门。

三个人迅速返回搜神馆,上了二楼。

书房大门敞开,里头人影晃动。

走进去,少都督坐在那个高大的椅子上,耷拉着脑袋,虽然看不清他的脸，但能明显感觉到他的颓废。

这个刚刚失去妻儿的男人，此刻心灰意冷，近乎绝望。

沈少安被绑在另一把椅子上，旁边几个仆人看管着。

即便是被摁住，他也在挣扎，双目圆睁，死死盯着少都督，目光愤怒。

"是你杀了她！你这个怪物！"他吼道。

"你小子挺嚣张的呀！本大巡长眼皮子底下捏刀子杀人行凶？不想活了？"胡淑芬手里的枪顶住沈少安的脑袋。

"打死我吧，我早就不想活了！但即便是死了，我也不会放过这个怪物！"

蒋南羽坐在沈少安的对面，冷冷道："想死，很容易，但不明不白地死了，是不是很可惜？"

"什么意思？"沈少安昂起头，蔑视地看着蒋南羽。

蒋南羽挥挥手："福伯，你们出去一下。"

福伯看了看沈少安，又看了看少都督。

"放心吧，这里有我们，不会有事。"

福伯点了点头，带着仆人出去了。

房间里，只剩下了四个面面相觑的男人。

蒋南羽清了清嗓子，对椅子里被一堆毛皮埋没的少都督道："少都督，接下来我的一些话，可能会有些冒犯，希望你不要介意。"

少都督缓缓抬起头，那张畸形的脸上没有任何的表情。

"蒋长官，你觉得我现在还会有介意的事情吗？"他眼眶湿润，快要流出泪来。

"那就好。"蒋南羽深吸一口气，转向沈少安，"沈少爷，如果我没记错的话，你和少夫人，就是夏千歌，是表兄妹关系，是不？"

"怎么了？"沈少安怒视着蒋南羽。

蒋南羽笑，摸了摸自己的鼻子："但是，在我看来，你们的关系，并不是表兄妹这么简单……似乎……似乎远远超过了这样的关系，我的意思，你明白吗？"

"你想说什么？！"

蒋南羽特意看了看少都督，发现少都督的脸颊在微微颤抖。

"少都督，你似乎也知道吧？"

少都督没有说话，他弯下腰，弯下了原本就驼背的身体，极为无力而痛苦地点了点头。

蒋南羽起身，解开了沈少安的绳索，给他倒了一杯茶。

沈少安接过茶盏，表情如同被云雾遮盖的山谷。

"沈少爷，深深爱着少夫人吧？"蒋南羽突然转过身。

他看到沈少安捧着茶盏的手，剧烈地颤抖了一下。

茶水泛起涟漪，如同沈少安此刻的内心。

"这，不太可能吧！"胡淑芬仿佛被雷电劈中，跳起来。

蒋南羽做了个手势，示意他闭嘴。

"是，我的确爱着千歌，她是我的全部！"沈少安直起身子，毫无畏惧，他高傲地看着面前的三个男人，"我们的关系，不是表兄妹，而是恋人！"

胡淑芬惊叫一声。

蒋南羽神色平淡，看了看少都督。

高椅之上，少都督双手捂脸，竭力控制住自己的情绪。

"千歌死了，我没什么惧怕的。"沈少安喝了一口茶，"我们两家是世交，关系一直很好。千歌的父亲和我的父亲，原本亲如兄弟，我和千歌还未降生时，就已经指腹为婚。

"后来，我父亲做生意失败了，家道中落，债台高筑，生活困顿，于是，千歌的父亲就悔了婚。"

房间里一片死寂。

"我和千歌两情相悦，那时早已经确定对方就是自己的下半生，所以我去找了他父亲。"沈少安苦笑了一声，"那个男人，狠狠地羞辱了我，他说我是个穷光蛋，不可能会给千歌任何的幸福，让我死心。"

"然后呢？"蒋南羽叹了一口气。

"我绝对不可能放弃千歌！"沈少安咬了咬牙，"我祈求他，让他给我三年时间，我一定会做出一番事业来！他，答应了，当着千歌的面。

"一个月后，我拿着借来的钱，踏上了去欧洲的客轮。"沈少安放下茶盏，把脸转向一旁，"我自小就未离开过家，从未想过会去那么遥远的地方。晕船、呕吐、遇上风暴差点死掉，下船被偷去了所有的钱，流浪街头……那段日子，如同噩梦，但我必须坚持，因为我没得选择。

"其中受的苦，我从未对任何人说起。我曾经无数次想自杀，好几次把脑袋伸进打好的绳套里，可一想起千歌……"面对着墙壁的沈少安，两行清泪潸然而下。

"后来，生活总算是有了希望。凭借优异的成绩，我找到了属于我的道路。跟随世界上最优秀的学者，结识最有权势的人，而且只要我顺利完成学业，回国就能够在政府谋求一个不错的差事，算是能实现当初我对千歌父亲的承诺。

"但是千歌的一封信，让我跌落谷底。她告诉我，她要结婚了，遵循他父亲的命令。"沈少安看了看少都督。

"还有三个月就能毕业的我，丢下手头一切的事情，乘船赶回来，结果呢……"沈少安呵呵一笑，"婚事早已完成，她成了别人的妻子。"

这般的事情，连胡淑芬听了都感慨万千。

"既然命里注定你们无缘，何必再强求呢？"胡大巡长道。

"我没有强求！"沈少安粗暴地打断了胡淑芬的话，"我那时虽然无比痛苦，但也知道木已成舟。我不怪任何人，要怪，只怪造化，怪老天爷。"

"这样，也很好，你可以过属于你自己的生活，真正的生活。"胡淑芬摊摊手。

"不可能！"沈少安冷笑，"的确，我曾经的确想远远离开。她已经嫁了人，我希望她能够幸福。我知道我的存在，只会让她更加痛苦，但是……"

"但是你听到了太平庄的怪案。"蒋南羽接道。

沈少安重重点了点头："本来决心离开的我，听到此事之后，又怎么可能离开？"

所有人都不说话了，蒋南羽和胡淑芬几乎同时叹了口气。

"所以你来到这里，竭尽全力要保护她。"蒋南羽道。

沈少安第一次，低下了头。

然后他用一种难以形容的无比痛楚的声音，低低地道："不仅保护她，我发誓还要保护我们的孩子。"

这句话，如同在房间里投下了个重磅炸弹。

胡淑芬手里的枪差点没扔了，连淡定的蒋南羽也目瞪口呆。

"这怎么可能!?你回来,夏千歌就已经嫁人了!"胡淑芬大声道。

"我们之前私会了一次,在她婚后回娘家的时候,那时我们……"沈少安没有继续说下去。

"那也无法确定是你的孩子呀!那时少都督和夏千歌……"

"是他们的孩子,没错。"少都督缓缓直起身,此刻的他就像是个被无数拳头暴打过一顿的乞丐,有气无力,"我和千歌……一直都没有那种关系。"

"这么说,他们的事,你早就知道?"蒋南羽被自己内心激动的情感彻底淹没了。

少都督艰难地点了点头:"千歌是个善良的人,我们婚礼的那个晚上,她就将所有的事情告诉了我。她跟我说,她的生命里,不会再爱上其他任何一个男人。那晚,我是在书房里度过的。"

蒋南羽觉得,这位少都督,是如此的可怜。

他有过四任新娘,但从未有过属于他的真正的爱情。

"孩子不是你的,你也一早就知道了?"胡淑芬简直觉得少都督的所作所为让人难以理解。

是的,正常的一个男人,绝对不可能接受这种事情。

"知道。"少都督看了沈少安一眼,"千歌发现自己怀孕的时候,我就知道。她找到我,跪在我面前,请求我原谅。我告诉她,我不怪她,孩子可以生下来,那毕竟是一个生命,我不会对庄里的任何人说。也是这个原因,千歌很感激我,所以这么长时间来,我们……我们算是在演戏给外人看吧。"

这回,连沈少安都被深深地震撼了,先前愤怒的神色,如同潮水般从他脸上褪去,换上的,是无比的困惑。

"你为什么要这么做?"他问。

少都督自嘲地笑笑:"少安,我很羡慕你们的爱情。这样的爱情,对于身为怪物一般的我来说,简直就是奢望。爱情是珍贵的,是不容亵渎的,何况千歌是那么的善良,而且,孩子无罪。"

"除此之外,我这样做,也有我的私心。"少都督有些难以启齿。

"私心?什么私心?"胡淑芬打破砂锅问到底。

"破解那个该死的诅咒！"少都督紧紧攥起了拳头。

众人似乎明白了。

"前面三起怪案，孩子生下来都是畸形怪胎，都死掉了。我觉得，如果是诅咒的话，肯定是因为我。我是个怪物，所以我的孩子才会是怪物。如果……如果生下来的不是我的孩子，那么，他或许会好好地活着，如此一来，就破了那个诅咒！"

说到这里，少都督忍不住流泪，他站起身，对着沈少安鞠了一躬："少安，对不起，因为我，千歌和孩子……"

"这……不是你的错。"沈少安表情错愕，看着少都督，痛苦地闭上眼，"少都督，是我对不起你。"

"你们就不要如此了。"胡淑芬摆了摆手，"都没有错，唯一要怪的，就是那个该死的凶手了！"

"是的！我一定要杀了这个王八蛋！"沈少安罕见地爆了粗口。

他的愤怒，如同熊熊烈火。

"是的。"蒋南羽颔首，"我相信你的决心，毕竟，杀人这种事，你已经不是第一次了。"

胡淑芬、少都督听到蒋南羽这句话，都露出无比惊愕的神态。

沈少安一动没动，他坐在那里，看着蒋南羽，忽然笑了一下："你，发现了？"

蒋南羽摇了摇头："如果不是你在惨案发生后说的那句话，我恐怕也很难怀疑到你的身上。"

"妈的，你们在说什么呀？云里雾里的！沈少爷杀人了？杀了谁？他说了什么话？"胡淑芬吼道。

蒋南羽点了一根烟，表情复杂地看着沈少安："当时，你认定少都督就是凶手，你说：'有嫌疑的人，已经不存在了！'"

"这话，有疑点吗？"胡淑芬问道。

蒋南羽解释："巡长，一个发誓要保护爱人和孩子的人，一个已经听闻先前三起怪案的人，他会不择手段去除一切可能的威胁，哪怕是他不那么肯定，只要发现有苗头的人，为了确保少夫人母子安全，他都会除掉。"

"你是说……"胡淑芬似乎明白了。

"其他的人我还不能确定，至少，广清是你杀的，对不对？"蒋南羽死死盯着沈少安。

沉默了良久，沈少安点了点头。

胡淑芬嘴巴张得比盆还大。

"你来到太平庄之后，开始着手调查有关怪案的所有的事，这些事情，你打探得十分清楚。我想，广清之所以成为你的目标，或许很偶然。"蒋南羽声音很低，但很有力量。

"他和我，很谈得来。"沈少安很坦诚，"的确，刚开始我根本就没有想杀他，我经常去他那里喝茶、聊天，我们应该成为很好的朋友才是。直到有一天，他邀请我去那个殿堂……"

"观音殿？"胡淑芬问道。

沈少安点头。

蒋南羽接道："你发现了那尊三目童子的真相。"

"是的，我发现那尊塑像根本就不是泥做的，而是一个死胎。"

"你们是说，那个死胎是……"少都督站了起来。

他对此事，始终一无所知。

"我研究的是名物学，知道三目怪婴出现在这世界上，概率简直微乎其微，所以我十分确定它就是三年前的那个孩子！"

蒋南羽点头："所以，你认为广清就是凶手。"

"我不能完全肯定，但如你所说，为了千歌和孩子的安全，我必须杀了他，哪怕是杀错！"沈少安态度坚决，对于做的事，并不后悔。

"你的确杀错了人。"蒋南羽再次叹了口气，"尽管那个三目婴的确是三年前的那个死胎，广清的所作所为，也只不过是装神弄鬼为了延续栖岩寺的香火。"

"我……杀错了人……"沈少安喃喃自语，很快又道，"即便如此，我也没得选择。"

胡淑芬示意二人不必在这一点上纠缠："我感兴趣的是，你是怎么杀了广清的？要知道，当时你并不在场，广清一个人在藏经楼的二楼，普元老和尚就在楼下，从始至终他就没离开过，也没有见到你上去！"

的确，广清的死，是个看起来不可能完成的只能用诡异来解释的案件。

"花，是花。"蒋南羽直截了当。

"花!?"胡淑芬目瞪口呆。

蒋南羽站起身，一边踱步一边道："之所以能够搞清楚这件事，完全是我将前前后后的各种碎片综合了起来。广清死的时候，藏经阁二楼我仔仔细细查看了一番，当时没有任何可疑之处，那时候我自己都认为除了妖魔鬼怪作祟，根本就没有合理的解释，但将你和他的死联系上之后，我发现了先前忽略的疑点。"

"什么疑点?"胡淑芬问道。

"首先是香气。当时藏经阁二楼，有一股极为浓烈的香气，那时我们都以为是里头的经书燃烧所致，毕竟常用沉香之类的香料粉末熏染经纸防止虫蛀，是很正常的，但仔细想想，那种香和我闻过的寺里常用的沉香、檀香，迥然不同，它太浓郁了，寺里的香一般都是清淡的，不可能用如此让人心神荡漾的香料。其次，是花盆，广清尸体的脚下，有好几个烧裂的花盆。"

"花盆有什么大惊小怪的，哪里都有，而且广清本来就喜欢花花草草。"胡淑芬表示质疑。

"我刚开始也这么想。"蒋南羽笑笑，"但清理线索的时候，我突然想起来，那种香气，似乎在哪里闻到过。"

蒋南羽笑着对胡淑芬道："巡长，就是我们第一次见到沈少爷的时候，在花圃里闻到的那种花。"

"你是说那'伐木工'，不，妈的，'看林人'!?"

"正是。"蒋南羽背着手，"刚才我跳进花圃，在里头搜了搜，发现在花圃的角落里，有一片花被挖走了，那应该是沈少爷你自己挖的，而且放进了花盆，送给了正在藏经楼里阅读经书的广清。当然，这件事应该是案发之前你完成的。"

沈少安点头。

胡淑芬直摆手："等等! 到目前为止，阿羽，你的推理，虽然比起本大巡长来差一点点，但还算天衣无缝。我关心的是，即便所有的推理都是成立的，几盆花，就能那么诡异地烧死广清，这听起来完全不可能!"

"是的，如果是别的花，根本不可能，但它是'看林人'!"蒋南羽拿出了沈少安的那个笔记本，将它高高举起。

仿佛它就是破解这个诡异案件的金钥匙。

"怎么讲?"胡淑芬想拿过笔记本，但想到里面全是洋文，放弃了。

蒋南羽打开笔记本，翻到了一页，大声念道:"'看林人'，杜鹃科之物，体内带有挥发性极强的易燃芳香油脂，遇到高温会自燃。"

"自燃!?"胡淑芬恍然大悟。

"尽管藏经阁救火时下起了雨，但着火的时候，我记得阳光极为强烈!那几盆花，想来沈少爷你是故意放在了窗户下，藏经阁二楼密封性很好，本来就很闷热，加上炽烈的阳光直直照在那些花上，很快引起自燃，火迅速引燃了满楼的经书，最终烧死了广清!

"或许，广清有逃生的机会和可能，但藏经阁是栖岩寺的根基，那些经书对于他来说比性命还重要，所以我猜当时他不顾一切地去扑火，从而错过了最佳的逃生时间。"

说到这里，蒋南羽忍不住看了看沈少安:"你不仅作案手段神乎其神，而且你对广清极为了解，你知道他即便是有逃生机会，也不可能放弃那些经书，如此一来，他的死，是必然的!"

"精彩!真是精彩!"沈少安鼓了鼓掌，他赞赏地望着蒋南羽，"这件事情，连我自己都佩服自己，除了我之外，恐怕没有任何人能够想到这一点，呵呵，蒋长官，你果真是慧眼如炬!"

"那是本大巡长的教导!事实上，本大巡长也有了些线索，假以时日，也能破案。"胡淑芬哼了哼。

蒋南羽放下笔记本，缓缓来到沈少安跟前。

他蹲下身，盯着沈少安的双眼，表情毅然而坚决。

"沈少爷，广清的事情已经清楚，现在我的问题是，除了他之外，你还杀了什么人?!"

此话一出，书房里再次陷入一片死寂。

四个男人坐在被书包围的房间里，就那么相互看着，谁也没有先开口。

胡淑芬觉得蒋南羽提的这个问题十分愚蠢，天底下哪有那么老实的凶手，巡警问什么就说什么。

再笨的凶手，也不会自己主动承认的呀。

"哎呀呀，外面他妈的有人在吗，煮点夜宵，忙了一晚上，肚子难受得很。"胡淑芬揉着肚子，想缓解尴尬，"或者，茶喝多了。"

"你的意思，是广济？"沈少安并没有多看蒋南羽，兀自笑了笑。

"是呀，广济的死，其他人都有不在场的证明，唯独你和广清两个嫌疑最大，那天晚上你们会面之后，都有机会到塔林杀了他。"

"我为什么要杀他呢？"沈少安反问道。

蒋南羽没有马上回答，他盯着沈少安。

"我没有理由杀他，在我看来，他虽然和广清都是和尚，却起码本分老实，也不会对千歌和孩子有威胁。还有，我生来最讨厌装神弄鬼的事情，所以即便是我杀了他，也不会选择那种愚蠢的方式去遮掩——如同三目怪婴那般，将他挖了双眼。那种手段，在我看来，太低级。"

沈少安，似乎没有说谎。

"两位长官，该说的我都说了。是我干的事，我一力承担，而且我不后悔。"沈少安靠在椅子上，表情悲怆，"什么样的惩罚，我都乐意接受，但是我有一个请求。"

"杀人犯还要提要求，你是本大巡长见过的最厚脸皮的家伙。"胡淑芬冷哼了一声，"不过看在你认罪态度诚恳，说吧。"

"我希望在你们抓住凶手之前，待在这里，我要亲眼看到凶手的真面目，这家伙夺走了我的一切！"沈少安咬牙切齿。

"看来你对本大巡长的破案能力十分有信心呀，非常好，本大巡长就慷慨地满足你的心愿。"胡淑芬笑道。

沈少安根本就没搭理胡淑芬，欠了欠身体，对蒋南羽道："蒋长官，我能不能提供一个线索，或者说，一个结论也行。"

这话让蒋南羽十分惊讶。

"自从来到这太平庄，为了保护千歌和孩子，我一直就在秘密调查此事，经过这么长时间的反复分析，我觉得最大的可能，只有一个人。"沈少安的态度很肯定。

"谁！？"胡淑芬兴奋地搓搓手。

沈少安沉默了，转过脸，冷冷地盯着少都督。

他的目光，锐利而直接，仿佛暗夜中一柄寒光闪闪的长剑，令人不寒而栗。

"你怀疑是少都督干的?"胡淑芬很失望。

"除了他,恐怕没有别人更有嫌疑了!"沈少安发出了怒吼。

之前他也这么固执地认为夏千歌的死,和少都督脱不了干系。

"四起怪案,发生时的情形几乎一模一样!房间里只有他、产婆和孕妇,产婆不会干这种事情,被赶出来之前产妇都没有死。所以,凶案发生时,只有他和死者在场!我不相信他晕倒了、什么都不记得的假话,更不相信什么三目鬼,只有他有机会杀人!"

面对沈少安的指责,少都督一句话都没说。

他坐在椅子里,昂着头,神情坦然,流露出微微的不忍。

但是泪水,从他那畸形的脸上滑落。

"我没有杀人,我不会杀自己的妻子和孩子。"少都督痛苦道。

沈少安笑了,那是嘲讽的笑。

蒋南羽再次点燃了一根烟,而且快速地一口气抽完。

他成了房间里的焦点。

"说实话,我一直也在怀疑少都督。"蒋南羽舔了舔干裂的嘴唇,"沈少爷所说,的确就是我先前所想,房间里只有他和少夫人,产婆出来时少夫人还活着,那么死者毙命时,少都督的确有无法洗脱的嫌疑!前三次,我没有在场,所以不好说,但这一次,产婆从里面出来,我冲进去之前,顺着门缝,看到了一个人的脸。"

沈少安和胡淑芬露出了吃惊的神色。

"尽管只是短暂的时间,我确信那肯定是夏千歌。也就是说,那时候,少夫人没有死,而且来到了产房的外间,接着就是二人的厮打之声。这个,就更可疑了。"

沈少安重重地点头。

"可是……"蒋南羽不得不艰难地亮出自己的困惑,"有几个无法破解的疑点,让我无法相信少都督就是凶手。"

众人沉默,等待他说下去。

"首先,少都督的内心,我很了解。说起来,他是最大的受害者——接连四次失去了妻子和孩子,他是一个内心善良的人,实在没有作案的动机和理由。

"第二，少都督的身体，相当羸弱，平时连走路都极为艰难，若是打斗，我想他连一个十岁的孩子都打不过，想要杀死产妇，体力上不太可能。这一次的情况，沈少爷你也看到了，花母娘虽然上了年纪，但身体十分硬朗，连她都差点被少夫人打死，就别提少都督了。

"第三，包括前三任夫人在内，死者都是被剖开了肚子。房间里根本就没有刀，先前也已经吩咐将产房里头所有尖锐的东西全部收走，少都督、产婆身上也仔细搜查过，这是确定的。也就是说，现场根本找不到作案的凶器。

"第四，也是四起怪案难以解开的最大疑点：少夫人的肚子里，除了心脏、胃部之外，其他的内脏部位全部离奇消失！沈少爷你应该清楚，消失的内脏不管是体积还是重量都是惊人的，可现场找不到，哪怕是一点残渣，这些内脏和心脏的连接处，分离得十分自然，根本就不像利器所为，打个不恰当的比喻——就像少夫人天生就没有这些器官一般。

"种种疑点，即便凶手就是少都督，也解释不通。"蒋南羽痛苦地揉着太阳穴，"这些天，我一直在想这些难题，总是想不通，而且越琢磨越觉得根本就不像是人干的！"

"废话！"胡淑芬睁大眼睛，站了起来，"本大巡长早说了！肯定是猴囊那个三目鬼干的！你们忘了，那东西可是在产房现身了呢！你们两个都看到过！"

沈少安的脸，瞬间黯淡了下来。

蒋南羽没说话，叹了一口气。

一阵风吹进来，烛火摇摇晃晃。

"其实，还有件事情，我也同样觉得十分可疑。"蒋南羽倒了杯茶，喝了一口，清了清嗓子。

他压低了声音，沉沉道："少夫人本人。"

"少夫人？少夫人有什么可疑的!？她总不能自己杀死自己，自己破开自己的肚子吧!？"胡淑芬立刻表示抗议。

蒋南羽摇头："我说的是她的反应。"

沈少安不由自主地点头，看来他听懂了蒋南羽的言下之意。

"包括夏千歌在内，四任少夫人，在生产时都有相同的不寻常的反应。"蒋南羽站起来，使劲呼吸了一口吹进来的新鲜空气，以便让自己的头脑尽量清醒，"她们在孩子生下来之后，疯狂地攻击身边的人——产婆被赶出来，少都督也被厮打、抓咬，这很不正常。"

"是的。"沈少安想了想，"一般说来，生孩子是产妇身体最虚弱的时候，绝大多数恐怕连爬起来的力气都没有，更别说去攻击别人了。前面的三位少夫人我不清楚，千歌的禀性我太了解了，长这么大，她都没和别人吵过架，怎么可能会那么疯狂地打人呢。"

"所以，要想破解这个谜团，少夫人的反常举动，或许能够成为有价值的线索！"蒋南羽的语气加重了几分力度道，"我觉得，当时的少夫人，已经疯了。"

"疯了？"胡淑芬呆呆道。

"是的。"蒋南羽将目光转向少都督，"或许说得准确点，少夫人那时候已经完全没有了正常人的思维，她，已经不是她了。我之所以做出这个判断，是因为从门缝中，我看到了她的眼睛。"

说到这里，蒋南羽自己都忍不住打了个寒战："那双眼睛，冰冷，毫无生气，我看不到任何的情绪，属于人的情绪，就像……就像看到了一具尸体。"

胡淑芬吓得两股颤颤，赶紧打断这个话题："妈的，越说越不靠谱了！尸体还能走动呀！"

"蒋长官的话……我认可。"一直未开口的少都督缓缓道，"不管是千歌还是之前的三个，她们的举动，的确不正常。"

蒋南羽等人都闭了嘴。

这件事情，最有发言权的就是少都督。

"她们，都是性格和善的人，贤惠，典雅，对我，对下人，都轻声轻语，绝对不可能那样攻击人。"少都督对着烛火，目光呆滞，"她们当时的举动，简直就匪夷所思……"

"什么意思！？"胡淑芬问道。

"她们不是攻击，而是想杀人！"少都督声音颤抖。

"杀人？"

"是的！杀人！她们每一个人都变得面目狰狞，是想把你往死里整！她们掐住我的脖子，咬我，抓我，用她们能够找到的一切东西打我！我想，如果当时她们手中有一把刀，她们一定会毫不犹豫插进我的胸膛里，插进我的脑袋里，或者直接割开我的喉咙！"

少都督终于恐惧起来，他的身体在打摆子。

"然后呢？"胡淑芬忍不住问道。

"我被千歌压在身底，她死死掐住我的脖子。在此之前，我试图安慰她，劝服她，她好像根本就听不到。我呼吸困难，觉得自己恐怕真的要死了，我哀求她，求她住手，她嘶叫着，跟一头凶兽一般，嘴巴里喷出泡沫，双目圆睁！"

"蒋长官说得对，那双眼睛里，根本就没有任何的情绪，只有冰冷！"

少都督捂住了脸，不想再说下去。

"然后你就像上几次一样，什么都不记得了？"蒋南羽低声道。

少都督抽泣了一下："我艰难地转过脸，想在临死之前，看一眼孩子。卧室的房门开着，我看到了地上的那团肉体，怪胎，一个畸形的怪胎，然后我的意识迅速模糊，接下来的事情我就记不清了。"

蜡烛爆了一个灯花，啪的一声，声音清脆。

"这的确很蹊跷。"胡淑芬摸着下巴上的几根黄黄的稀疏可数的胡须，"文静柔弱的女子，瞬间变成了没有情绪的野兽，想想都可怕，为什么呀？"

"是呀，为什么呀？"沈少安困惑道。

胡淑芬迟疑地道："难道是为了保护自己的孩子？"

"保护自己的孩子？"

胡淑芬对自己的这个猜想很满意，道："天底下，能够让女人如此改头换面的，那只有这个理由了！别说是女人，就是动物，一只平日里温顺对你摇尾巴的母狗，生了崽子，也会对任何人龇起牙！"

"似乎有道理，可也说不通呀。"蒋南羽道，"没必要吧，她应该知道没有任何人会伤害她的孩子！"

众人都不说话了。

良久，沈少安开了口。

他说："唯一可以确信的是，在千歌身上，在之前死去的三位少夫人的身上，肯定发生了什么，让她们产生了这么大的改变。

"生产之后，疯狂地攻击周围的人，意识不清醒，或者说干脆就没有意识，所有的举动机械而单纯——杀死周边所有的人，这种举动，根本就不应该属于正常的人。等等！"说到这里，沈少安忽然大叫了一声，身形停顿。

"怎么了？"蒋南羽疑惑道。

"这种反常的举动，我为何觉得这么的熟悉？"沈少安喃喃自语。

"熟悉？"听到这句话，蒋南羽的心底，没来由地涌出了一阵狂喜！

难道，难道会有解释！?

三个男人急迫地看着沈少安，等待他接下来的话。

沈少安闭上眼睛，在尽力回想。

约莫一刻钟的沉默之后，他睁开眼。

"我的确在什么地方看到过类似的描述。"沈少安痛苦地道。

"关于人的？"蒋南羽问。

"好像不是，但这种反应，极为相似！"沈少安站起身来道，"我回去查阅资料，相信一定能找到！"

"那太好了！"蒋南羽大喜过望，到外面找到福伯，让他叫来几个得力的仆人，护送沈少安回去。

"一定要查出来！"沈少安离开时，蒋南羽叮嘱道。

"放心吧，这关乎千歌，我定会尽力。"沈少安点了点头。

看看表，已经过了三点钟，很晚了。

蒋南羽和胡淑芬告别了少都督，留下福伯看护，回到了厢房住所。

两个人衣服都没脱，疲惫地躺下。

"总算是他妈的有了点眉目。"胡淑芬吹灭了灯，黑暗中发出死狗一般的叫唤。

"还差得远着呢。"蒋南羽苦笑。

"已经很不错了！"胡淑芬翻过身。

蒋南羽虽然看不到他脸上的表情，但能确信他现在一定很得意。

"要说本大巡长还是英明神武，局里那么多生瓜蛋子，老子一眼就看中了你，嘿嘿，你小子果真没让我失望，是干这行的好苗子。"

这货对自己的眼光和才能夸耀了一番，接着又道："看不出来，沈少安这么文文静静的书生，也能杀人。"

"人性使然，再温顺的人，有了自己要保护的人，也会铤而走险。"蒋南羽道。

"广清的死，弄明白了，广济呢？现在看来，好像真不是鬼怪所杀。"

"广济的死，我有一些眉目，但只是猜想，需要证据。"

"妈的，原来你小子还藏私呀！是不是有私心，想独吞功劳!？妈的，我告诉你阿羽，这案子是我们俩一起……不，是本大巡长领导你……"

"巡长！你看我像那样的人吗！"蒋南羽觉得好笑。

"那就好！"胡淑芬放心地重新躺下，"说，到底啥眉目？"

"到时候你就知道了。"蒋南羽打了个哈欠，扯过被子。

"说呀！说呀！最讨厌你这种话说到一半的家伙！这就像我当初在太原城和那小娘们儿在一起的时候，裤子都脱了，非不让上床！喂……喂！这就睡着了!？妈的！"

胡淑芬踢了蒋南羽几脚，见他没反应，气冲冲地翻过身去。

十秒钟之后，这货打起了呼噜。

蒋南羽睁开眼，看着窗外。

很好的月光，照彻一个宁静的世界。

隐隐可以听到风吹松涛的声响，在空幽山谷阵阵回荡，雾气升腾，一片茫茫。

或许，天就要亮了吧。

抱着这样的想法，他终于睡着。

第十二章　严麻子

天亮了，太阳还未出。

从刚才就闻到了一股香气，从鼻腔里钻进来，回荡在五脏六腑，让人越发嘴馋。

蒋南羽咽了一口口水，挣扎着爬了起来。

昨晚睡得并不好，被子被胡淑芬夺了多次，而且这货睡觉不老实，自己腰上挨了他一脚，隐隐发疼。

院子里升起一堆火，干焦的柏木燃烧，发出噼里啪啦的清脆声响。

火焰上，横着一根青皮细竹，穿着一只鸡。

好大的一只肥鸡，肉质鲜嫩，吱吱冒油。

胡淑芬蹲在旁边，满脸是汗，捏着盐巴往上撒，口水挂得老长。

这货不睡懒觉一大早竟然在这里烤鸡，倒是破天荒了。

"想不到巡长还有这手艺。"蒋南羽在旁边蹲下来。

胡淑芬吓了一跳，伸手将鸡死死护住："只能看，不能摸！"

蒋南羽呵呵一笑："不会这么小气吧？"

"这不是小气不小气的问题，这是原则问题。女人和美食，本大巡长从来不和别人同享。何况，这只鸡来得太他妈不容易了。"胡淑芬嗍了嗍手指上的油，神情享受。

"哪来的？"

"后山，打来的。本大巡长枪法如神，一枪撂下了两只，可惜，石头后面蹿出来个猴子，飞也似的捞了一只跑掉了。妈的，你说这破猴子，那么多野果不吃，竟然抢老子的鸡！这不和狗拿耗子一回事儿吗？"

蒋南羽笑得不行："猴子也是杂食动物，有肉吃当然要吃了。不过，这山里有猴子？"

"怎么没猴子了？挺大的一群，简直就是一群土匪恶霸，抢完了鸡，还扑过来要抢老子的枪，无法无天！"胡淑芬一边骂一边道，"这混账世道，妈的，猴子都像人一样了！"

"猴子都像人一样了……"蒋南羽陡然间愣了一下。

胡淑芬拍了拍他的肩膀："不过呢，本大巡长也不是那么小气的人，见者有份，何况阿羽呀，我这一次能不能升官发财全靠你了，所以这鸡也不是不能和你分享。"

言罢，这货将那只鸡取过来，烫得龇牙咧嘴撕开了，递给了蒋南羽一条鸡腿儿。

咬一口，酥嫩鲜美，虽然没有什么调料，却是别样的美味。

"今天有什么计划？"胡淑芬吃得满嘴流油，不亦乐乎。

"我想再去仔细检查一下少夫人的尸体，上次因为时间仓促，并没有做彻底的解剖。"蒋南羽吃完了鸡腿儿，直勾勾看着胡淑芬的手里。

"本大巡长警告你，别得寸进尺，都给你一条鸡腿儿了！"胡淑芬如同看护宝贝一样护住了鸡，道，"你真的要解剖呀？"

虽然已经到了民国，西洋的各种新鲜玩意儿也传了进来，但社会风气并没有足够开化，中国人自古以来就讲究全尸入葬，对亲人的尸体是分外尊重的，在很多人看来解剖尸体那就是侮辱先人，所以蒋南羽的这个要求，恐怕……

"怪案疑点多多，少夫人是关键人物，也是最重要的突破点之一！解剖是必需的！"蒋南羽态度坚决。

"但陆家……会同意吗？"

蒋南羽愣了一下。少都督应该有希望，沈少安问题也不大，可陆建武那般的人就说不准了。

"这个，还需巡长你亲自出山呀。只要你老人家出面，定然马到成功。"

"嘿嘿，你小子竟然学会拍马屁了！"胡淑芬笑骂了一句，昂起下巴道，"不过，的确说得在理，这种棘手的事儿，除了本大巡长之外，还真没什么人能办成。"

"那你看你这鸡……"

"行啦，分你一个翅膀，别再要了！不然你是我亲爹本大巡长也和你翻脸！"

"太小气了！"

"这可是本大巡长冒着被抓花脸的危险，从猴子手里抢来的！风流倜傥、英俊潇洒的本大巡长，因为天生如此迷人的一张脸，不知道多少姑娘媳妇儿惦记着！懂吗？！"

两个人正叽叽歪歪，就听见院子大门被咣当一声撞开了，福伯两脚生风跑过来，五官扭曲。

"两位长官！太过分了！"福伯吼道。

胡淑芬以迅雷不及掩耳之势将剩下的半个烤鸡藏在身后，讪讪地对福伯道："福伯，不就偷了你们一只鸡，至于这样大呼小叫的吗？本大巡长到你们太平庄破案，出生入死，舍命为民，吃你们一只鸡，有什么大不了的？"

蒋南羽要崩溃了："巡长，你不是说这鸡是从后山猴子嘴里抢来的吗？！"

"这个……天太黑，没看清是后山猴子还是啥……"胡淑芬呲了一下鼻子，挠了挠脑袋，"反正就是只鸡嘛。"

"哎呀呀！什么鸡不鸡的！"福伯急得直跺脚。

"福伯，你不是来兴鸡问罪的？"胡淑芬立刻来了底气。

福伯都快哭了："我的大巡长！都这时候了，你跟我扯什么鸡呀鹅的！出大事儿了！"

"大事儿？什么大事儿？"蒋南羽心底一沉，急忙站起来。

"死人了！又死人了！"

胡淑芬手一抖，差点把那半只鸡给甩了："死……人了？谁呀？"

"景瑞少爷！"

"陆景瑞！？"蒋南羽和胡淑芬异口同声，目瞪口呆。

……

陆景瑞死在了看押的屋子里。

大门敞开，进屋就能看到他四仰八叉地横在地上，躺在一片血泊中。

伤口在脖子上，十分明显，凶手下手极为狠辣，将其喉管彻底割断，刀锋入骨，差点没剁下脑袋。

这位吃喝嫖赌的陆家二少爷，这位曾经让蒋南羽唏嘘不已的纨绔子弟，双目圆睁，咬牙切齿，死的时候显然很不甘心。

"谁发现的？"蒋南羽查看尸体之后，沉声道。

福伯在身后应道："是我！刚刚我来这里给他送早饭，见大门敞开，进来就这样了。"

"有什么发现？"胡淑芬在陆景瑞尸体旁边蹲下来，一边问一边对着血腥场面啃着他的鸡。

"凶手很了得，一刀毙命，力气很大。"蒋南羽的目光从尸体的脖颈上移开，看了看周围，"房间里却整齐得很，没有打斗的痕迹，旁边茶案上的茶盏碟子都没有碰倒，显然凶手是熟人，陆景瑞毫无防备。"

"熟人呀……"胡淑芬点了点头，"死相很正常，不是妖魔鬼怪所为，这就好办了。福伯，昨晚是谁看护他的？"

"严麻子，蒋长官吩咐的。"

蒋南羽沉声道："他人呢？"

"不见了。"

"派人找！"蒋南羽大声道。

即便是吃货胡淑芬都能看得出来，陆景瑞身上的这伤，一般人是干不出来的，只有身手果断的人才有可能，而偌大的太平庄，这样的人除了严麻子恐怕就没有别人了，何况，他昨晚就在这里看护，而且现在不见了。

他是最大的嫌疑人。

福伯很快忙活去了，太平庄仆人们集体出动，鸡飞狗跳。

"这是第几条人命了？"胡淑芬蹲在门口，抽着烟，如丧考妣，"阿羽呀，你说本大巡长命比纸还薄，比窦娥还他妈冤。"

"从掌握的情况来看，十有八九是严麻子，但他为什么要杀掉陆景瑞呀？"蒋南羽百思不得其解。

这时，福伯搀着陆建武过来。

老头脸色铁青，面无血色，手里的那根拐杖，在微微颤抖。

蒋南羽看得出来，陆建武在勉强支撑。

陆景瑞是他的独子，老来丧子，白发人送黑发人，这恐怕是人生最悲哀的事情了。

果然，进了屋后，看到了陆景瑞惨不忍睹的死相，陆建武高叫一声"我的儿呀"，便两眼一翻，昏倒在地。

"二爷！二爷！"福伯抱着陆建武，揉胸捶背。

折腾了良久，陆建武幽幽醒来，两只眼睛直勾勾地看着房顶，没有言语，没有表情，只有两行老泪潸然而下。

"找到严麻子了吗？"蒋南羽低声对福伯道。

福伯摇摇头，"整个庄子都搜遍了，不见此人踪迹。"

"报应呀，都是报应呀……"陆建武突然说了一句话，面向大门，双膝跪地，号啕大哭，"老天爷呀，我陆建武虽作孽，但惩罚还不够吗！？"

旁边众人面面相觑。

蒋南羽费力将陆建武搀起来，道："二老爷，发生这种事情，谁都不想。我明白你老人家心里的伤痛，但人死不能复生，眼下最要紧的是抓住凶手，让景瑞少爷沉冤得雪。"

"你说得对。"陆建武毕竟是军人出身，经历风雨，很快止住了泪，强撑地来到陆景瑞的身边，将尸体仔仔细细搜了个遍，接着抬头，"不用猜测了，凶手肯定是严麻子！"

"果然！这个混账东西！"胡淑芬掏出枪，"老子毙了他！"

"巡长！"蒋南羽白了胡淑芬一眼，对陆建武道："二老爷，严麻子固然有最大嫌疑，但为何你如此肯定？"

陆建武颤颤巍巍站起来，在高椅上坐下，垂下头："严麻子此人，是景瑞请来的。当时庄里想找个保镖，景瑞极力推荐，说此人刀法了得，很是靠谱，而且和他是好朋友。

"他来了之后，我亲自考验了他一番，的确身手了得，刀法凌厉，出手沉着干练。此人平日里话不多，但极有城府。老朽一生阅人无数，严麻子虽刀法了得，但目光阴沉，身上有杀气，绝非一般的看家护院的老实刀客。

"当时老朽想撵了此人，可一来时间紧迫找不到合适的，二来景瑞尽力推荐，也只能让他留下了。"

"他和景瑞少爷之间的关系，你清楚吗？"蒋南羽问道。

"这个老朽知道的并不多。"陆建武摇头，"景瑞这孩子，别看混账，一向轻视别人，但唯独对严麻子另眼相看，出手阔绰，经常两个一块下山胡混，情投意合。"

"二爷，即便如此，也不能确定严麻子就是凶手呀？"蒋南羽摊摊手。

陆建武道："老朽判断此人是凶手，有两个证据。"

"哦?"蒋南羽心中大喜。

陆建武竖起一根手指头:"其一,是伤口。想必你们也看出来了,景瑞脖子上的伤乃是利器刀伤,一刀毙命,可你们没看出来,这伤口横截面很大且均匀,这说明凶器不是一般的小匕首,而是特制的宽刃大刀,太平庄里这样的兵器,只有严麻子手里的那口刀。"

"其二,也是最重要的,是景瑞身上少了一样东西。"陆建武剧烈咳嗽了几声。

胡淑芬瞄了瞄陆景瑞的尸体,看不出来这货少了什么。

"是钥匙。"陆建武咳嗽得老脸涨红道,"景瑞身上有一串钥匙,是他那口银箱的钥匙,里头装着的都是供他挥霍的金银大洋。很少有人知道那口银箱的存在,而钥匙景瑞也随身携带,连睡觉都会放在枕头底下,现在,却不翼而飞。"

蒋南羽郑重点头:"严麻子和景瑞少爷关系极好,想来知道钥匙和银箱的存在,但说他为财杀人,似乎理由不够充分。"

"钥匙明明不见了!"胡淑芬说道。

"我明白,但是严麻子要想杀人夺财,他有的是机会,在此之前他和景瑞少爷下山厮混或者这个案子了结了我们下山之后,他都能干,而且那时候杀人,远比现在的风险要小!他既然是个心有城府的人,就比谁都明白这个道理。可他却偏偏要在太平庄风声鹤唳、严加盘查的时候铤而走险,而且出手毫不掩饰、伪装自己的痕迹,几乎是仓皇而逃,显然不符合他的性格。"

蒋南羽皱着眉头,越说越觉得案情逐渐明朗:"我觉得,他杀死景瑞少爷,应该是有其他的理由,他不得不在此刻下手的理由,至于拿走钥匙,不过是随手而为,他清楚杀了人远走高飞需要钱财。"

"不管是为了什么,反正是他杀了人,必须捉拿!"胡淑芬叫道。

蒋南羽摇头:"巡长,山林这么大,你知道他藏在哪里?"

胡淑芬顿时瘪了。

倒是陆建武反应很快:"他既然拿了钥匙,肯定会去开银箱取钱!"

"银箱存在何处?"胡淑芬问道。

"山下陆家有个老宅,银箱就藏在老宅景瑞房间的床底下。"

"那就容易了！"胡淑芬掏出枪，"我现在就下山，去老宅一趟，再通知局里人，封锁各个交通要道，严密搜查，他就是长了翅膀，也飞不出去！"

"巡长，此人身手了得，你一人对付恐怕不行，我和你一起去！"蒋南羽站起来。

"算了吧！庄子里还有一堆事！"胡淑芬严词拒绝，"你老实待在这里，尽心破案，一个区区的刀客，本大巡长还能应付得来。"

蒋南羽还想说什么，陆建武抬了抬手："阿福，庄子里挑几个麻利的下人，领几条枪，让他们陪胡巡长同去，一定要将严麻子捉拿归案！"

"知道了二爷。"福伯答应下来，陪同胡淑芬出去了。

房间里就剩下蒋南羽和陆建武，二人默默坐着。

不一会儿，有仆人进来，将陆景瑞的尸体抬到床上，又捧来崭新的衣服，要给陆景瑞换上。

"我来吧，你们都出去。"陆建武接过衣服，打发了仆人，来到床边。

看着死去儿子的面孔，陆建武哽咽一声，强忍着没哭出来。

须发斑白的老人，倒来温水，取了毛巾，仔细擦去儿子身上的血污，动作温存，小心翼翼，生怕会吵醒他。

陆景瑞的一生中，没有得到过陆建武多少笑脸对待，但蒋南羽看得出来，作为父亲，陆建武对陆景瑞的爱，如同黄金一般，深深埋在大地深处，埋在心里。

洗干净了脸、手脚，陆建武脱掉陆景瑞的衣服，给他换上新衣。尸体已经僵硬，对于一个老人来说，这并不是一件轻松的事情，蒋南羽几次想帮忙，都被陆建武拒绝了。

"蒋长官，这是我自己的事。"陆建武长叹一声，"我这辈子，亏欠最多的人，就是他呀。"

蒋南羽没有说话，他等待这个老头继续。

很多时候，人会把最痛苦的伤疤留给自己，把它隐藏在最隐蔽的地方，绝不以示人。而这样的伤疤，如同火山，长久的潜伏、酝酿，想方设法地寻找出口，最终有了合适的机会，就会轰然喷发，尽情释放。

陆建武父子，关系很奇怪。

虽是亲生父子，但陆景瑞对陆建武几乎是恨之入骨，陆建武对陆景瑞亦是冷如冰霜，其实在蒋南羽看来，二人的内心深处，都还凝结着一丝温存。

陆景瑞对父亲，与其说是恨，倒不如说是对无奈命运的一种自暴自弃的反抗，根本原因，还是因为父亲将自己两情相悦的表妹许配给了哥哥陆景出。

陆建武所说的亏欠，或许就是这件事情吧。

陆景瑞的那双眼，始终圆睁着。陆建武弯下腰，苍老的手抚过他的脸，依然不能够让他闭上。

"他对我，便是死，也带着恨，死不瞑目。"看着那张脸，陆建武佝偻着身体，哭出声来。

蒋南羽默默走到旁边，手指轻轻按摩陆景瑞双目旁边的肌肉，然后用温热的手心捂住那双目，再拿开，终于闭上。

"他对你的所谓的恨，所谓的胡闹，不过是孩子闹脾气一般的反抗，你们之间缺乏的是沟通，不管是掏心掏肺的谈话，还是拳打脚踢，都可以。但你们选择了相互隔膜、沉默，于是愈演愈烈，最终毁了他自己。"蒋南羽沉声道。

陆建武点了点头。

"二老爷，有件事，我想问问你，纯属是个人好奇。"蒋南羽点燃一根烟。

"请讲。"

"景瑞少爷和他表妹，就是少都督第一任妻子林雨薇之间的情谊，你知道吗？"

"知道。"

"他们从小青梅竹马，两情相悦，你早已知道？"

"知道。"

"那为何你会……"

陆建武的脸上，露出了一丝难以言说的苦笑。

"报应。"良久，陆建武费力地吐出了这个词语，仰面朝天，"这是报应呀！"

"怎么讲？"

陆建武看了看蒋南羽，犹豫了一下，神情随即变得释然："蒋长官，有件事情，埋藏在老朽心中多年，从未对人说。如今老朽对这尘世已无什么留恋，更没什么顾忌，所以，该说出来了。"

"晚辈洗耳恭听。"

"这些事，我不希望别人听到。"

"放心，晚辈定然守口如瓶。"

"我兄长的死……"陆建武嘴唇颤抖，艰难地说出了下半句话，"是我干的。"

"啊？"蒋南羽惊得呆若木鸡。

陆建武笑笑："很惊讶吧，我杀死了自己的亲哥哥。"

"为什么？"

陆建武转过脸，看着外面随风起伏的松涛。

"我父母死得早，自小和兄长相依为命。一对兄弟，无依无靠，身无立锥之地，四处流浪乞讨，受人讥讽，屡受劫难，我能活下来，完全是因为兄长的庇护。他是我的哥哥，也是父亲一般的存在。

"后来，时局艰难，我俩投军，出生入死，总算是出人头地。他为人八面玲珑，又豁得出性命，故而是陆家的顶梁柱，是权威。而我，生性内敛、温和，所以这一生，我不过是他的影子，他的从属。

"后来，我喜欢上了一个女子。虽然出身并不高贵，但典雅温柔，小家碧玉，美得令人心醉。我和她情投意合，但我知道兄长不会同意，便只能私底下相会，我发誓会娶她，一定会娶她。

"有一天，兄长派我北上公干，一去便是半个多月。等我回来去找她时，发现宅子里空空如也。回去后，发现兄长旁边坐着的女人，正是……"

说到这里，陆建武紧紧攥起了拳头。

"原来，老都督娶的女人，不是他的表妹呀。"蒋南羽道。

"那不过是对外所说的托词而已。"陆建武痛苦道。

这陆家的两代人呀……蒋南羽的心里，不由得发出一声叹息。

"他早就知道我们的事情，还是强行占有了她。"陆建武道。

"你，应该很恨他吧？"

"恨！但恨有什么用呢？他是我的兄长，是父亲，是皇帝，是主宰！自生下来，我对他就是一味地顺从，从未有过反抗，而且，他的确很爱她。

"我只能忍着，想方设法离开家经营陆家的产业，只为避免三个人同处一片屋檐下的尴尬和痛苦。

"不久之后，她来找我，告诉我她怀孕了。"

陆建武转脸看着蒋南羽，"孩子是我的。"

蒋南羽瞳孔骤然收缩："你是说少都督……"

"景出是我的孩子。"陆建武斩钉截铁。

窗台上落下一只硕大的乌鸦，呱地叫了一声，扑棱棱飞走了。

"这件事情，老都督知道吗？"蒋南羽问道。

陆建武笑了笑："他那么聪明，怎么可能不知道？只不过是不说而已。"

"那段时间，我没有出去，待在府邸里，为的是能够照顾她娘儿俩。但我经常发现她一个人偷偷哭泣，问她，她也不会说。我想，肯定是他的原因。

"后来的事，你也知道，她难产而死，生下的景出，也是畸形可怜。我想，那或许是老天爷对我们兄弟俩的惩罚吧。让我失去了最爱的女人，让兄长失去了妻子，留给我们俩一个如此的孩子。

"她去世之后，兄长脾气大变，变得暴戾、粗鲁，如同暴君一般。他爱她，也很痛苦，尤其是当他看到景出时，所有的愤怒都会引发出来。"

蒋南羽点头："这些事，少都督跟我说过。"

"蒋长官，你体会不了我当时的感受。景出是我的亲儿子，生来丧母，又那么可怜，他对待景出如同对待一条狗，想打就打，想骂就骂，他说景出是怪胎，带来灾难的怪胎。那么小的孩子，不谙世事，瑟瑟发抖地蜷缩在角落里，而我这个父亲却什么也做不了……"

陆建武老泪纵横："终于有一天，当他醉酒之后痛打景出时，我杀了他。杀了我的亲哥哥，自小将我带大的亲哥哥，我没得选择。

"我尽心尽力地照顾景出，付出我的所有，我只想去弥补这么多年来的遗憾，只想他能够平安、幸福。"

"但是正因为如此，你忽视了另外一个儿子。"蒋南羽插话道。

"你说得对。"陆建武苦笑，"所以景瑞，终是我欠了他。"

"他和雨薇的好，我明白。但景出也喜欢雨薇，虽然他不说，但我看得出来。"

"于是你就拆散了景瑞，成全了少都督。"蒋南羽言词淡淡。

"我对不起景瑞，但必须这么做。他至少身体健全，至少没有人说他是怪物，至少他还可以活在阳光下，而景出……"

蒋南羽摇头："或许是借口吧。所谓的爱，和身体健全与否没关系，和身份地位没关系，爱就是爱，单纯，珍贵。你这样做，对景瑞不公平，而且对于少都督来说，无疑也是一种施舍。"

"或许，我错了。"陆建武点点头，"现在看来，的确是我错了。是我一手制造了悲剧，如果不是当初那样，景瑞不会堕落到这般田地，也不会发生如此的惨事。"

陆建武说完，缓缓站起身，摇摇晃晃地走出去。

走到门口，他蓦然停住，长叹一声："陆家，完了。"

……

陆建武走后，面对着陆景瑞的尸体，蒋南羽默坐良久。

一股难以言说的情绪，席卷着他，悲伤、同情、愤怒、无奈……交织而来，令人不胜唏嘘。

但很快他不得不强行让自己从这种情绪中抽身出来，开始冷静思考他面对的案件。

"蒋长官，忙了半天，吃口饭吧。"福伯站在门外道。

蒋南羽起身，出门，走了几步，转身，对福伯道："那个吴石匠，还押着吗？"

"押着。"

"带我去，我有事问他。"

……

下房的一个小房间里，吴石匠呆坐着。

这个憨厚的家伙，战战兢兢地看着蒋南羽。

"老吴，你的所作所为，不过是受人指使，并不严重，所以我不会怎么追究你。"

"多谢蒋长官！"

"有些事情，我问你，你好好想想。"

"俺一定老实回答，绝无半点隐瞒。"

蒋南羽摊开笔记本："严麻子和陆景瑞关系怎么样？"

"挺好的，他们俩交往不少年了，兄弟相称。"

"在最近的这段时间，我是说少夫人怀孕生产、严麻子上来当刀客的这段时间，你有没有看到过他二人经常私底下嘀嘀咕咕？"

"有几次，一般都是说几句话就走了，但上一次两个人说了小半夜，而且当时严麻子好像带了很多东西，背了个黑包裹，鼓鼓囊囊的。"

"大概是什么时候？"

"具体的时间……哦，就是戏班上山的那天。"

"戏班上山的那天？"蒋南羽的笔停了下来。

"戏班上来天都快要黑了，山洪暴发，他们运气很好，赶在路断了之前就上来了。经过我们工地的时候，身上全是泥水，陆景瑞和他们聊了很长时间。"

"聊什么了？"

"这个俺没听到，俺当时在干活呢。"

"然后呢？"

"那天陆景瑞很奇怪，平时都是催着俺们干活，一般都要干到半夜，那天却早早收了工，而且搬来了酒菜。俺们高兴坏了，全都喝得东倒西歪。晚上俺被尿憋醒，出来撒尿，看到了他们两个。"

"严麻子和陆景瑞？"

"是的，两个人躲在树林里嘀嘀咕咕，严麻子一身黑衣，背着个大包裹，谈了很长时间。"

"再然后呢？"

"严麻子就走了，陆景瑞大摇大摆回来，蒙头大睡。"

"严麻子去哪里了？"

"俺不清楚，不过好像是下山的方向。"

"下山的方向？"蒋南羽点了点头，记下来，合上了笔记本。

"福伯，放了他吧。"蒋南羽打了个哈欠。

吴石匠欣喜若狂，千恩万谢，离开了。

"蒋长官，就这么放他走了？"福伯担忧道。

看着吴石匠的背影，蒋南羽呵呵一笑："事情问完了，自然放他走了，不过是个可怜人而已。"

"也是，这年头，谁都活得不容易。"福伯连连摇头。

随后，蒋南羽来到客房，简单吃了午饭。

午饭简单，无非是馒头面条外加几个小炒，蒋南羽吃得飞快。

还没吃完，外面一个仆人跌跌撞撞闯进来。

"福伯，不好了！不好了！"仆人带着哭腔。

"阿四呀，咋咋呼呼成何体统！什么事呀？"

"沈少爷……沈少爷似乎很不妙！"

蒋南羽噌地一下就站起来了："他怎么了？"

"一言难尽！你们跟我去看看就知道了！"仆人急道。

扔下碗筷，蒋南羽跟着阿四往后院跑。

"不是让你们在素心居看着沈少爷的吗？怎么了？"福伯一边跑一边气喘吁吁地问。

"唉！我们三个下人，能怎么看他？不过是把他圈在房间里罢了。他回去之后，不吵不闹，不吃不喝，着了魔一样翻他屋里的那些书本本，也不知道想干啥。我们见他这样，便放心了，就在对面的花圃旁边掷色子，没想到收手之后去看他，发现房间里鬼影子都没一个。我们急呀，以为他跑了，赶紧四处找，后院都没有，我就琢磨会不会是去搜神馆找少爷了。"

"在搜神馆？"福伯吓坏了，"他不会还想杀少爷吧？"

阿四连连摇头："杀啥呀！根本不在少爷书房里，我们上了二楼，看见产房大门开着，沈少爷就躺在里面，面目全非，气都没了。"

"在产房里？面目全非？死了?!"蒋南羽顿时觉得天雷阵阵！

先前沈少安提供过一个极为可贵的线索，那就是夏千歌生产时候的反常举动，他似乎有印象，所以他回去之后才去查看他的那些资料。

如果有结果，蒋南羽确信对解开怪案谜团有至关重要的作用，这是希望所在。

而现在，唯一可能掌握线索的沈少安，竟然死了！

"走！去看看！"怒吼一声，蒋南羽向搜神馆冲去。

第十三章　明王像

沈少安死的时候，一定很痛苦。

因为在产房外间看到尸体时，如果不是沈少安身上那件独特的西装，蒋南羽恐怕很难认出来是他。

外间布置很简单，绝大部分的空间都留给了那尊巨大的不动明王的泥塑雕像。泥像前方摆着供桌，上面皆是香炉之类的供器，厚厚的地毯从供桌开始一直延伸到门口。

沈少安死在了供桌前面，准确地说，他的尸体距离供桌只有三四米远。

这个位置，在蒋南羽看来，十分蹊跷。

自从上次审问之后，沈少安回去查阅破解夏千歌反应怪异的资料，从看守他的仆人阿四所言，可以推断出他完全沉浸在这件事里。

照理说，如果有头绪的话，他应该来找蒋南羽，可为什么会跑到产房里来呢？

或许，沈少安已经有了发现，而且发现极为震撼人心，所以才会迫不及待来到案发现场。这是其一。其二，即便如此，夏千歌死在里面的卧室，若是有线索，也应该去里面查看，而沈少安却死在了外头，这也很奇怪。

难道他发现的线索，在外头？蒋南羽暗自凝思。

他在沈少安的尸体跟前蹲下来，一双眼睛冷冷地查看，不放过任何可疑的细节。

沈少安是趴着死去的，死相很难看：原本文雅清秀、白白净净的读书人，全身肿胀，整个脑袋几乎大了两倍，猪头一般。那张脸，完全看不出本来面目，皮肉呈现出紫黑之色，满是巨大的水泡，摸上去硬邦邦的吓人。

这种死法，蒋南羽从未看过。

离开沈少安的尸体，蒋南羽以供桌为中心，仔仔细细搜查了一下，果然有所发现。

房间里灰尘大，因为夏千歌的死，太平庄里人心惶惶，所以没有打扫过，供桌上蒙上了薄薄一层灰尘。在灰尘之中，有两个清晰的脚印，是沈少安的，而且供桌一角，一个铜铸的烛台倒下了，显然是他爬上了桌子不小心碰倒的。

沈少安跑到供桌上干什么？

这个问题让蒋南羽百思不得其解：沈少安是个读书人，而且留过洋，不可能像少都督那样烧香拜佛，即便是烧香，也不可能站在桌子上吧，那是对神灵的大不敬。

只有一个解释：他找到的线索，或许与此有关。

在其他人惊讶的注视下，蒋南羽爬上了桌子，站在沈少安曾经站过的地方，他想恢复沈少安当时的视角，看能不能有所发现。

供桌十分高大，在这里，感觉很不一样：若是在下面，昂头看着这尊巨大的神像，能够感受到它的威严、猛烈和不可侵犯，但在供桌上，人的视线几乎和神像的脸平行，相隔也不过半米有余。

那张须发偾张、龇牙咧嘴的脸，变得分外狰狞，尤其是张开了的黑洞洞的大嘴，几乎随时可以一口将人吞噬！

这尊泥像的塑造水平实在是太过高超，即便它是泥，是冰冷的，可靠得如此之近，分明能够听到这尊神灵的咆哮！

沈少安站在这里，到底是想干什么？

按捺住内心的恐惧，蒋南羽的目光落在了神像之上，一寸一寸地观察，不放过任何一个死角。

很快，他变得失望起来：神像没有任何的可疑之处，而且也没有任何被破坏过的痕迹，说明沈少安并没有动过它。

可以肯定的是：沈少安站在这里的时候，还是好好的，他的死，发生在之后。

接着发生了什么？是什么造成了他那么奇异的死相？

"他死的时候，二楼有没有人？"蒋南羽沉声问道。

阿四急忙回答："没有！少都督去祭奠少夫人了，其他的仆人也各有各的事情，这里一个人也没有，否则沈少爷不可能进得来。"

既然这里没人，那会是谁杀了他？

沈少安的身上，没有血迹，没有任何的伤口，而且那种肿胀也并不像人为所致。

刚开始蒋南羽还以为是有人给沈少安下毒了，可一来沈少安在素心居的时候，并没有离开过他的房间，从素心居到这里的路上，时间很短，他既没有碰到人，也不可能喝下或者吃下什么东西。二来，好像没有任何的毒药能够让人出现那般的肿胀之状吧。

蹊跷！实在是太蹊跷了！

如果排除人为的因素，那就说明，沈少安的死，是从他站在这个位置开始的！

蒋南羽大胆地做出了这般推断。

然后，他转过身，蹲在桌子上，眯着眼睛打量从供桌到沈少安尸体的这片空间。

果然，有发现！

地上铺的是厚厚的地毯，这种地毯是用羊毛织成的，染上了猩红的颜色，蒋南羽居高临下，发现其上明显有倒伏、移动时留下的痕迹。这痕迹，不从上面看，根本看不出来。

供桌下方，有一片圆形的倒伏区，显然是沈少安从供桌上直接摔了下去，仰面朝天所致。再往前，是一个长长的移动的痕迹，那说明沈少安在跌倒之后，因为什么原因，开始往门口爬，在爬出几米的距离之后，他就停止了移动，死在了现在的地方。

从供桌上摔下来，到死去，距离很短，时间更短。在如此短的时间里，即能够夺取一个活生生的人的性命，蒋南羽更加肯定这恐怕不是人力所为！

如果胡淑芬在，他肯定大呼小叫是鬼神杀人了吧。

蒋南羽从不信鬼神，但他确信沈少安的死，十有八九和这神像有关！尽管他现在没有找到任何线索。

头疼呀！蒋南羽揉着太阳穴，站起来。

蹲伏很久，猛地站起来，血液猛冲进人的大脑，顿时头晕眼花。

身体摇晃的他，眼看着要跌倒，急忙寻找可以稳定下来的扶手。

高处，哪有这样的物件，只有不动明王粗大的手臂。

仓促之中，蒋南羽一把摁住了不动明王的右手。

虽然是泥塑，好在那手臂粗壮敦实，没有被摁断，蒋南羽松了一口气，正要从供桌上跳下来，忽然目光停顿了一下！

不动明王手中的那件法器，准确地说，是那把铜铸的长剑，吸引了他的全部目光！

"这是……"蒋南羽的心脏，骤然收缩，激动无比。

昏暗的光线下，凑近那长剑，分明能够看到刃口上，有淡淡的血迹！

那血迹，或许经过擦拭，并不明显，若是在下面，是根本发现不了的。

蒋南羽双手握住剑把，轻轻一提，就将长剑从不动明王的手里拎了出来。

半米长不到，刀刃锋利，寒光闪闪。

"原来如此呀……"蒋南羽欣喜地叫了一声，然后轻轻将长剑恢复原状。

他从供桌上跳下来，来到沈少安尸体旁边，对阿四道："现场你们有没有动过？"

"没有。"阿四摇了摇头，"沈少爷就是这个样子，不过……"

"不过什么？"

"不过有个东西，被我捡了起来。"

"什么东西？"

阿四转身从沙发上拿出了个东西，递给蒋南羽。

是沈少安的那个厚厚的笔记本。

"这东西当时在什么位置？"蒋南羽接过来，翻着。

阿四指了指沈少安的手："就在他的手旁边，我顺手捡起来放在沙发上。"

沈少安应该是找到了什么线索！否则他不会带着笔记本到这里来！

线索，或许就在笔记本上！

蒋南羽大喜，飞快地翻着纸页。

这个笔记本先前他仔细翻过，对上面的内容相当有印象。

很快，蒋南羽的手指，停了下来。

笔记本记录页的最后，有一张纸被粗暴地撕了下来！

之前的内容都是蒋南羽看过的，也就是说这一页是新写的！

线索应该就在这一张纸上，但它却不翼而飞了！

蒋南羽变得愤怒起来：难道是有人拿走了它？

不可能！案发现场当时应该没人！

他合上笔记本，回头看了看沈少安的尸体，目光最后落在了沈少安的右手上。

那只手，死死地攥成了拳头。

或许……

按捺住心头的狂跳，蒋南羽蹲下来，费了很大力气，掰开了他的手。

很快，一抹笑容挂上了蒋南羽的唇角。

沈少安的手心里，攥着个纸团，因为用力，那纸团被捏得成了个弹丸。

深吸一口气，缓缓展开，上面只写了一行字。

一行英文。

这行英文的下方，被接连画上了三条横线，后面标上了三个感叹号！笔触有力，已经划破了纸张，足以看出沈少安写下这行英文时，内心是何等的激动！

蒋南羽对英文很熟悉，虽然是一行，但准确地说，这只是一个单词！

这个单词，蒋南羽并不认识。

但毫无疑问，它是一把金钥匙！有可能是解开怪案谜团的金钥匙！

"将沈少爷的尸体，抬去少夫人的停尸房。"在蒋南羽的吩咐下，仆人们抬走了沈少安的尸体。

蒋南羽下楼，离开搜神馆，转身走向素心居。

他几乎是冲向那里的，因为那里有他需要的答案！

沈少安的房间，依然是那么乱，而且经过他先前的翻动，简直成为一个书本堆积成的垃圾山。

面对堆积如山的书本，蒋南羽皱起眉头，连连苦笑——要从这些书中，寻找出那个单词，这简直就是大海捞针！

没办法，只有拼了。

捋起袖子，蒋南羽在书山中坐了下来。

每一本书，都很厚，几百页是正常的，还有上千页的，密密麻麻的单词，不多会儿就看得蒋南羽头晕眼花。

福伯来了。

老头看到捧着书本的蒋南羽，很是惊讶。在他看来，又死了人，蒋南羽竟然能有心情在这里看书！

"蒋长官，我家少爷让我来看看情况。"福伯道。

蒋南羽的目光没有从书本上移开，点了点头："少都督知道沈少安死了？"

"知道了，少爷很难过。"福伯言语中带着不忍，"沈少爷……怎么会死……我一点儿都想不通。"

"不光是你，我也想不明白，所以才来查线索。"

"线索？"

蒋南羽指了指手中的书："沈少安死的时候，留下了个纸条，上面写着一个单词，这是个十分重要的线索，只要能够从他的这些资料中找到这个单词，我或许就有了眉目。"

"这样呀！"福伯兴奋起来，"我帮你！"

"你帮我？"蒋南羽哈哈一笑。

福伯很不高兴："蒋长官？你是在笑话我？别看我只是个下人，可也是上过私塾，认识字的！"

蒋南羽呵呵一笑："洋文你认识吗？"

"洋文呀?！"福伯尴尬一笑，摇了摇头。

蒋南羽将那单词抄写在纸条上，递给福伯："照葫芦画瓢，不用看得懂，只需要查这个单词就行。"

福伯接过来，仔细看了看道："就在书里按这模样找呗，我还是可以的。人多力量大，我再叫来几个人，大家一起翻，起码快一点，不然这么多书，得找到猴年马月呀。"

蒋南羽连连称是。

福伯找来了阿四等几个年轻人，分了工，坐下来集体翻书。

这并不是一件轻松事，眼见得太阳晃晃悠悠落了西山，暮色四合，众人吃了晚饭，继续工作，时间长了一个个头晕眼花，哭爹喊娘。

"原本以为你们这些做长官的，都贪赃枉法拿钱不办事，现在看来，还是有好人的。"福伯见蒋南羽坐在那里几个小时都不动，甚是感慨。

"一样米养百样人，天下乌鸦也不是一般黑。"蒋南羽放下刚翻完的一本书，揉着眼睛，喝了口茶道，"巡长那里，不会出问题吧？"

自从福伯派了几个仆人跟着胡淑芬下山去捉拿严麻子，蒋南羽就一直很担心。

严麻子人高马大，心黑手辣，又武艺高超，胡淑芬那德行若是碰上，手里即便是有枪，恐怕都够呛。

"蒋长官尽管放心，我都安排好了。"福伯却是表情轻松，"跟着胡巡长的都是庄子里灵透的人，脑子好使得很，个个身强体壮，就是碰到了严麻子，双拳难敌四手，他也只有吃瘪的份儿。何况这几个仆人都熟悉那宅子，到了地方会先到宗族里说一声，那周边都是陆家的同宗，随便吆喝一声就能出来几百口子青壮，严麻子只要去，定然逃不了。"

"那我就放心了，老天保佑，把这家伙尽快捉拿归案。"

"蒋长官，我看你信心满满的，似乎对案子很有想法。"福伯给蒋南羽添茶倒水。

"现在有了不少线索，但彼此之间盘根错节，需要理清，最关键的问题还没有答案，能不能最终破解，就需要看咱们的成果了。"蒋南羽指了指福伯手里的纸条。

"这个洋文就这么重要？"福伯现在是明白了。

"不是重要，是非常重要！"蒋南羽斩钉截铁。

福伯站起来，冲着那几个疲惫不堪的仆人大声道："听到没？加把劲，谁要能找到这个洋文，赏百块大洋！"

此话一出，那几个仆人真如同打了鸡血一般亢奋起来。

一百块大洋可不是个小数目，能购买十亩上好的水田了！

自古以来，风雅之人讲究的是秉烛夜谈，蒋南羽这帮人却是连夜翻书，也让人哭笑不得。

就这般苦熬着、机械地翻书，一直到了后半夜，蒋南羽实在是熬不住了，浓茶喝了一杯接着一杯，还是觉得眼皮沉重，困意如同海浪般一波波袭来。

福伯见蒋南羽疲惫至极，道："蒋长官，你困了就歇会儿，我们继续。"

蒋南羽看着面前满脸皱纹的福伯，哪里忍心，道："这怎么行？"

福伯笑道："你和我们不一样，我们都是下贱人，整日里干的都是熬夜的事，像我，哪天晚上不是随叫随到？习惯了。再说，年纪一大，睡觉就少得很，不碍事。你放心，这里我盯着，他们也不会偷懒。"

蒋南羽经不住福伯的劝说，自己忙了一天，也实在是打熬不住，找个垫子躺下，对福伯道："那我就睡会儿，一个时辰后你叫我。"

"行，你睡吧。"福伯一边说一边拿过一本书，对着手上的纸条一个单词一个单词地核实，看着让人觉得难过。

这一觉，睡得很是香甜，连一个梦都没有做。

也不知道睡了多久，蒋南羽被人晃醒。

睁开眼，见眼睛里都是血丝的福伯兴奋无比，手里拿着一本书："找到了！蒋长官，找到了！"

蒋南羽打了个激灵，一骨碌从地上爬起，只觉得腰酸背痛。

转脸看看，外面天色大亮，阳光从窗户照进来，估计已经到了上午九十点钟。

"我睡了这么久!?"见福伯和那几个仆人，一个个疲惫不堪，想来熬了个通宵，蒋南羽不由得自责起来，"不是让你叫醒我吗？"

"见你睡得那么香，哪里忍心。"福伯笑笑，把那本书递过来，"好在是找到了，蒋长官，你快看看，是不是这个？"

蒋南羽拿过书，看着福伯指的地方，大喜过望："是了！就是这里！"

"佛祖保佑！果真找到了！"福伯大笑。

旁边那几个仆人唉声叹气："福伯呀，本想赚笔横财，想不到你老人家老当益壮，让你捡漏了！"

看来是福伯翻到的。

"运气，运气。放心，等会我禀告少爷，等蒋长官破了案，亏待不了你们。"福伯笑道。

仆人们欢欣鼓舞出去了。

蒋南羽此刻的注意力已经全部被那书本吸引。

福伯找的这本书，是一本名物词典，英国人的一位旅行家写的，里头的这则词条，分明就是对沈少安留下来的那个英文单词的解释，而且书中词条下面被沈少安用铅笔圈了起来，确定无疑。

蒋南羽细细地看了一遍，连连点头。

福伯见他那模样，低声道："怎样，有帮助吗？"

"大帮助！哈哈，大帮助！"蒋南羽眉飞色舞。

福伯也是欣喜，道："那案子……"

"暂时还破不了。"蒋南羽摇摇头，"但已露曙光！福伯，你帮了我大忙了！"

"蒋长官客气了！应该是你帮了我们太平庄的大忙才是，走，吃饭去。"

"好！"蒋南羽将那本书放在外衣口袋里，跟着福伯来到前院吃饭。

四菜一汤，外加几个大馒头，饥肠辘辘的蒋南羽吃得香甜无比。

饭还未吃完，就听得外面一阵喧闹，人喊马嘶。

"怎么了？"蒋南羽放下碗筷。

"我去看看。"福伯急忙出门。

时候不大，老头屁颠屁颠地跑了进来，面带喜色："蒋长官，大好事！胡巡长回来了！"

"巡长回来了？"蒋南羽噌地一声就站了起来，"那严麻子抓到没？"

"抓到了！五花大绑！"

"好极了！"蒋南羽击掌而赞！

急匆匆来到太平庄大门口，只见胡淑芬骑着高头大马，拿着枪，昂着下巴，神气十足。

身后，一二十个健壮青年，手持刀枪牵着一人，连声呵斥。

那人被捆得结结实实，满身泥泞，头发蓬乱，鼻青脸肿，嘴里塞着臭袜子，不是严麻子还能是谁。

见到蒋南羽，胡淑芬兴奋无比，从马上跳下来："哈哈哈，阿羽呀，看见没，本大巡长手到擒来！"

"不愧是巡长！"蒋南羽竖起大拇指，连连赞叹。

胡淑芬平日里吊儿郎当，这一回倒是很靠谱。

"巡长，怎么抓的他？"蒋南羽笑道。

"我们一路连口水都没喝，直扑山下！到了私宅，发现严麻子抢先一步得手，已经开了银箱，取了钱财。本大巡长赶紧找了宗族族长，把情况一说清楚，整个陆家庄集体出动，上千口人，兵分三路，一路沿着官道追捕，一路散开出去，把好各个交通路口、水陆码头，一路通知周边庄子、村镇，那是撒下了一张天罗地网！"胡淑芬唾沫飞舞。

"严麻子既然得手，恐怕找他不是件容易的事。"蒋南羽道。

胡淑芬哈哈大笑："这狗日的命不好，或者是太贪心！"

"怎么讲？"

胡淑芬笑道："他既先得了手，若是个聪明人，早跑得远远的了，可这狗日的太贪心，将银箱里面的钱财全部带走！南羽，你是不知道，那银箱里金条二十多根，还有两三千块大洋，重得很！除此之外，他还把陆宅里的古董花瓶装了个大包裹背在身上，带着这么重的东西上路，他身体再好，也跑不过我们这种骑着马、空着手的人！"

"是了！"蒋南羽大笑。

"很快，就有人在官道上看到他了，接到通知，本大巡长亲自出马，带着几十个壮汉，都骑着快马，追上围捕。这家伙狗急跳墙，连伤数人，被我一枪撂倒，连夜绑了回来！呵呵，看来老天还是不忍心亏待本大巡长的，让我出了一口恶气！"

"巡长这一番，真是让我开眼了，雷厉风行！"蒋南羽笑道。

"那必须的！"胡淑芬斗鸡一般昂着脑袋，"不过，也占了天时地利人和，原本崩坏的山道也修好了，省了不少时间。你这边，怎么样了？"

蒋南羽将庄子里的事说了一遍。

"沈少安死了！？他怎么会死的？"听到沈少安惨死，胡淑芬震惊无比。

"死得很诡异，不过他在死的时候给我们留下了线索。"

"线索，什么线索？"

"对案件极为有用的线索！巡长，这个很复杂，我现在还没有完全想好，等我想明白了再跟你说。"

"也好。"胡淑芬解下腰带，"福伯，给本大巡长整口吃的！妈的，跑了一晚上，前胸贴后背了！吃饱喝足，本大巡长好好审审这个严麻子，他妈的！"

福伯安排饭菜，胡淑芬风卷残云、狼吞虎咽，吃饱喝足之后，与蒋南羽来到了客房前面的空地。

两个人坐在高椅上，看着跪在面前的严麻子，相视一笑。

"严麻子，是你自己说呢，还是本大巡长赏你一顿乱棍打得你松口呢？"胡淑芬摆弄着手里的枪，阴阳怪气。

有壮汉上来，扯掉了严麻子嘴里的臭袜子，一脚将严麻子踢翻在地。

严麻子倒是骨头硬，满脸是血，腿上挨了一枪，却爬将起来，吐了一口吐沫，"狗日的，老子落到你这个棒槌手里，也算是倒了霉！老子饿了，吃饱了再说。"

"他妈的，还跟本大巡长讲条件是吧！给我打！赏他一顿大棒！"胡淑芬叫道。

那帮壮汉手持棍棒，围了过来。

"慢着。"蒋南羽生怕那些人失手把严麻子打死，制止了，来到严麻子身后，用刀挑开了严麻子的绳子。

"阿羽呀，你怎么给他松了绑！这家伙就是条疯狗，没准就扑上来咬你！"胡淑芬吓得够呛，急忙将黑洞洞的枪口对准严麻子。

"巡长，不碍事。他全身是伤，筋疲力尽，腿上还中了一枪，再说，这里这么多人，他跑不了。"蒋南羽摆摆手，让福伯端来酒菜。

严麻子看来是真饿了，一手抓着只鸡，一手端着坛酒，大快朵颐，转眼工夫将整只鸡吃得干干净净。

"痛快！吃饱喝足！"严麻子抹抹嘴，双腿盘坐在地上，眯着眼睛看着胡淑芬和蒋南羽，"有什么要问的，赶紧问吧！"

胡淑芬骂骂咧咧，问道："陆景瑞是不是你杀的？"

严麻子抬起头，冷笑了一声，面目狰狞："是大爷杀的。"

"哟呵！你他娘的还挺有种，这么干脆就承认了。也好，省了本大巡长一番工夫。"胡淑芬对严麻子的回答十分满意，乐呵呵道，"动机何在？"

"动机？"

"妈的，就是问你为什么杀陆景瑞！"

严麻子两根手指，比画了一下。

"干吗？"

"胡大巡长，来根烟。"

"你他娘的！"胡淑芬暴跳如雷，跳起来就要过去揍严麻子，走了几步，又怕到跟前严麻子找他拼命，抽出枪，色厉内荏道，"信不信老子给你一粒花生米吃！？"

"巡长，何必呢。"蒋南羽抽出烟，来到严麻子跟前，给他点上。

严麻子狠狠吸了一口，吐出烟雾，言简意赅："为钱。"

"钱？"

"嗯。陆景瑞那样的混账，老子完全看不上眼，跟他在一起，无非就是看中了他手里的钱。"

胡淑芬点了点头，"本大巡长早他妈看出来了！你这种人，脑袋拴在裤腰带上，六亲不认，只认得钱。"

蒋南羽在一旁摇头，冷笑道："恐怕不是这么简单吧？"

"什么意思？"胡淑芬看了蒋南羽一眼，"他自己都承认了。"

"严麻子，你说是为了钱，我想可能只是其中之一。"蒋南羽回到座位上，道，"如果只是为了钱，你下手的机会多得是，不管是在山下，还是上山之后，你有足够的时间和机会杀了陆景瑞，逃之夭夭，犯不着选择在我们来了之后，整个太平庄风声鹤唳的情况下才干出这种事。"

严麻子低头不语。

蒋南羽见他那模样，知道自己的猜测已经没有多少差错。

"你杀了陆景瑞，恐怕还有别的什么原因吧？"蒋南羽冷笑道。

严麻子也笑，看着胡淑芬和蒋南羽，完全是嘲讽地笑："都说你们巡警是靠断案吃饭，老子给你们个机会，看看你们的能耐。老子干了的事，绝对承认，只要你们猜中了，老子就说。"

"耍花样是吧！本大巡长看你是皮痒了！真是他娘的双兔傍地走，安能辨我是雄雌！"胡淑芬骂骂咧咧。

蒋南羽倒是微微一笑："我猜，你之所以杀了陆景瑞，是怕陆景瑞抖搂出来你干过的事情吧？"

"陆景瑞能抖搂他什么事？"胡淑芬听得稀里糊涂，继而恍然大悟，"阿羽，你是说他们两个是一伙?!"

蒋南羽微微一笑，看着严麻子："是也不是？"

"是。"严麻子痛快承认。

"阿羽，你怎么知道的？"胡淑芬对蒋南羽已经开始是仰视了。

蒋南羽微微转过身："巡长，你还记得陆景瑞死前和我们讲过的最后一句话吗？"

"妈的，他说了那么多的话，我怎么记得住？讲了什么？"

"当时陆景瑞听到夏千歌死了，欢喜无比，认为是自己装神弄鬼的巫术起了作用，被我拆穿，说他是自欺欺人，他恼羞成怒，对我俩破口大骂，说最看不起我们这帮人，还警告我们赶紧滚蛋，否则没我们俩好果子吃。"

蒋南羽笑道。

胡淑芬显然记起来了："是了！当时那小子口出狂言，说我们俩别破不了案自己死在了太平庄，我当时说他是泥菩萨过河自身难保，他说什么菩萨也有手下。"

"现在想来，陆景瑞的确没说大话，他虽然被我们关了，但帮手还在外头呢。"蒋南羽指了指严麻子。

胡淑芬后怕得很，对严麻子道："陆景瑞让你杀了我们？"

严麻子还未回答，蒋南羽呵呵一笑："陆景瑞笨得要命，他哪里知道正是那句话给他惹来了杀身之祸。"

胡淑芬道："怎么讲？"

"严麻子是聪明人，他知道杀了我们两个警察会惹来巨大的麻烦，他更知道如果陆景瑞将他抖搂出来，他恐怕也会遭殃，所以不得不当晚杀了陆景瑞逃下山去，而去陆宅开银箱，不过是顺手而为。严麻子，我说得对吗？"蒋南羽盯着严麻子道。

严麻子抽了一口烟，点了点头："你比这个混账巡长，聪明多了。"

胡淑芬气得七窍生烟，被蒋南羽摁住。

严麻子把烟头弹到地上："陆景瑞的那箱金银，老子还没看在眼里，老子想要的，是他陆家的财产。"

"陆家的财产？"胡淑芬一愣。

"他爹陆建武，掌握着陆家的产业，虽然陆家这两年光景一日不如一日，但瘦死的骆驼比马大，家产足够老子一生荣华富贵。"严麻子毫无隐瞒，即便做的都是见不得光的事，也显得坦荡荡，"老子本想跟他混几年，他爹那身体看样子没几年活头，他爹一死，家产肯定都是他的，到时候老子再弄死他，伪造文书，将家产尽数弄到手里，便可吃香的喝辣的，风流快活。"

胡淑芬吐了一口唾沫："就是他俩死光了，陆家的家产是少都督的，也不会落到你手里！"

"少都督？就那个怪胎？哈哈哈哈，你觉得他有机会和我抢吗？"严麻子笑出声来。

胡淑芬瘪了。

"可惜呀……"严麻子叹了口气，"可惜老子的事，全让你们两个狗日的给坏了！你们要是不上山，老子也不会变成这样！"

胡淑芬摆了摆手道："说，你到底和陆景瑞干了什么事，害怕他把你抖搂出来？"

严麻子呵呵一笑："你猜？"

"我干你娘！"胡淑芬气得脱掉鞋扔了过去。

蒋南羽站起身，面色复杂地盯着严麻子："黄老狗，是你杀的吧？"

"妈的，黄老狗……等等！"胡淑芬一把扯住蒋南羽，"你说什么？黄老狗是他杀的！？"

蒋南羽懒得跟胡淑芬解释，看着严麻子，等待他的回答。

"是！"严麻子承认。

"黄老狗是你杀的！？怎么可能！"胡淑芬觉得自己思维完全乱了，巴巴地看着蒋南羽，"你怎么知道他杀了黄老狗？"

蒋南羽笑笑："我也是综合各种线索推断出来的。"

"哦，说说，本大巡长学习学习。"胡淑芬难得摆出一副谦虚的样子。

"推断出严麻子杀了陆景瑞是为了害怕他的秘密被透露之后，我就在想他们二人到底合伙干了什么事情，然后我想到了一个线索。"蒋南羽站起来，来回踱步，"巡长，你还记得我们刚上山的时候碰到陆景瑞，他说什么了当时？"

"不记得了，说了什么？"

"他说了不少话，但有两句话，我觉得很有问题。"蒋南羽道，"第一，他一见到我们就很不欢迎，让我们赶紧滚蛋，太平庄不需要我们。第二，当他听说我们在山道上死了人之后，他说我们应该死在山里，而且他知道山里闹鬼的。"

"这有什么问题吗？"胡淑芬道。

"有大问题呀巡长！"蒋南羽解释，"他不希望我们两个人来太平庄……"

"那是肯定的，他要干打桩叫魂的鬼把戏，生怕我们俩破坏了，而且这狗日的就盼着少都督这回再死了老婆孩子，怎么希望我们俩来呢？"胡淑芬总算是聪明了一回。

"是呀，所以，他见到我们俩出现在太平庄时，十分愤怒，气急败坏。这种气急败坏，不仅仅是因为我们俩来耽误了他的计划，更因为他的计划

"他的计划落空了？怎么讲？"

蒋南羽看着严麻子，冷冷道："在我们上山之前，陆景瑞就已经实施了计划，阻止我们！"

"你是说……"胡淑芬终于想通了，"山道半夜荒庙里的事，是……"

"我询问了一直和陆景瑞待在一起的吴石匠，他说出了一切。戏班一伙人因为赶在山道崩坏之前上山，所以比我们早到达。从戏班那里，陆景瑞知道我们要上山，而且大道坏了，断定我们会从小道上山，于是他找来了严麻子。二人做了详细的计划，具体什么计划，吴石匠没听到，但他看到陆景瑞和严麻子在一块嘀嘀咕咕了很久之后，严麻子一身黑衣，背着个大包裹走进了密林。"

蒋南羽深吸一口气："巡长，严麻子下山的时候，天已经黑了，那一晚，我们在荒寺歇息。"

"杀死黄老狗，装神弄鬼的，原来是你！"胡淑芬瞪着严麻子，恨不得吃了他。

严麻子哈哈大笑："那晚便宜了你们。陆景瑞那货，终究还是太胆小，让我把你们吓唬下山，并不想害你俩性命。老子听从他的计划，装三目鬼，学小孩哭，你们竟然还执意上山，只能杀了那黄老狗，蒋长官，你是条汉子，老子佩服你，不像这姓胡的，吓得差点尿裤子。老子本来想再出手吓唬吓唬的，不过和你们在一起的那老头，那个叫李亚子的，不是一般人，本领高强，发现了我的行踪，而且出手暗器凌厉无比，老子差点着了道，只能铩羽而归。"

"竟然真的是你这家伙！"胡淑芬暴跳如雷，"广济也是你杀的?!"

"老子杀人，有三种人不杀：和尚尼姑道士不杀，孤儿寡母不杀，江湖戏子不杀。广济一个和尚，老子杀他作甚。"

正说着呢，忽然一声枪响，严麻子身体一颤，肚子上中了一枪，鲜血汩汩而出。

与此同时，一个人影跌跌撞撞而来："严麻子，景瑞和你无冤无仇，你竟下此毒手！老朽和你拼了！"

第十四章　李亚子

枪声惊飞了一树的黑鸦，奔着天空扑棱棱四散逃掉，呱呱地乱叫。

严麻子低着头，瞪着双眼，看着自己肚子上的血晕越来越大，他似乎不敢相信自己会这么挨上一枪。

所有人都没有料到这个结果。

一身黑衣的陆建武，气喘吁吁地站在不远处，手里一杆长枪，枪口冒着青烟。

老头偌大年纪，枪法竟然还如此的准。

"哎呀呀，二老爷，你这是干吗呀!? 你怎么能冲着这狗日的放枪呢!? 即便是毙了他，也应该经过判审，由我们来执行! 现在可好，要判你罪了!"胡淑芬叫苦连天。

"死则死矣，老朽定要亲手为我儿报仇，这个恶魔呀!"陆建武扔掉枪，缓缓来到严麻子跟前，吐了一口唾沫。

严麻子仰面躺倒在地，身子底下一摊鲜血，虽还有气息，但此地没有医院，又在山巅，抬下去抢救也来不及。

这个刀客，死路一条了。

"我儿待你不薄，我陆家待你也是不薄，你这个混账……"陆建武蹲在严麻子旁边，双目喷火。

严麻子想说什么，张开嘴，鲜血从嘴里喷出，咬牙切齿，面目狰狞。

蒋南羽站起来，想过去将陆建武拽开，忽然看到严麻子的手缓缓摸进了他破烂的长靴里。

"小心!"蒋南羽陡然一惊，大叫起来。

"一起……去死吧!"电光火石之间，严麻子从靴子中摸出一把寒光闪闪的小小匕首，死命戳向了陆建武的脖子。

手快，刀利!

噗!

一声低低的闷响,那把匕首从陆建武的喉咙扎进去,脖颈后露出了刀尖。

鲜血飙出,嗤嗤作响,如同风声。

陆建武双手捂着脖子,摇摇晃晃站起来,走了几步,一头栽倒。

来到跟前,蒋南羽将陆建武抱住,老头双目圆睁,一只大手死死拽住蒋南羽的衣服:"老朽……死无憾……景出……拜托了……"话未说完,大手重重落下。

"二爷!"福伯见状,号啕大哭。

蒋南羽转脸看看严麻子,这刀客仰面朝天,面带笑容,早已断气身亡。

一根烟的工夫,两条人命,就发生在众目睽睽之下,让在场的一帮人面面相觑。

"妈的!"胡淑芬大骂了一句,"刚有点眉目,就这么混账,这不是给本大巡长点眼药嘛!福伯,赶紧收拾收拾,尸体抬走。"

福伯抹着眼泪,带人抬走了尸体。

盯着地上的血迹,蒋南羽不由得长叹了一声。

胡淑芬递给了蒋南羽一支烟,俩人并排蹲在地上,情绪很不好。

"没想到会死这么多人。"胡淑芬的大红脸即便是在阳光下,也显得很昏暗,"局长要是知道了,估计现在就能提着枪上山毙了我。"

蒋南羽苦笑。

"你他妈的还能笑出来!本大巡长被毙之前,肯定先弄死你!"

"凭什么呀?"

"本大巡长毙你还需要理由吗!"胡淑芬气得够呛,很快恢复了颓废之色,"阿羽呀,拜托你了,赶紧破案吧,不然我们俩都不好交差。"然后这货伸出了手,开始扳手指,"黄老狗、广清、陆景瑞,三人的死,算是搞清楚了,但代价是又他妈的死了两个人:严麻子和陆建武,广济怎么死的,是个谜,夏千歌母子更是云里雾里,这都八条人命了,再死,这山顶上估计就要死绝了!"

"是九条人命。"蒋南羽低声道。

"九条?本大巡长算账很好的,不会错。"

"你少算了沈少安。"

"把这事儿忘了，不过他死得……的确有点怪异。"胡淑芬扔掉了烟，"但你说他留下的那个线索，就是什么洋文单词，管用吗？"

"很管用，我现在已经有些头绪了，但中间不少环节还没有理清，需要进一步调查。"蒋南羽抬起头，坚定道，"我觉得，距离我们看到曙光，已经不远了。"

胡淑芬怀疑地看着蒋南羽，他自己是一头雾水，失望至极，可见到蒋南羽这么有信心，也被感染了。

"行！本大巡长眼光一向看得准，你小子行，反正都拜托你了。接下来，你打算怎么办？"

"验尸。"

"验……验尸！？"胡淑芬艰难地咽了一口唾沫，"谁的？"

"夏千歌和沈少安。"

"必须验吗？"

"必须，而且一定要说服少都督同意。"

"这个倒是好说。"胡淑芬往蒋南羽跟前凑了凑，"我提一个要求。"

他的花花肠子，蒋南羽看得清清楚楚。

蒋南羽摆摆手："你必须跟我一块，我需要帮手。"

"你妈呀！"胡淑芬如丧考妣，"本大巡长最怕看到血呀死人呀什么的，还要剖腹验尸，哎哟哟，可要了老命了！"

……

少都督陆景出，答应得十分干脆。

这多少让蒋南羽感到意外。

书房里，陆景出坐在高椅中，一动不动，如同个死人。

在他那张畸形的脸上，看不到任何生气、落寞、绝望、痛苦。

他的心情，蒋南羽十分理解：短短的几天，失去了爱人和孩子，接着失去了堂弟和父亲一般的二叔（蒋南羽不知道如果他晓得陆建武是他亲生父亲，他会做何感想），这风景优美的太平庄，转瞬间变成了尸体狼藉的阿鼻地狱。

如今的少都督，失去了所有的亲人，他的世界如同冰封的荒原，空空荡荡。

没有鲜花，没有绿草，只有寒风呼啸，只有黑暗冰冷，他的世界，如同他此时的人生。

"蒋长官，凡是你想做的事，以后不要征求我的意见，你想做，就大胆放手去做，我只有一个要求……"他艰难地从椅子中爬出来，蹒跚走到蒋南羽的面前，然后昂起头，声音变得异常愤怒，"我拜托你！无论如何！无论如何，找出那个凶手！那个天杀的凶手！拜托了！"

然后，他对着蒋南羽，深深地鞠了一躬。

"我，明白了。"蒋南羽站起身，带着胡淑芬下了楼。

黑暗中，点起了蜡烛。

密密麻麻的白色蜡烛，将不大的空间照得明亮晃眼。

搜神馆地下的一个房间，原本存放杂物的地方，放着一排床。

尸体都在这里。

广济、广清、夏千歌母子、沈少安、严麻子、陆景瑞、陆建武……

一字排开，盖上了白布，阴森而恐怖。

蒋南羽换上了一身白色法医服，戴着口罩，拎着工具箱进来。

跟在后面的胡淑芬，捂着鼻子，哆哆嗦嗦。

房间里的气味，并不好闻。尽管是在山上，天气仍然很热，空气中弥漫着一股诡异的血腥和恶臭。

来到尽头，蒋南羽掀开了蒙尸布。

沈少安的尸体显露在烛火下，赤身裸体。

"没有伤口。"胡淑芬站在旁边，捏着鼻子道。

的确没有伤口，全身上下，看不到任何明显的外伤。

但尸体皮肤已经彻底变成了紫黑色，肿胀得如同即将暴烈的气球，一个个鸡蛋大小的脓包里头满是黄色液体，布满全身。

蒋南羽一言不发，打开工具箱，取出刀具以及其他的仪器、试剂、试管，布置好了，戴上了橡皮手套。

这些东西，胡淑芬从来没见过，觉得新奇。

"洋人的东西，别说，挺精致的。"他拿起一个玻璃杯，放在嘴边试了试，"这干什么用的，杯子？"

"装死者尿液的……"

胡淑芬捂住嘴，转身干呕。

"巡长，帮我摁住这里。"蒋南羽指了指沈少安的肚子。

胡淑芬皱着眉头，摁住蒋南羽指示的部位，转过脸去。

取出刀，蒋南羽凑到近前，小心翼翼割破了一个脓包，将流出来的浊黄色液体引入试管，接着又取出一个小瓶，用吸管吸出一种透明液体，滴入了几滴，将那试管放在木架上。

然后，他剖开了沈少安的肚子。

噗……

胀大的肚子被割开，里面喷涌出一股极其难闻的气体，伴随着的，是黑色的污血和体液。

胡淑芬凑近，被喷的一脸都是，再也忍不住了，跑到墙角剧烈呕吐。

吐得黄胆水都出来了，这货可怜巴巴地走过来，见蒋南羽将沈少安的肝脏、心脏之类的内脏掏出来放在床上，又哦噫一声，继续吐了。

"妈的！你们法医简直就不是人呀！牛头马面嘛！"胡淑芬哀呼。

蒋南羽不搭理他，专心干活。

如此忙了差不多一个多小时，他才停下来，摘了手套，点了一根烟。

"结束了？"胡淑芬绕过床凑过来。

"差不多。"蒋南羽举起先前的那个试管，对着蜡烛。

"啥结果？"

"你自己看。"试管被蒋南羽拿到了胡淑芬的面前。

里面原本浊黄色的液体，变成了几乎凝固的紫黑色！

"怎么看，怎么像集市上卖的鸡血鸭血。"

胡淑芬的这个比喻很恶心，但相当恰当。

"这说明什么？"胡淑芬问。

"毒，沈少安死于一种剧毒。"蒋南羽摇了摇试管，里面的凝固体完全变成了一整块，"这种毒十分罕见，能够入侵人的神经系统，进入血液后，破坏血液成分，使血液很快凝固，人短时间就死掉了。"

"这么厉害？"

"我刚刚解剖了沈少安的尸体，他的内脏已经彻底被破坏，心脏主血管

223

梗塞，肝脏充血、腐蚀，他死的时候，一定很痛苦。"

"谁会给他下毒呀？凶手？"胡淑芬狐疑道。

"没人给他下毒。"蒋南羽摇摇头，"这不是人工制造的毒药，而是某种动物的毒。"

"动物的毒？什么样的动物会这么恐怖？而且，哪来的动物?!"胡淑芬根本难以理解。

蒋南羽耸了耸肩，示意他暂时也不知道。

"这个结果，在我的意料之中，起码印证了我的一些猜想。"蒋南羽明显在卖关子，然后再次戴上手套，走向旁边的床。

那个床上，是夏千歌母子的尸体。

胡淑芬连连后退，打死他都不敢靠近一步。

蒋南羽掀开蒙尸布，静静地看着床上那对可怜的母子，双手合十，祈祷了一番，开始工作。

夏千歌的肚子先前就已经被剖开，里面空荡荡的只剩下了胃。蒋南羽将她的胸腔剖开，心脏和肺还在。然后将她体内仅存的几个器官取了出来，用镊子夹出心脏中的一个小小血块，放入试管，依然是滴入先前的试剂。

过了一会儿，试管里呈现一种诡异的蓝色。

"有啥说法？"胡淑芬道。

"也是一种毒，但毒性并不大。"蒋南羽冷哼了一声。

接着，他取出了钢锯、凿子、钢锤，费力地打开了夏千歌的颅腔。

胡淑芬远远地看见，颅腔被打开的那一刻，蒋南羽的脸，剧烈颤抖了一下。

"巡长，麻烦你过来看看。"

胡淑芬抱住桌子："不去！打死本大巡长，本大巡长也不去！太他妈恶心了！"

"那你不想破案了？"蒋南羽笑，坏坏地笑。

"想！"

"想就过来看看。"

"真是在天愿作比翼鸟，大难临头各自飞！本大巡长对你小子不薄，你他妈的就这么对我吗!?"胡淑芬装模作样抹着眼泪，最后还是蹭了过来。

"这是……我亲娘……"看到夏千歌的颅腔，胡淑芬哦噫一声，再次吐了起来。

蒋南羽鄙视地看了胡淑芬一眼，道："巡长，看出什么不对头的地方了吗？"

"哪有一点正常的地方？好好的脑子，怎么变成鱼皮冻一样了？"胡淑芬捂着嘴道。

的确如此，夏千歌的颅腔里，完全是近乎透明的黄浊的固状黏液，看不见一点正常的大脑组织。

"为什么会这样？"胡淑芬抬头问道。

"暂时不知。"蒋南羽转过身，拿来一个烛台，放在夏千歌的尸体旁边，从工具箱里取来一副特殊的眼镜戴上，举起手术刀。

"那是什么鬼玩意儿？"胡淑芬指着眼镜道。

"高倍放大镜，能帮助法医看到平时肉眼看不到的东西。"蒋南羽一边回答，一边摁着尸体的腹部，从肚子上切下了巴掌大的一块皮肉。

将那块皮肉小心翼翼地放在蜡烛下面，借着明亮的光，蒋南羽用手术刀一点点拨开，仿佛要在皮肉里面寻找什么东西。

接着，他那麻利的动作突然停顿了下来，倒吸了一口凉气。

"怎么了？"胡淑芬见他这样的表情，很是怕怕。

蒋南羽并无言语，双手极为灵活地运作，忙活了约莫有十分钟，用刀尖轻轻地挑起一样东西，递了过来。

"巡长，你看这是什么？"

胡淑芬十分不情愿地凑过去，见刀尖上，竟然是一个约莫有玉米粒大小的空心物体。

这东西，颜色和人肉极为相近，在灯光下晶莹剔透，仿佛玻璃一般。

"这个，似乎有点像什么东西的壳儿。"胡淑芬想了想道。

"卵。"蒋南羽将那东西小心地装在一个透明的塑料袋里，封好了。

"卵！？"胡淑芬觉得难以置信。

"是的，卵，不过里头的东西早已经孵化了，只剩下这层外壳。"

"你是说夏千歌的身体里，有这么一枚……卵！？"

"不是一枚，巡长，你自己看看。"蒋南羽将那副特殊的眼镜给胡淑芬戴上，然后手里举起那块皮肉。

胡淑芬强行镇定下来，迎着亮光，战战兢兢地通过镜片去看皮肉。

几乎是瞬间，这货把眼镜脱下来扔给蒋南羽，转脸再次呕吐。

那块巴掌大的皮肉里，他看的是密密麻麻紧紧排列在一起的卵！不，应该说是密密麻麻的卵壳！

"夏千歌的身体上，全是这东西。"蒋南羽点起一根烟，冷冷地看着胡淑芬。

胡淑芬完全无法接受，尽管他清清楚楚看到了。

"不可能！人又不是虫子，怎么可能身上会有这么多的……卵！这到底是什么东西？"胡淑芬大声道。

蒋南羽摇摇头："我也不知道，现在只能确定，这是一种动物的卵。"

"动物的卵，为什么会跑到夏千歌的身上！?"

"这种情形，好像是生物学上说的寄生。"

"寄生?"

"对！一种莫名的东西，寄生在了夏千歌的身体里，就像我们身体里面的蛔虫一样。不过，和蛔虫不同，这种东西似乎幼虫在人体里长大之后，就会破壳而出。"

"破壳而出!?"胡淑芬两眼发直。

"我想我现在基本上能解释夏千歌身上到底发生了什么，她为什么会在生产时变得像疯子一般攻击人。"

"为什么?"

"都是因为这玩意儿。"蒋南羽举起那个塑料袋，"这东西太难发现了，如果不是沈少安，我们根本就不可能想得到。"

"到底怎么一回事?"胡淑芬此刻脑袋里装满了糨糊。

蒋南羽丢掉烟："我现在也只能够初步判定，但还有很多疑团没法破解，所以也不过是猜想，要找到证据。"

"有把握吗?"

"试试看吧。"蒋南羽扯过蒙尸布盖上了那两具尸体，收拾工具。

胡淑芬早就不想在这地方待，没等蒋南羽忙完自己就跑出去了。

背上工具箱，回头看着这一屋子的尸体，蒋南羽默默无言，双掌合十，祈祷了一番，转身出门。

门外，胡淑芬蹲在台阶下面发愣，这番解剖对他打击不小。

"巡长，还有点时间，陪我去个地方吧？"

"什么……什么地方？"胡淑芬后怕道。

"去了你就知道了。"蒋南羽头前带路。

栖岩寺，僧舍。

偌大的寺庙，此刻冷清寥落，沉浸在黑暗中。

一间小房子门外，蔷薇花开得灿烂，白色的大花朵在风中轻轻摇曳。

"你来这里干吗？"胡淑芬不解地看着蒋南羽。

这间僧房，是广济的房间。

"我们之前就疏忽了，广济死后，我们应该第一时间到他的房间里来查查。"

"查什么？"

"证据。"蒋南羽微微一笑，"能够表明他真正身份的证据。"

"真正的身份？他难道不是和尚？"

"表面上看是和尚，但他似乎应该还有另外一个身份。"蒋南羽并不是在故弄玄虚，而是他也不能特别确定。

房门锁着，铁将军把门。

蒋南羽找来块石头，狠狠地砸了下去，咣当一声，锁落门开。

二人进门，里头昏暗一片。

点亮了灯，里面的情形让二人不由得一愣。

乱！太乱了！

同样是僧人，广清的房间收拾得干净利索，典雅幽香，而广济这里，完全就是个猪窝！

被褥、脏僧袍胡乱地堆在一起，地上扔得到处是鞋子、袜子，桌子上还有半碗没吃完的面条，已经生了霉斑，房间里一股难闻的尿骚味。

"妈的，这也太脏了！"胡淑芬捏着鼻子嗡嗡道。

蒋南羽顾不得这些，踮着脚尖在杂物中走动，低头寻找。

"巡长，你发现了没？"蒋南羽低声道。

"发现什么？"

"他这屋子，不正常呀。"

"这么脏，这么乱，当然不正常了！"

"我说的不是这个！巡长，广济是个和尚，僧人的房间里即便没有经卷，也应该放上佛像、香炉、法器这一类的东西吧，可你看他这屋里，根本就没有这些。"

"这有什么问题吗？"

"当然！一个和尚，一个修行的和尚，这些是必不可少的！"

"你想说什么？"胡淑芬插着腰问道。

蒋南羽呵呵一笑，没有搭理胡淑芬，仔细搜索。

房间本来就不大，很快就里里外外找了个遍，蒋南羽似乎没有找到他想要的东西。

"不对呀，应该留下点蛛丝马迹的。"他嘀嘀咕咕，目光四处游荡，最终落在了广济的那张床上。

床是木床，坚固硬实，青色的床单一直拖到地上。

蒋南羽走到跟前，跪在地上，手儿撩起床单，猫腰钻进了床底下。

"妈的，你也不怕里面钻出来个鬼儿！"胡淑芬站在旁边大声道。

里头窸窸窣窣一阵响，就听见蒋南羽道："巡长，帮我一把，把这东西拖出去！"

"什么？"胡淑芬蹲下，手伸进去，两人里外配合，使劲拖出来一个东西。

竟然是一个铁皮箱子。

箱子并不是很大，但做工极其讲究，寒铁铸成，剪金的工艺，拐角包着铜皮，油光铮亮。

箱子正面，用金丝镂雕出一只惟妙惟肖的兽头。

"这，这不是黄鼠狼吗？"胡淑芬道。

蒋南羽从床底下灰头土脸爬出来，一边清理身上的脏东西，一边看着箱子上的那个图案，点点头："嗯，是黄鼠狼就对了。"

"啥意思？"

蒋南羽不搭理他，费力将箱子上的铜锁砸开，掀开盖子，看了一眼，咣当一声合上了。

"里面有什么？"胡淑芬舔了舔嘴唇。

"你就别看了。"蒋南羽苦笑一声，道，"反正没有金银财宝。"

"神神秘秘的，老子懒得看。"胡淑芬指着箱子道，"这玩意儿能证明什么？"

"我刚才说过了呀。"蒋南羽笑笑道，"广济并不是我们想象的那样是个单纯的和尚。"

"你小子怎么发现的？"

"天机不可泄露。"蒋南羽扛起那只铁箱，气喘吁吁道，"回去吧。"

二人累得死狗一般回到了厢房，胡淑芬在前，蒋南羽扛着箱子在后，推门进屋，走在前面的胡淑芬突然站住，蒋南羽撞在他身上，差点跌倒。

"巡长，你想害死我呀。"蒋南羽手忙脚乱地放下箱子，见胡淑芬呆呆地站在门口，盯着屋里发愣。

顺着他的目光转过脸，蒋南羽微微一惊，随即嘴角露出了一丝微笑。

房间的太师椅上，坐着一个人。

跷着二郎腿，手中捧着个酒壶，正在自斟自饮。

一身黑袍，面容淡定，乐呵呵地看着两人。

"李亚子？嘿！你这老小子，老子正要找你呢！"胡淑芬一把将腰上的配枪拔了出来，对着李亚子，冷笑道，"命案连连，你这狗日的突然消失，嫌疑甚大，竟然还敢现身？"

多日不见，李亚子黑了不少，但精神矍铄。

"巡长，我正经的良民一个，你端着枪对着我，万一走了火，可不好收拾。"

"我呸！良民？你他娘的别骗人了！说，这些天，你干吗去了？"

李亚子一愣，指了指蒋南羽："感情这小子还没跟你说呀？"

"跟我说什么？"胡淑芬纳闷道。

"鸭爷，我还没来得及告诉他，你事儿办完了？"

"办完了，虽然中途出了些麻烦，但还算顺利。"李亚子喝了一杯酒，咂了砸嘴巴，一副享受的样子。

胡淑芬狐疑地看了看李亚子，又看了看蒋南羽，愤怒道："你们两个到底葫芦里面卖的什么药？"

蒋南羽将那铁箱子放在桌子上，抹了抹汗，"巡长，你还记得我口袋里面的那张纸条吗？"

"什么纸条？"

"就是当初有人莫名其妙放进我口袋里的纸条。"

"哦，就是写了四句没头没尾的打油诗的那个纸条？"胡淑芬记起来了，"怎么了？"

蒋南羽没说话，指了指李亚子。

胡淑芬睁大眼："他放的！？"

蒋南羽点了点头。

"他妈的，你们两个什么时候勾搭到一起的？"胡淑芬怒道。

这货觉得自己被人耍了。

"两个老爷们儿，怎么能用勾搭这个词呢？"李亚子倒了一杯酒，指着蒋南羽道，"上山之前，我们就说好了。"

"上山之前？你们……"胡淑芬算是明白了。

蒋南羽满脸歉意地道："巡长，真不好意思，这事儿之前没告诉你，也是有理由的。"

"狗屁！本大巡长是你的顶头上司，拿你当亲儿子一样看待，你小子竟然一直蒙我！你们到底什么关系？！"胡淑芬一脚踩着凳子，手里端着枪，怒气冲冲盯着二人。

蒋南羽倒了杯茶，一口气喝完，坐下道："还得从我来巡警局之前说起。"

胡淑芬掂了掂枪，示意蒋南羽说下去。

"我家情况你也知道，几百年的世家，声势显赫，到我这一代，千顷地里一棵独苗，父亲对我管教甚严，简直就是封建专制。自小我和父亲关系就不好，觉得是在他的光环下面生活，没有一点自由。

"后来外出求学，见识了外面的世界，接触了新思想，越发觉得那个大家庭就如同棺材一样束缚着我，索性找个机会出国留洋。在外面混了那么多年，父亲软磨硬泡把我找回来，给我在政府里谋了个好差事，算是混吃等死的那种。"

胡淑芬点点头："这事儿你跟我说过，你不愿意那么过一辈子，所以偷跑出来当了巡警。"

"哪里是偷跑出来……"蒋南羽苦笑,"应该说是妥协的结果。"

"妥协?"

"嗯。"蒋南羽唉声叹气,"我和父亲吵了一架,说什么也不愿意去政府当差。父亲询问我的想法,我说想出去,自食其力,找个喜欢干的事情,哪怕是个芝麻大点的小职员。父亲有个老部下,在省巡警局当头目……"

"我亲娘!总长大人是你爹的老部下?"胡淑芬舌头都要吐出来了。

"嗯。"蒋南羽不好意思地挠了挠头,"原先父亲想让我在太原总局里做个刑侦课的课长法医,我不愿意,那样也没什么乐趣。到总局报到的那天,我在总长办公室里无聊,随便翻卷宗,翻到了你的……"

"妈的!老子的糗事你小子岂不是全都知道了!?"胡淑芬愤怒道。

蒋南羽直摆手:"你那些坑蒙拐骗、吃喝嫖赌的事儿,我没看多少,我看的是太平庄的这起连环怪案。"

胡淑芬用枪指着蒋南羽,气得哆哆嗦嗦说不出话来。

"当时我就来了兴趣!"蒋南羽站起来,郑重道,"这么个复杂离奇的案子,外国也不会有呀!看完了我就迷上了,跟总长说我一定来这里,找出真相。"

"总长就那么把你放过来了?"胡淑芬问道。

"怎么可能?!总长说这里是个鸟不拉屎的地方,三教九流乱得很,生怕我发生意外不好跟父亲交代,说什么也不放我过来。后来经不过我的坚持,只得想了个折中的办法。"

说到这里,蒋南羽指了指李亚子:"就找到了鸭爷。"

"这和他有什么关系?"胡淑芬瘪嘴道。

"鸭爷他老人家,乃是'洛阳八宗'的总扛把子,江湖上人人皆知,虽然一生干的都是寻龙点穴、盗墓倒斗的活儿,但盗亦有道,仁义得很,而且对于这种怪异的事儿,很有经验,身手又好,所以总长亲自领着我拜访了他老人家。"

"怪不得你小子是从洛阳城里出来找的我!"胡淑芬算是明白了。

"其实原本没想瞒你,是鸭爷的主意。"蒋南羽对李亚子笑了笑。

李亚子点头:"办案嘛,我还真是第一次。来的时候和小羽商量了一下，觉得我这么个身份和你们搅和在一起不方便，索性不如一明一暗，一正一反……"

胡淑芬直摆手："啥狗屁东西，还一明一暗，一正一反，你们两个就是一老一小，老的为老不尊，小的小不正经，黑白无常你们！"

蒋南羽和李亚子都笑。

"当时我们俩商量好了，我来找你，和你做搭档，明面上调查，鸭爷呢，暗地里跟着，算是我们的间谍。"蒋南羽笑道。

李亚子稳稳坐着："说来也是巧，正好陆建武派人下山找风水先生看祖坟，这事儿让我知道了，我就主动联系，揽了活儿，这才到了风陵渡，等你们。"

"从一开始，你们就把我玩得团团转！两位，有意思吗!?"胡淑芬气鼓鼓道。

"抱歉抱歉！巡长，你大人有大量，我们这么干，也是为了破案，破了案，你好我好大家好嘛。"蒋南羽对着胡淑芬抱拳作揖，一番低头认错，胡淑芬这才终于饶过他二人。

"你们两个，现在是要怎样？"胡淑芬扯过一把椅子，大马金刀地坐了，居高临下，鄙视地看着蒋南羽和李亚子。

蒋南羽、李亚子二人相互看了一眼，目光复杂。

"鸭爷，你下山……"蒋南羽压低声音。

"当时事出紧急，没时间跟你解释，我只能传了个纸条，便下山办事。纸条你既然看到了，应该明白了吧?"

蒋南羽点头。

"那就好。"李亚子站起来，走向门口，"人我都给你带来了，下面就是你自己的事儿了。"

蒋南羽大喜，跟着出去。

胡淑芬在后面一把拽住了蒋南羽，诧异道："什么人？谁呀？"

"你去看看不就知道了吗？说不定你见到还会喜不自胜呢。"蒋南羽一边扛起那个铁箱子，一边冲胡淑芬神秘地眨巴了一下眼睛。

……

第十五章　憨宝人

搜神馆二楼，灯火通明，亮如白昼。

圆形大厅里坐满了人。

胡淑芬满心狐疑地上楼，看到这些人的时候，呆若木鸡，尤其是其中的一个人，真的让他喜不自胜。

一身红衣，细腰妖媚，不是那风四娘还能是谁？

不过眼前的风四娘和之前所见有着天壤之别，没有了往日的风韵，脸色死灰苍白，凄凄惨惨地坐在椅子上，捏着手帕捂着嘴低声抽泣。她旁边坐着的，是戏班的班主猴五，这老头耷拉着脑袋，唉声叹气。除了这二人之外，那陈大力和风四娘的儿子风小宝却并没见到。

其余的椅子上，一干人等也是正襟危坐。

少都督、福伯坐在正中，身后站着几个太平庄的仆人。少都督望着桌子上的一枚宋代的茶盏发呆，福伯偷偷抹着眼泪，主仆二人看着就让人觉得伤心。

颤颤巍巍的普元老和尚也在，他显然还不明白发生了什么，面露困惑之色，一边拨动着手中的六道木念珠一边念着阿弥陀佛。

另一边，是叉着手站着的七八个大汉，都是一身黑衣，身形健硕，面无表情，胸前都绣着一个八卦中代表"乾"的卦爻图案，一看就是李亚子的手下"洛阳八宗"的人。

这七八个壮汉脚下，放着两个麻袋，鼓鼓囊囊的，也不知道里面装着什么。

"哎呀！四娘呀!？你怎么会在这里？不是下山唱戏去了吗？小宝呢？"胡淑芬一见风四娘，如同猫儿见到了荤腥，一溜儿烟奔了过去，嘘寒问暖，一脸巴结呵护的表情让人看了想吐。

风四娘冷若冰霜，凤眼圆睁瞪了一下，胡淑芬顿时愣住。

"我说，到底怎么回事？"胡淑芬站在风四娘旁边，趾高气扬，"李亚子，你这老家伙怎么如此不懂得怜香惜玉！？四娘一个柔弱女人家，你要是欺负她，本大巡长可不会纵容你！"

李亚子哭笑不得："柔弱女人家？巡长，她动动手不费吹灰之力恐怕就能取你性命！"

"不会吧？"胡淑芬跳了开去，看着蒋南羽和李亚子，"到底他妈的怎么一回事！？"

胡淑芬说中了大厅里这帮人的心思。

这大晚上的，将大家集合到楼上，而且李亚子、风四娘等人蹊跷现身，早已经让所有人都糊涂了。

蒋南羽在椅子上坐下，看了看众人，目光落到了少都督身上，叹了口气道："诸位也知晓，这二十年来，直到前几天，太平庄接连发生四起怪案，少都督四任妻儿皆诡异丧命，尤其是这一次，不但夏千歌母子殒命，而且接连还死了黄老狗、广济、广清、陆景瑞、严麻子、陆建武、沈少安等人，近十条人命……"

李亚子在旁边摆摆手："已经超过十条了。"

蒋南羽一愣："超过十条了？"

李亚子点了点头，然后冲那帮黑衣人使了个眼色。

几个大汉解开地上两个麻袋，将两具尸体从里面抖落了出来。

众人见了，目眦尽裂。

那两具尸体，一大一小，全身赤裸，尸体紫黑肿胀，模样和沈少安的死状几乎一模一样。

虽然面目有些不清，但还是能依稀认出来是陈大力和风小宝。

风四娘在旁边呀的一声就哭了出来。

蒋南羽走到尸体旁认真看了看，点了点头，站起来道："诸位，四起蹊跷的连环怪案，十几条人命，这般的事情，估计这天下也难寻一件。这二十年来，中条山山上山下流言四起，说是鬼怪所为，说是诅咒，乌烟瘴气，鬼影重重。胡巡长一直在辛辛苦苦查找真凶，殚精竭虑，幸好老天保佑，邪不胜正，此次，在胡巡长的英明领导下，我们总算是大体上弄明白了。"

蒋南羽此话一出，满座皆惊，众人呆呆地看着他，不敢相信自己的耳朵。

尤其是少都督，激动地从椅子上滑下来，颤声道："蒋长官，你是说，找到了真凶?!"

蒋南羽微微点了点头："应该是八九不离十!"

"是谁!? 到底是谁!?"少都督激动不已，双拳紧攥。

二十年来，因为这连环怪案，他生不如死，做梦都想抓住真凶，替妻儿报仇，想不到结果就在眼前，怎能不悲愤交加。

"少都督少安毋躁，这事情还得慢慢来，一件一件来。"蒋南羽缓缓坐下，点燃了一支烟。

大厅里死一般寂静，所有人都看着烟雾笼罩下他的那张俊美的脸。

"世间所谓的鬼怪，根本就不存在。"蒋南羽吐出烟圈，淡淡地道。

烟雾在空气中升腾，幻化，最终消失，空空荡荡。

"就如同这烟雾一般，无有形体，更谈不上杀人了。"蒋南羽笑笑，"而所谓的诅咒，同样不存在。"

沉默，死一般的沉默。

"更多的时候，这些鬼怪也罢，诅咒也罢，不过是我们内心的幻化，用佛经上的话说，就是心魔。"

"然也，色即是空，空即是色，诸行无常。"普元老和尚点了点头。

蒋南羽投以赞许的眼神："所以，这二十年来，四起连环怪案之所以如此的鬼影重重难以破解，根本原因有二，一是案情的确太复杂，超乎了常人的理解，各种因素交织在一起，成了一团乱麻，二来，也是最重要的，就是你们被这人为制造的迷雾遮住了眼睛，从来没有冷静地去分析，去穿过迷雾查看背后的真相。"

这话，说得众人都连连点头，包括胡淑芬。

"好，现在，我们来一起解谜。"蒋南羽摁灭了烟头。

因为激动，他的脸变得涨红起来。

"先说黄老狗的死。"蒋南羽翻开了他的那个笔记本，"黄老狗的死，很简单，也是最悲哀的事情，他原本可以不用死。

"二十年前，少都督娶的第一任妻子林雨薇，是他的表妹，同时也是陆景瑞少爷的爱人，两人自小青梅竹马，是二老爷陆建武棒打鸳鸯，将林雨微许配给了少都督，造就了悲剧。

"林雨薇母子殒命，也就是第一起怪案发生后，陆景瑞悲痛欲绝，将所有的仇恨都放在了少都督的身上，他认为是少都督这个怪物害死了自己的爱人。故而这么多年来，他一直借着修桥的名义，实施'打桩叫魂'的巫术，以此来诅咒陆家断子绝孙，诅咒少都督一生都要眼睁睁看着自己的妻儿惨死。"

少都督听到这里，潸然泪下，垂下了头。

"陆景瑞固执地做着这件他认为必须要做的事情，任何阻拦、破坏他计划的人，他都不会放过，当然包括我们这些上山破案的巡警。

"由于大雨，上山的道路被泥石流破坏，我们一行人不得不改道而行，但戏班一帮人侥幸赶在了泥石流爆发前上山，所以他们早早就到了，而且遇到了陆景瑞。

"陆景瑞从戏班口中得知我们上山，决心将我们吓跑、赶走，所以利用了中山道闹鬼的传闻，派出了严麻子。"

蒋南羽看了看风四娘和猴五，两人都点头，证明陆景瑞的确是提前得知了他们上山的消息。

"于是，我们上山的那天半夜，荒寺之中，严麻子装神弄鬼，杀死了黄老狗，留下血手印，本来是想把我们吓走，但可惜我们都不是胆小的人，依然执意上了山。"

旁边胡淑芬听到这话，羞愧得老脸火辣辣的，不过他天生就是红脸，反正看不出来。

"'打桩叫魂'的巫术被我们识破后，陆景瑞当场被我们抓住，依然叫嚣着不放过我们，而且要杀我们，严麻子为了不暴露自己，杀了陆景瑞，想下山盗走陆景瑞的钱财远走高飞，被巡长抓回，最终和陆建武陆二爷同归于尽。这四个人，死得十分不值得。"

房间里鸦雀无声。

蒋南羽的推断，有理有据，没有人反驳。

"至于广清和尚……"蒋南羽看了看身形佝偻的普元老和尚，着实有些不忍心，但必须得说下去，"广清死得更令人可怜可叹。

"栖岩寺在隋唐时期便是国寺，香火鼎盛的名刹，佛光净土，可惜千年间兵荒马乱，历经战火，到如今一片荒废，风光不再。身为僧人，眼见得香火断绝，法脉不存，这种急迫的心情是可以理解的，但广清还是走了邪路。"

"阿弥陀佛，罪过，罪过！"普元老和尚闻言，惭愧地低下头。

"三年前，少都督的第三任妻子，就是那个从戏班里逃出来，被带上山成为少夫人的奴儿姑娘，同样离奇惨死，产下了一个三目怪婴。母子死后，福伯用以往的方式处理了这对可怜母子的尸体——裹上白布，抛入溪流。

"这件事情无意中被广清看到，他追查着这母子的尸体，一直到了黄河。"蒋南羽站起身来，他的声音，变得十分冰冷，"他找到了黄河上最厉害的捞尸人黄老狗，花钱将这母子的尸体捞上来，将三目怪婴的尸体带上了山。

"然后，他一手制造了三目鬼的传闻，使得山上山下的信众人心惶惶。接着，这位和尚亲自出马，声言必须以佛法镇邪，才能保一方平安，于是信众出钱出力，在栖岩寺修建了一座送子观音殿，供奉了三目童子。"

说到这里，蒋南羽对福伯点了点头。

福伯转身出去，时候不大，抱着一个包裹进来。

在众人诧异的目光中，福伯用颤抖的手解开了包裹，露出了那具已经风干干瘪的三目怪婴的小小尸体。

"这是……"少都督见了，肝肠寸断，号啕大哭。

蒋南羽任由少都督发泄着内心的悲痛，转过身，继续道："观音殿建成开光之时，广清又炮制了一场精心策划的好戏：他将种植的曼陀罗花果放入事先准备好的香炉之中，曼陀罗本来就是一种致幻植物，那么多的花枝燃烧，浓烟之下，一干信众精神恍惚，在广清刻意的精神控制之下，产生了幻觉，看到了降临的满天神佛，于是栖岩寺名身大振，再一次受到了信众的无比崇拜，枯木逢春。

"广清的这个计划，几乎天衣无缝，但他没能瞒住一个人。"蒋南羽的目光，缓缓望向窗外。

"随后，广清离奇死于藏经楼之中。藏经楼中禁止任何烟火，却无缘无故火起，烧得广清当场殒命，而普元方丈当时在楼下，并没有看到任何人上去，表面上看起来又是鬼怪作祟，十分蹊跷。呵呵！"

蒋南羽一边笑，一边摇头："其实，这一切都是沈少安干的。"

胡淑芬清了清嗓子道："沈少安和夏千歌并不是表兄妹的关系，而是原本门当户对的一对知心爱人。他和夏千歌不仅相爱，而且夏千歌还怀了他的孩子……"

此话一出，满座唏嘘，只有少都督沉默不语。

这个男人的一颗心，恐怕早已被伤得残破不全了。

"沈少安听闻离奇怪案，担心夏千歌母子的安全，便以表兄之名上山，一边保护夏千歌母子，一边暗地里秘密调查。然后，他和广清成了朋友，因为偶然的关系，他看到了观音殿里那尊三目童子像，发现了藏在里面的三目怪婴的尸体。

"沈少安由此知道三年前第三任少夫人生下的怪婴在广清手里，他以为广清是凶手，尽管他不能肯定，但为了保护夏千歌母子，沈少安宁愿错杀也不会放过任何一个可能有嫌疑的人，所以他精心策划了一个阴谋。"

胡淑芬昂着头，越说越兴奋："这家伙是名物学家，留洋归来，知识渊博。他种植的一种名为'看林人'的花，原本是外国的品种，看起来开得漂亮，浓香无比，实际上充当他的杀人工具。这种花，枝茎里含有极多的芳香油脂，在高温、干燥的空气中，这种花很容易自燃。他将几盆花放到了藏经楼的二楼，而且是在阳台上。那么大的太阳炙烤之下，花发生自燃，很快引燃了堆满楼层的干燥书本、纸卷，制造了一个凶手不在场、凭空密室杀人的鬼把戏！"

众人听得目瞪口呆，尤其是李亚子、风四娘这些置身事外的人。

"接下来，是广济和尚。"蒋南羽接过胡淑芬的话，走了几步，缓缓来到风四娘和猴五的面前。

这两个人，脸上露出了明显的惊慌之色。

"我们上山之后，广济和尚是第一个身死的人。之所以现在才说到他的死，是因为他的死很复杂，而且和怪案有着相当紧密的联系。"蒋南羽卖了个关子。

少都督等人，看着风四娘和猴五，虽然他们猜到了这两个人和广济的死有关系，但根本想不通里面的缘由。

"广济的尸体，是在塔林中发现的，死相很惨，身上没有明显的伤痕，双目被挖掉了，所以当时传言是三目鬼所为，很多人都相信了。实际上，这只不过是凶手作案之后，使用的一个障眼法——凶手利用三目鬼的传说，给自己制造了脱身的理由。"

蒋南羽淡淡道："当时我仔细检查了广济的尸体，他的双目是在死后被挖掉的，而真正造成他死亡的原因，是脑袋顶上遭受了重击，颅骨凹陷当场死亡。

"凶手出手极其果断狠毒，一招毙命，一般人根本做不到，而且广济脑袋上的凹陷伤痕，是一种奇异器具所为，而这种东西，风四娘，猴五，你们应该不陌生吧？"

蒋南羽转过身，冲风四娘和猴五微微一笑。

在众人格外愤怒的目光中，风四娘和猴五面色沉冷。

尤其是风四娘，长叹一声，对猴五道："五爷，到了这个时候，你看……"

"蒋长官言辞凿凿，似乎认定广济的死，和我等脱不了干系，我是个跑江湖的，地位低贱，但也不是你们做长官的说怎么诬陷就怎么诬陷的，说广济是我们杀死的，你有证据吗？"猴五扫了风四娘一眼，昂起头盯着蒋南羽，态度变得异常坚决、傲慢。

蒋南羽再次成为焦点。

是呀，事关人命，没有确凿的证据，无法以理服人。

蒋南羽没料到猴五态度如此死硬，不过倒也暗自庆幸自己做足了功课，没说什么，将那个铁皮箱子搬过来，放在地上。

箱子沉重，咣当一声，吸引了众人的目光。

蒋南羽蹲下，开了箱子，将里面的东西一件一件拿出来，摆放在地上。

那些东西，让众人的呼吸瞬间变得粗重起来。

一身黑色的紧身皮衣，似乎是某种动物的一整张皮子所做，油光锃亮，上面用朱砂写着密密麻麻的符咒；一二十件大小不一、形状各异的奇怪铁器，斧、叉、刺、刀、铁锁、拐子……林林总总，制作精良，还有几十个瓷瓶，贴上了标签，写着"三更散""鬼近身""月下白""地金开"等蹊跷文字，此外，还有一面黑色漆布，展开来，上面画着一个人身鼠头的神像，烟熏火燎，似乎是供奉之物。

"猴五爷，这些东西，你应该认识吧？"蒋南羽问道。

猴五摇了摇头，冷冷道："不认识。"

蒋南羽微微一笑，对众人道："诸位，这口箱子，是从广济的房间里搜出来的，乃是他私人之物。"

"不可能吧。"普元大和尚站起来，走到这堆东西跟前，看了又看，指着黑布上的那尊怪像道，"广济怎么会有这种东西？我们出家之人，拜的是佛祖菩萨，这上面……"

"所以说，广济根本就不是个僧人，他上山，拜入栖岩寺，为的不是参禅修佛，而是另有目的。"

"什么目的？"普元问道。

蒋南羽看着众人，一字一顿："憋宝！"

"憋宝？！"

房间里的众人，闻听此言，面面相觑。

"鸭爷，大伙儿看来是不太熟悉这行当，要不你给讲讲？"蒋南羽对李亚子道。

端坐在高椅上的李亚子呵呵一笑："这行当，一般人估计听都没听说过，即便是混江湖的，虽有听闻，恐怕也知之甚少。

"三百六十行，行行出状元，江湖上行当众多，有'内八行''外八行'之称，所谓的内八行，是个通称，指的是正经行当，无外乎肉肆、宫粉、成衣、玉石、珠宝、丝绸、纸、海味、鲜鱼、文房用具、茶、竹木、酒米、铁器、顾绣、针线、汤店、药肆、扎作、陶土、仵作、巫、驿传、棺木、皮革、故旧、酱料、柴、网罟、花纱、杂耍、彩奥、鼓乐、花果等行当，而外八行，在这些行当之外，属于另类。"

李亚子侃侃而谈："外八行者，倒斗、金点、乞丐、响马、贼盗、走山、领火、采水也，又称'五行三家'，这憋宝，是倒斗行的一个分支。

"外八行中，倒斗乃是魁首，干我们这活儿的，阴阳八卦、星相堪舆、奇门遁甲、医药玄灵等，皆得精通，所以本领甚大。但倒斗危险太大，丧命的事儿常常发生，所以日头久了，有些人就不愿意去冒风险，而是利用习来的本事，干起了寻宝的活儿，因为同样见不得光，得偷偷摸摸干，很多时候得乔装身份，巧言令色，得名'憋宝'。"

"既然是寻宝，光明正大便是，为何偷偷摸摸？"普元老和尚问道。

"方丈有所不知……"李亚子苦笑，"一般的金银珠宝对于憋宝人来说是没有任何吸引力的，他们的目标乃是价值连城、独一无二的天地异宝，有时候憋得一宝，足够一生荣华富贵。"

"何为天地异宝？"普元方丈问道。

李亚子想了想，道："我说件事情吧，这是发生在我二叔身上的。他原先干的是倒斗，后来年纪大了，干不动了，就干了憋宝的行当。"

众人听这话，十分好奇，纷纷来了精神。

"那时大清朝还没亡，是老佛爷的天下。我也就七八岁，家父命我出门历练，便跟着二叔游走四方，一来走遍华夏河山为日后做准备，二来也能看看芸芸世态，了解人心险恶。

"我和二叔走了很多地方，化装成一老一小两个算命道士，有一天来到了一座大城。那大城名字我就不说了，反正是北方仅次于京城的重地。我二人在一所古寺里休息，白天出门游历，晚上回来歇息，一来二去和寺里的和尚混得熟了，聊得很是投机。

"那寺里掌势的方丈，年逾古稀，唉声叹气似乎有难言之隐，在二叔的询问之下，才把那苦恼之事说了：原来，这寺里有一口大钟，历史悠久，也不知道是什么朝代铸造的，钟声洪亮，几十里地之外都能听到。寺庙里的钟，敲响都是有固定时间的，但不知道为何，近来那钟竟然半夜不敲自响，不但打乱了寺里僧人的正常作息，更是让不少信众人心惶惶，说是闹鬼，方丈虽然也作了法，却无济于事。

"我二叔听了这事，双目放光，待方丈走了之后，对我说要发财了。"李亚子呵呵一笑，"我那时小，哪知道什么发财不发财的。

"三更之时，二叔出去，观察了古寺的地势、方位、风水，又进了钟楼，天快亮才回来，兴奋无比，说钟楼里有一件天地异宝，不憋走实在可惜。

"先前我也知道二叔是个憋宝人，但从来没见过，催促他赶紧动手，让我开开眼，二叔却摇了摇头，说此宝得之不易，若是鲁莽行事，不但憋不到宝，反而会有性命之忧，须找一件东西才行。"

李亚子说得绘声绘色，众人听得津津有味。

"第二天，二叔带着我四处游走，似乎是在寻找什么东西。就这么来来回回，找了差不多十天，最后我都快要绝望的时候，二叔喜不自胜地告诉我找到了。"

李亚子呵呵一笑："当时我们站在一个肉摊跟前，摊主是个屠户，膀大腰圆，满身油腻。二叔客客气气跟人家攀谈，又是给人家看手相又是给人家算命，忽悠得那屠户喜笑颜开，然后他问屠户，十两银子买他摊子底下那条癞皮狗，不知道行不行。

"屠户听二叔说要用十两银子买他那条老狗，顿时哈哈大笑。那条老狗，又瘦又蠢，生了一身的癞皮疮，扔在大街上都没人要，屠户养了十几年，要不是念它原先看过家护过院，早就一棍敲死埋了。见二叔不像是说假话，欢天喜地接了十两银子。

"我那时也为二叔抱屈，十两银子，半城的狗都能买了，二叔却像捡了狗头金一样，乐呵呵牵走了那狗，来到僻静无人处，从怀里掏出来一个小瓶，倒出两粒黑乎乎的药丸来，硬塞到狗嘴里，让它咽了，然后爷儿俩就在旁边等。一个时辰后，那狗一个劲地呕吐，吐出来的东西先是黄色脓液，十分腥臭，最后吐出来的却是乳白色的水儿，竟然隐隐有一股香味。

"二叔说时候到了，取了块红布铺在狗面前，那狗一通抽搐，吐出了个鸡蛋大小的东西来，白花花的，看上去跟鹅卵石没啥区别。说来也怪了，那老狗原本病快快的没精神，吐出了这东西之后，活蹦乱跳一溜烟走了。

"二叔郑重地把那东西包裹好，告诉我十两银子买的不是那狗，就是这东西。我当时问那东西是什么，二叔摇头没说，只道也是异宝，遇到识货的，卖个几百两银子算便宜的了。我俩往回走，路上二叔买了只肥鸡，装在包裹里，进了寺庙。吃完晚饭，吹灯睡觉，半夜时分，二叔叫醒了我，起来，先是将那狗肚子里的东西拿出来，小心翼翼敲碎了，碾成粉末，又将那鸡宰了，把粉末填进鸡肚子里，鸡血都抹在鸡毛上，拎着血淋淋的鸡，带着我，偷偷摸摸来到了钟楼。

"那钟楼很大很高，也不知道啥年月修的，布满尘土，二楼上吊着一口青铜大钟，重有千斤，黝黑无比。二叔用绳子把鸡吊在钟楼的一根房梁上，拉着我躲在一边。我不知道他为什么把那狗嘴里吐出的异宝眼睛都不眨就碾成粉，那可值几百两银子呀，更不知道他这神神秘秘的为哪般。就这么蹲在角落里，等了一炷香的时间，就听见头顶房梁上传来一阵窸窸窣窣的声响。"

李亚子点燃了自己的烟锅，抽了一口，道："那声音，让人不寒而栗，我想出去看看，被二叔摁住了，二叔让我屏声静气，千万不能搞出声响。我勾着头，眼巴巴地等着，见从房顶吊下来一个白花花的怪物来！"

大厅里一帮人听得目瞪口袋。

"一条白蛇，身子有水桶粗细，不知道活了几百年，张嘴能活吞下一个人。蛇这东西，最喜欢吃鸡，何况还是血淋淋的一只鸡，忙不迭地一口将那鸡吞了，缓缓缩回身子，消失在上方的黑暗里。我吓得差点尿裤子，二叔却乐呵呵地说了一句：'成了！'时候不大，就听见头顶那一根根梁柱之间，传来剧烈的冲撞之声、咝咝的怪叫，然后轰的一声，那条巨蛇从高处摔下，痛苦地扭曲，最后一动不动。

"直到这时候，二叔才拉着我出来。我站在那条死蛇的跟前，昂着头，呵呵呵，对于那时的我来说，眼前的东西分明就是一堆肉山，是个庞然大物。我问二叔，这蛇难道是钟半夜不敲自响的原因，二叔说是。他说这古寺，风水极佳，聚风藏水，可谓千年的宝地，尤其是这钟楼，占据了这座大城的风水阴眼，极为难得，这条蛇就是冲着这个，躲进了钟楼里，活了几百年，白天睡觉，晚上出来吸收月华，这段时间之所以夜半钟响，是因为这蛇修行到了最关键的时候，须将身体竭尽全力探出去，只能爬到钟上，用尾巴勾着大钟，才能探出身子，它身体极重，落下时自然引得钟响。

"我又问二叔他要憋的异宝是不是这条蛇，二叔哈哈大笑，他说这蛇算得了一宝，不管是那对眼睛还是蛇胆、蛇皮，都值不少银子，价值远远比那条狗吐出来的东西珍贵多了，但是和他要憋的那宝相比，就不值一提了。"

第十六章　幽冥珠

这段憋宝往事，李亚子说得绘声绘色，神神秘秘，早把众人勾得神魂颠倒。

"二叔取出飞爪，嗖嗖嗖爬上了钟楼梁柱中，时候不大下来，手里头拿了块木头。那木头，黑乎乎的，看不出材质，却无比沉重，扣之有金铜之声，纹理层层叠叠，如同鱼鳞一般，十分奇异。二叔说，那东西就是他要憋的宝。"

"弄了半天，费了这么多工夫，竟然是为了一块破木头呀！"胡淑芬在旁边哭笑不得。

李亚子呵呵一笑："我当时也十分失望，折腾了许久，冒着生命危险，最后竟然是一块木头。二叔却双目放光，说那木头可不是普通的木头，名为龙鳞木。"

"龙鳞木？"便是博学的少都督，也闻所未闻。

李亚子点头，继续道："二叔说，那条大蛇之所以来到这钟楼，是为了这风水上的阴眼，而这钟楼之所以成为整个大城阴气最重的地方，完全是因为这块木头。这木头，天下难寻第二块，生长在极阴之地，万年才能长成手臂粗细，水火不侵，为天下难得的至宝。"

"那也不过是块木头。"胡淑芬相当不满意。

李亚子摇头："你们有所不知，据二叔所说，这木头有诸多功效，比黄金可珍贵多了，切下一片带在身上，百病不侵，不管中了什么奇毒，哪怕是顷刻之间夺人性命的鹤顶红，只要以少许的粉末随酒喝下，便可安然无事，商旅之人携带一片，毒虫瘴气避之不及，而且绝不会迷路，妇女难产，割下一片煮水服用，自可母子平安……"

"这么神奇!?"胡淑芬崩溃了。

"所以说它是天地异宝呢！"李亚子白了胡淑芬一眼道，"不过这龙鳞木最厉害的，不是对生人，而是对死人。"

"死……死人？"胡淑芬惊得眼珠子掉了一地。

"先人去世，以龙鳞木下葬，尸身永不腐朽，葬下之后，阴穴就成了万年难得的风水宝地，子孙人杰辈出，家族繁衍昌盛。"

胡淑芬听完，一把拽住李亚子："鸭爷，我亲爷！那龙鳞木还有吗？送我一片呗！回头我把我爹的坟给刨了，把这东西放进我爹棺材里，哈哈，那本大巡长定可平步青云、官运亨通呀！这些年老子他娘的倒了八辈子血霉了，升官发财没指望，一把年纪到现在还打光棍呢！"

李亚子用烟袋锅子敲开了胡淑芬的手，没好气道："我还想要呢！"

"啥意思？"胡淑芬张大嘴道。

李亚子冷笑："得手之后，我和二叔连夜就离开了，哪知道后来走漏了消息，没回到洛阳就被抓住了。"

"抓住了？你们'洛阳八宗'那么大的名号，哪个有这胆子？"胡淑芬不信。

李亚子伸出手指，指了指上面："朝廷！"

"朝廷?！"

"普天之下，能人多的是，朝廷里也有，听说二叔得了龙鳞木，从京师发下来训令，四处追查，最终把我二人抓住，搜去了那东西。"

"可惜了！"胡淑芬拍了一下大腿，失望至极。

"这样的东西，讲究的是个命，平头老百姓，哪有资格享用这样的宝贝？不过上头也没亏待我二叔，回去之后，他就成了洛阳首富，下半辈子花天酒地，到死了，钱还没花完呢。

"事后我还问过二叔，为何那条大蛇吃了鸡就死了。二叔说，那条癞皮老狗肚子里的东西，名为狗宝，也叫至阳石。狗这东西，是动物中至阳之种，狗血驱邪就是明证，至阳石可化至阴之气，蛇乃阴物，所以即便是那么一条厉害的巨蛇，吞了至阳石，也会一命呜呼，可见天地之中，一物降一物，奇妙得很。"

李亚子将这段往事讲完，大厅里面唏嘘不已。

老头收起烟袋锅子，笑道："人老了，就喜欢叨叨，啰唆了半天，跑题了。之所以说这段陈年旧事，为的是跟大伙介绍这憋宝的行当。"

众人此刻才回过神来，纷纷点头。

李亚子看着地上摆放的从铁箱里翻出来的东西道："憋宝人，憋的都是天地异宝，个个都是一身的本领，装成各种打扮，游历天下，一次得手，下半辈子就不愁，行踪隐秘，也不会对外人讲，所以一般人根本就不清楚。而这憋宝一行，也是有讲究的，分个三门三宗。"

听到这里，蒋南羽站了起来，接过了话："所谓的三门三宗，指的是山鬼、河神、地仙三派。憋宝人虽难得一见，但凤毛麟角的天地异宝更是少见，为了避免憋宝人之间起纠纷，所以经过长时间的演变，划分出了这三派。"

蒋南羽也很兴奋，道："三派之间，各有所属，有着各自的地理分工、各自的组织帮派、各自的憋宝方法、各自的崇拜神灵，更有独属于各自的憋宝工具。所谓山鬼，指的是行进在崇山峻岭中的憋宝人，这些人，踏山寻宝，拜的神灵乃是传说中的山神——山魈，故而称为山鬼。"

"河神，指的是入水探宝的憋宝人，这些人只从水中得宝，拜的是黄河大王，大概是因为黄河乃是万水之尊吧。"

"黄河大王？龙王吗？"胡淑芬插话道。

蒋南羽摇头："非也。河神一派携带的神灵幡，上面画的是一只巨鼋！"

"巨鼋？"胡淑芬没听明白。

"黄河大王的真身，据说身体小山一般，一般人说是铁头王八。"李亚子这么一解释，胡淑芬听懂了。

"至于地仙，这一派憋宝人，不入山，不入水，游走于平原、村镇，他们的神灵幡上，画的是一个人身鼠头的黄鼠狼。黄鼠狼又称黄大仙，所以这一派称之为地仙。"

蒋南羽这话说完，众人纷纷把目光转移到了地上的那块布上，那块从铁箱子里取出来的布，上面画的不正是人身鼠头的黄鼠狼吗?!

蒋南羽清了清嗓子，把众人的注意力吸引过来，道："憋宝的这三门三宗，各有分工，各干各的，绝不会闯入不属于自己的领地。比如属于河神一派的憋宝人，绝不会入山憋宝或者到平原憋宝，同理，其他的两派也是一样。"

"若是破坏了这规定呢？"胡淑芬这货就会死抬杠。

李亚子沉声道："天底下，只有'洛阳八宗'的人可以无视这条规矩，因为憋宝就是从我们洛阳八宗流传出去的，我们是老祖宗。除此之外，三门三宗的人，如果在不属于自己的地盘上憋宝，那就是坏了规矩，抢人饭碗，不碰到还成，碰到了，同行可以将其处死，无人非议。"

众人目瞪口呆。

蒋南羽缓缓走到大厅正中，道："我想现在大家也明白了，广济的真实身份，也是个憋宝人，而且是属于地仙一门的憋宝人……"

胡淑芬打断了蒋南羽的话："如果按照你刚才所说，地仙一门的人，只能在平原、村镇憋宝，而这里是中条山，乃是……"

"是的。此地，按照规矩，乃是山鬼一门的地盘，所以广济算是坏了规矩。"

听到这里，胡淑芬即便是棒槌，也明白了，转过脸恶狠狠地盯着猴五："好呀！弄了半天，你们不是什么精通幻术的戏班，也是憋宝人呀！而且是他娘的山鬼一门的憋宝人，广济坏了规矩，你们杀了他！"

猴五冷冷一笑："鸭爷在这，明人不说暗话，我承认我们是憋宝人，但我们不是山鬼一门！我们是河神一宗！"

"河神？"胡淑芬瘪了。

猴五笑道："广济虽然坏了规矩，但中条山同样不是我们的范围，我们没有权利杀他，也不会杀他。说我们是凶手，道理上说不通，而且……"

猴五抬起头，盯着蒋南羽："你也没有证据！"

蒋南羽呵呵一笑："你承认你们是河神一门的憋宝人，这就好办了。"

李亚子也笑。

众人一头雾水，不知道二人葫芦里卖的什么药，议论纷纷。

蒋南羽举起手，示意大家安静，沉声道："诸位，广济死后，尸体我仔细检查过，致命伤在头顶，而且伤痕十分奇异，乃是一种尖棱四方的硬物，一击毙命。鸭爷，请你把这种独特的器物来历告诉大家。"

蒋南羽说完，猴五面如土色。

李亚子笑笑："此物，名为蒺藜刺，乃是河神一门的看家工具，入水之时，尖头可以刺破棉麻撬开木板，方形的锤子可以砸开船舱、硬物。"

蒋南羽回头看了看猴五："猴五爷，这下，你还有什么话说？"

胡淑芬大喜，使劲拍了一下蒋南羽的后背："好小子，干得好！不过，这些东西，你从哪里知道的？你是留洋回来的法医，又不是混江湖的。"

蒋南羽转脸看着少都督道："少都督，你还记得我曾经到你那里借过几本书吗？"

"书？"少都督愣了愣，想起来了。

蒋南羽笑道："广济死后，我和巡长挨个巡查，鸭爷一眼就看出了杀死广济的凶器为何物，告诉我是蒺藜刺，而且偷偷地给我留下了纸条，纸条上写着是：'是人又非人，面目全不清，河神采山宝，得后各西东。'

"我到少都督那里借了几本专门介绍江湖门派的书，从中翻出了对憋宝三门三宗的介绍，而鸭爷留下的那四句诗，正是河神一门的总诀，这才怀疑广济不是和尚，而是憋宝人。凶案发生时，广济的真实身份，太平庄里根本没人发现，唯一有可能的，那就是江湖人士，而且极有可能是憋宝人，当时太平庄的江湖人士，除了鸭爷之外，呵呵，就是猴五爷你们了。"

"你从那时就开始怀疑我们了？"猴五冷冷道。

"是的，不过那时你们已经离开了，所幸鸭爷明察秋毫，即刻下山去找你们。"蒋南羽对李亚子报以感激的目光。

即便证据确凿，被逼到墙角的猴五也拒不承认，他连声冷笑道："蒋长官，即便是广济死于非命的凶器蒺藜刺是河神一宗的独门工具，即便我们是河神一宗的憋宝人，也没有证据表明是我们杀了广济，你刚才也说了，案发时太平庄的江湖人除了我们还有李亚子，天知道是不是李亚子杀的？"

"他娘的！"胡淑芬气得暴跳如雷，"猴五！鸭爷那天晚上一整晚都和陆建武陆二爷去山上看陆家祖宅风水了，他哪有作案时间！？"

猴五冷笑："那说不定这太平庄当时藏着另外一个憋宝人呢。"

这话在众人听来，无疑就是诡辩了。

"那天晚上，你们憋了宝，被广济发现了，你们不愿意将宝与他分享，就杀了他，对不对？"蒋南羽沉声道。

猴五站起身来，笑得越发得意："笑话！真是笑话！蒋长官，你的推理太想当然了！"

然后，猴五看了看众人道："那天晚上，诸位基本上都在场，我们从头到尾都是在表演，戏班所有人都在，大家是看到了的！演完了戏，有仆人陪着我们，直到我们离开！请问蒋长官，你说我们憋到了宝，广济来找我们分赃，我们杀了他，这里头漏洞百出！第一，我们根本就没有憋宝的时间！第二，我们根本就没有杀人的时间和机会！"

猴五此话，说得义正词严，众人纷纷点头。

的确，那天晚上，猴五、凤四娘、陈大力和凤四娘的儿子凤小宝，始终都在众目睽睽之下表演，结束之后有仆人专门伺候，直到下山离开，不管是憋宝还是杀人，看起来的确没有时间和机会。

如此一来，众人看着蒋南羽的目光，可就充满怀疑了。

"说得好！"蒋南羽不禁为猴五的反驳击掌而赞。

面对猴五滴水不漏的指责，蒋南羽不仅没有任何的慌张，反而显示出无比的信心。

众人正襟危坐，等待他的解释。

"我们似乎忘了一个问题。"蒋南羽喝了一口茶水，润了润嗓子，"那就是这中天山巅，到底是藏了什么宝，竟然惹得平日里难得一见的憋宝人上了山，而且还是河神、地仙两门的高手齐齐现身。"

众人为之哗然。

是呀，说了半天憋宝，还不知道到底是什么宝物如此有吸引力呢。

"妈的，本大巡长差点把这大事忘了！"胡淑芬立刻来了精神，摩拳擦掌道，"猴五，本大巡长告诉你，宝贝不是你们个人的，属于国家的！明白吗!？即便你们憋到宝，那也应该上缴国家！在这里，本大巡长代表的就是国家，宝贝要给本大巡长！"

看着他那二货的样子，众人纷纷冷笑。

真要是交给他，估计和国家一文钱关系都没有，肯定被这货私底下扣了。

"巡长，别添乱了！"蒋南羽白了胡淑芬一眼，示意他闭嘴。

胡淑芬恶狠狠瞪了猴五一眼，瘪了。

蒋南羽挠了挠头："这个问题，一开始也困扰我呀。这中天山巅，太平庄里住的都是寻常人家，陆家即便是家大业大，真金白银有的是，可那不算是什么天地异宝，所以，如果有，那肯定是和栖岩寺有关了。"

"栖岩寺!?"众人眼睛一亮。

蒋南羽看着普元老和尚,道:"这得感谢方丈,调查的时候,方丈无意中说起栖岩寺的来历,说起昙延祖师的时候,交代了一样宝物。"

普元方丈明白了,颤抖道:"难道是那……"

蒋南羽点头:"诸位,当年昙延祖师作为隋文帝的老师,乃是天下闻名的高僧大德,隋文帝十分尊敬祖师,不仅特意修建了这栖岩寺,还供养了无数的珍宝,其中最有名的,就是幽冥珠了。"

"幽冥珠?"众人纷纷倒吸了一口气。

"方丈,你跟大伙讲讲这幽冥珠吧。"蒋南羽做了一个请的手势。

普元老和尚双掌合适,念了一句阿弥陀佛,正色道:"此宝老衲也是听师父讲的,算是栖岩寺的镇寺之宝。至于来历,老衲不知,只知道是隋文帝极为喜爱、珍视的一件宝物,不知道从何得来。据说此物夜半放光,光芒无限,而且极为冰冷沉凉,便是酷暑之时,置放于身边,屋子里也清凉无比,而且水火不伤,刀兵不毁,可谓至宝了!祖师大寿之时,开坛讲法,口舌生莲,天花乱坠,听得隋文帝龙颜大悦,乃以珠相赠。祖师本来就视人间珍宝为身外之物,即便是皇帝所赠的宝物,也生不出丝毫贪婪之心,如此至宝,更不能个人享用,便供奉起来,祭祀不断。此宝夜半放光,信众见了,越发觉得是佛光普照,对祖师对栖岩寺更生出无比的崇敬之心,使得鄙寺香火旺盛。"

说到这里,老和尚摇了摇头,表情痛苦:"可惜的是祖师圆寂之后,先是寺内僧人动了贪念,相互抢夺,甚至大打出手,后来战火连绵,各方的乱军闻听此宝,纷纷上山抢夺,栖岩寺也历经几次大劫,毁于战火,一蹶不振,这幽冥珠也就自此下落不明了。有人说被乱军抢了去,有人说是寺里僧人私自贪为己有,也有人说寺里有高僧为了保护此宝,偷偷藏匿了,反正再也没有人一睹此宝的神奇。"

众人听了,连连摇头。

胡淑芬更是痛心不已:"妈的,宝贝都让猪拱了!好事老子就摊不上!"

"我想,那幽冥珠恐怕是不在这中条山巅了。"福伯这时插了一嘴。

"怎么讲?"胡淑芬问道。

福伯摊摊手:"很明显呀,刚才方丈说这宝贝有个特征——夜半放光,诸位想，这太好找了，栖岩寺就这么大，只要等到半夜，看到哪里有光去哪里就找到了，根本不用费心思，更不用什么憋宝了，寻常人都能找得到。我在太平庄待了这么多年，栖岩寺我晚上来来回回不知道多少次，从来没见过有什么地方放光的。还有，广济是个憋宝人，他在栖岩寺待了那么长时间，一门心思为的就是找到它的下落，若是幽冥珠在寺里，他早得到了。"

"有道理！"胡淑芬对着福伯竖起了大拇指。

这回众人看着蒋南羽的目光就有点幸灾乐祸了。

之前蒋南羽言辞凿凿说广济和猴五两伙人来山上是为了憋宝，所做的一切推论都是在双方夺宝的基础上，如果宝物早没了，那就意味着这个推论的前提根本就不存在，后面的推论显然站不住脚，经不起推敲。

迎着众人质疑的目光，蒋南羽不慌不忙。

"诸位，方才方丈说得很清楚呀，昙延祖师圆寂后，寺里僧人相互夺宝，乱军又杀上山来，这个时候，有高僧为了护宝，将幽冥珠藏匿了起来，既然是藏匿，就不想让人发现，那么必然要想方设法不让幽冥珠半夜发出光来，如此一来，自然找不到。"

"有道理！"胡淑芬再次竖起大拇指。

不过这货很快就嘟囔了起来："妈的，夜半放光，也是神奇了！南羽，这幽冥珠到底是个什么玩意儿呀，怎么可能夜半放光还光芒无限呢？难道是夜明珠？！"

"亏你想得出来。"李亚子在旁边乐得不行，"夜明珠对于常人来说是宝贝，对于一国之尊藏有天下宝物的隋文帝来说，那就是个鸡蛋鸭蛋，千儿八百是有的，他能看得上眼？幽冥珠这东西，另有来头。"

"哦？"众人听了这话，饶有兴趣地盯起了李亚子。

听他的口气，似乎这老头对幽冥珠的来历很是清楚。

"你们想过没有，幽冥珠所在的中天山巅，属于憋宝三门三宗的山鬼一派的势力范围，但为何身为地仙门人的广济还有河神一宗的一伙人能找上来呢？"李亚子问了一个看起来与此毫无关系的问题。

众人你看看我，我看看你，大眼瞪小眼。

李亚子嘿嘿一笑："广济，我想十有八九是听说了幽冥珠的传闻，抱着瞎猫碰死耗子的心态上山来憋宝的，此人年轻，修为不到家，也就不怕憋宝一行'地仙不上山不入水'的规矩了。他只知道寺里头可能有宝，而且山上交通不便，山上人少，他不容易被发现，有机会找到，而只要找到他这一辈子就不愁了。于是他拜入栖岩寺，做了和尚，暗地里侦查，这一两年的时间也没有任何线索，反而让别人捷足先登，而且是一晚上就憋走了，显然证明他根本就不懂得此宝的来历，就更找不到憋宝的方法了。"

众人纷纷点头。

"与广济相反，他的对手可就不一样了……"李亚子虽然没说明，但是众人还是忍不住地看向了猴五。

"人家对幽冥珠的来历十分清楚，而且已经知道幽冥珠藏在什么地方。"李亚子说完这话，众人看着猴五的目光可就不一样了，尤其是胡淑芬，简直是双目喷火。

既清楚幽冥珠的来历，又知道藏在什么地方，更重要的是人家就是憋宝人，这还不一憋一个准呀！

"哎呀呀，鸭爷，你就别卖关子了，这幽冥珠到底是什么来历呀！？你老人家既然知道，那就直言！"胡淑芬抓耳挠腮。

李亚子眯起眼睛，笑道："我还真晓得。"

众人齐齐昂起头。

"我之前说了，憋宝一门，源头是我们'洛阳八宗'，乃是个分支。我们祖师爷流传下来的各种记载和经典里头，有一本叫《宝鉴》的书，就记载了众多的天下异宝，巧的是幽冥珠就在里面。"

李亚子叹息一声："其实呀，这幽冥珠从现世的时候起，就和人家河神一门有着天然的联系，天生就是人家的。"

"啊！？"胡淑芬一声惊叫，"胡扯八道嘛，既然是天地间的异宝，大家都有资格拿呀！"

"为什么这么说呢？"李亚子指了指窗外，"因为幽冥珠是黄河里头的。"

"黄河！？"胡淑芬显然淡定不下去了，"这样的宝贝，怎么会是从黄河里头出来的呢！？"

李亚子笑道："天下的河流，没有比黄河更历史悠久更邪性的了。它是华夏文明的源头，中国人起源在这里，将其视为母亲河，历朝历代对黄河都大加祭祀，黄河大王更是连皇帝都得尊敬、磕头的存在。"

"怎么又扯到黄河大王身上了！"胡淑芬无语。

"浑浊咆哮的黄河水底，厚厚的泥沙之下，埋藏着多少稀世珍宝，估计谁都说不清，但很少有人对这些宝贝生起贪婪之心，即便是入水憋宝的河神一门，他们走遍中国的大江大河如入无人之境，但很少敢潜入黄河水底，除非是迫不得已。"说到这里，李亚子的声音突然变得阴沉、冰冷，充满了死气，"因为这些宝贝，都是属于黄河大王的！"

李亚子的声音，充满了崇敬："中国的水神，太多了。海里有龙王有海神，每条河，不管大小，都有河神，即便是村里普通的一口井，也有井神，都是神，唯独在黄河，咱们叫它大王！"

"所有的水神，不管是海神也罢河神也罢龙王也罢，在黄河大王面前，那都是小字辈！"李亚子笑笑，"传说，有黄河的那一天，就有黄河大王了！它因黄河而生，黄河就是它，它就是黄河！

"也因为有了它，这黄河不同于任何一条河流，哪怕是长江！无数年来，黄河养育百姓，滋生出稻米、麦子，哺育我们中国人，同样，它可以肆意地更改河道，咆哮着决堤，将人间变成地狱！都是因为黄河大王。

"历史上，对黄河大王记载一直都有，汗牛充栋，有人说黄河大王的真身是条小蛇，有人说黄河大王是一条巨大的鱼，还有说是龙的，总之各种说法都有，其实，黄河大王的真身，历史上有明确记载，黄帝他当年就亲眼见过，历史上有些运气好的帝王见过，黄河上的船工极少的人也看过它老人家的一星半点。"李亚子又点了烟锅，稍稍恢复了平静，"我之前说过，黄河大王的真身，是一尊小山般大小的巨鼋！"

"是的，你说过，就是个大王八。"胡淑芬这话，让众人想分分钟拍死他。

"扯淡吧，王八本大巡长见过不少，最大的撑死也不过磨盘大，小山一样的大王八，谁信呀！？"胡淑芬直摆手。

李亚子不急也不恼，笑道："我说是大王八，其实不过是让你们直观上有个印象罢了。实际上，在上古时期，鼋是鼋，鳖是鳖。鼋，乃上古异种，巨大无比，当年周穆王出师东征，为河所困，有鼋现身，以背为桥梁助大军过河，留下了'鼋鼍为梁'的记载，你想想，它有多大？只是后来，年代久了，鼋现身少了，见的人也少了，就以为是大鳖了，《尔雅翼》中说：'鼋，鳖之大者，阔或至一二丈。'"李亚子引经据典，说得众人连连点头。

"你们或许觉得我说的事情都太遥远，近似于传说，有些难以相信，我说个真事，估计你们也听说过。早些年，黄河决堤，原本流得好好的河水，突然之间就不流了，好像被河底下的什么东西挡住了一般，河水瞬间在一个地方上涨，然后掉头冲毁了堤坝，决堤而出。事后十几万河工拼命引流，将其引入新河道，在原来老河道的地方，就是河水突然上涨的地方，发现巨大的脚印，一共有四个，每个脚印能容纳下几头牛！"

"这个，我听说过。"胡淑芬点头承认。

其他人也不少表示听说过。

"那就是黄河大王。"李亚子笑了。

胡淑芬摆了摆手："好，就算这是真的，黄河大王是个大王八……瞧我这臭嘴……不，是个巨鼋，小山一般大，这和那个幽冥珠有什么关系？"

这问题问到点子上了。

"黄河里不止一个巨鼋。"李亚子的话，再次让众人脑洞大开。

胡淑芬嘴歪眼斜："妈的，那就是说黄河里有很多黄河大王了！？"

"不，黄河大王只有一个！"

胡淑芬要疯了，他那脑袋根本跟不上李亚子的话："到底怎么回事！？"

李亚子笑道："黄河里头最大的两只鼋，一公一母，公的那只，上古异种，才是黄河大王，但是黄河大王也是有后代的，会生下若干崽儿，不过这些崽儿，活了无数年，也有小山那么大了。"

"那就是说，黄河里全是这玩意儿？被它们家包了？"胡淑芬紧接着问。

李亚子懒得跟他解释，气道："你以为是你们家狗呀，一窝下七八个，一年生一窝！？千把年能生下来几个就已经不错了。"

"哦。"胡淑芬放心了，"妈的，刚才你把我吓得差点以后不敢过黄河了！"

解释了半天，李亚子终于切到了正题："据我们'洛阳八宗'先辈留下的那本《宝鉴》记载，幽冥珠就是巨鼋体内的一种珠子。"

"我亲娘！"胡淑芬惊得跳起来。

也难怪李亚子说了这么多，解释了这么多，否则众人不会理解这幽冥珠的珍贵。

黄河大王，那是神一般的存在，即便是它的后代，也都是翻江倒海的巨无霸，千把年才能生下几个，幽冥珠竟然是这种可怕又可敬的神物体内产生的珠子，不用说，就能想象它有多珍贵了。

"幽冥珠怎么来的，老祖宗没说。有可能如同珍珠蚌一样，是有什么异物钻进了巨鼋的身体内，磨砺而出的，也有可能是天生就有的性命一般的灵珠。反正，一个巨鼋体内只有一颗幽冥珠，黄河大王不算，没人敢打它老人家体内那颗珠子的主意，整个黄河，巨鼋屈指可数，你们想想幽冥珠有多少？"

众人默默无语。

胡淑芬愤怒地拍了一下手，站了起来："妈的！隋文帝那个天杀的，竟然杀死巨鼋，掏了体内的幽冥珠！他也不怕遭天谴呀！哦，听说隋朝就传了三十多年吧，好像到了他儿子就亡国了，这应该是报应！"

李亚子恨不得一烟袋锅子敲死这货："不可能！即便隋文帝是皇帝，他也没那个胆子去杀鼋取珠，而且，他也没那个本事。"

"也对，黄河那么大，那么深，黄河大王的子孙又那么牛叉轰轰，就是派几十万大军下河捉鳖，估计也都能成几十万的水漂儿。"胡淑芬自言自语。

"估计是因为什么意外，一只巨鼋死了，尸体被打捞上来，珠子才流落世间，最后到了隋文帝手中。"李亚子做了总结，然后道，"所以，这幽冥珠，和河神一派的憋宝人有着天然的联系，本来就是水里的东西，自然就是人家的。所以，河神一派的憋宝人，肯定对此历代相传，极为详细，至于识宝、憋宝的方法，人家自然是轻车熟路了，因此，一个晚上就轻而易举憋走，那是再正常不过。"

众人这才回过神来。

哈哈哈哈。

一直没说话的猴五一声大笑，不客气地打断了李亚子。

"说了这么多，有什么用？"猴五嘲讽地看着一屋子的人，"还是那句话，当晚我们一直在众目睽睽之下，直到离开，根本就没有憋宝、杀人的时间和机会！"

说白了，证据！

没有证据，一切都是扯淡。

猴五便是这个意思。

第十七章　玄王蜂

"你们观察过瓷器吗？"就在猴五趾高气扬地否认一切指控的时候，蒋南羽突然没来由地说了一句莫名其妙的话。

众人始料未及，不知道他言下何意。

蒋南羽坐下来道："很小的时候，我曾经对瓷器很感兴趣，我说的是瓷片。当时我收集了很多，没事的时候就摊开在桌子上，迎着太阳饶有兴趣地把玩。青花古朴优雅，斗彩颜色鲜艳，晶莹剔透，一整块琉璃一样，散发着宝光，很美。"

没人接话，因为不知道他要说什么。

"有一天，父亲公文包没带走，我从包里拿出了他的放大镜，恶作剧般地对准了瓷片，刹那之间，先前的那种美就被彻底颠覆了。"蒋南羽抬起头，笑道，"我第一次发现，原本以为坚密的瓷片，应该是浑然一体的，没想到釉面下竟然有那么多的气泡、龟裂，竟然是另外一番天地。"

蒋南羽指了指猴五："有些时候，看起来天衣无缝的事情，只需要借助一个放大镜，一个线索，转瞬之间就天翻地覆。"

猴五叉着手，冷笑。

蒋南羽揉着太阳穴，点头道："不错，当晚你们戏班的人，你、风四娘、陈大力、风小宝，都在表演幻术杂耍，结束之后，仆人们招待你们，直到你们离开，的确有着完全不在场的证据，呵呵，也正是因为这个，很长时间我把你们的嫌疑排除了，但所谓的不在场证据，太天衣无缝了，非是刻意为之，恐怕很难解释。

"当我发现你们的真实身份之后，当我把你们和广济的死联系在一起之后，我要面临的是破解这不在场的证据，找到你们真正的作案手段。这非常之难，根本毫无头绪，直到有一天，巡长给了我线索。"

胡淑芬听了，愣住，随机大声道："那是！本大巡长明察秋毫，早就发现了你们的鬼把戏！"

然后，这货用蚊子一般的声音对蒋南羽道："啥线索，我怎么不知道？"

蒋南羽站起来，直勾勾地盯着猴五："当晚，就在你们演戏的时候，你们成功憋走了宝，对吧？"

"胡……胡扯！我们分身无术，怎么可能憋宝！"猴五虽然死硬，但看得出来有些慌张。

"憋宝不一定非得你们去，不一定非得是人。"蒋南羽意味深长地停顿了一下，"你不是带着一只老猴子吗？"

猴五顿时面如土色，强作镇定："我不知道你要说什么！"

蒋南羽笑道："有一天，巡长在外面烤鸡，说是从山里猴子手里夺来的，还说猴子跟人一样抢东西，那句话于我而言，真是天雷阵阵。我一直把注意力放在了你们身上，却忽视了那只猴子。"

众人虽然不知道蒋南羽接下来要讲什么，但还是齐齐点头，那天晚上，的确没有见到猴五养的那只老猴子。

"猴五，你知道吗，我非常佩服你，竟然想出那么天衣无缝的计划，严丝合缝，考虑到方方面面的细节，只不过，任何事情都有两方面，太过缜密的计划，就像一个气球，浑然一体，可若是碰到了一根针，那就啪的一声爆裂了，广济就是那根针。"

蒋南羽的声音，深沉有力，回荡在大厅里。

"你们知道那宝贝藏在一个被严密看管、二十四小时都有人的地方，你们不可能有下手的机会，所以你们搞了个戏班，以演戏为名上山，将整个太平庄的人全部引出来，调虎离山，就有了机会。更难得的是，你们四个人当众表演，制造了不在场的证明，却让一只老猴子去憋宝，我想，那老猴，你一定训练了很长时间。"

然后，蒋南羽饶有兴致地盯着猴五："如果一切顺利，你们完全可以神不知鬼不觉地完成，但你们也没想到中途少夫人因为惊吓昏厥，少都督他们急忙将少夫人带回了产房，而那时，呵呵，老猴子刚刚得手，还没来得及离开现场。"

这句话，顿时让现场炸了锅，众人已经猜到了事实的真相。

"之所以说你思维严密，是因为你将所有的可能性都考虑到了，包括老猴子如果憋宝失败被发现了怎么办？谁都知道那猴子是你的，一旦发现，你们就会暴露，所以，你们来了个巧妙的乔装打扮！"

"我知道了！当时产房里的那个……"胡淑芬激动地跳了起来。

蒋南羽连连点头："猴五，你利用了三目鬼的传说，利用了太平庄众人的恐惧心理，将那只老猴子装扮成了三目怪婴的模样，这样一来，即便是它被发现，众人也会恐惧地将之看作是三目鬼现身，而不会想到真身是一只老猴子！"

"妈的！实在是厉害！"胡淑芬对猴五佩服得五体投地，恍然大悟道，"当时那老猴子手里捧着一个黑乎乎的东西，我还以为是个人头呢，难道那就是异宝幽冥珠！"

"然也。"蒋南羽笑了一声，"普元方丈之前说过，昙延祖师圆寂之后，寺内僧众争抢幽冥珠，更有乱兵前来夺宝，有高僧大德将宝贝藏匿了起来，既然那宝贝夜里会放光，自然要在表面包裹一层特殊的东西遮住光线，防止其泄露出来，具体是什么东西我不知道，可经过了千年的时光，上面长了一些菌类、霉斑啥的，很正常，当时光线黑暗，众人以为那猴子是三目鬼，就会错误地认为那可能是一颗人头。"

"如此说来，那幽冥珠一直都在产房里头呀!?"胡淑芬大叫了起来。

这时候，少都督提出了反对意见："不可能吧。产房我太熟悉了，每个角落、每个家具甚至每个物件我都了若指掌，而且之前仆人们有好几次仔仔细细地打理过，那么大的一个东西若是在产房里，早就被发现了！"

蒋南羽摆手："少都督，幽冥珠的确是在产房里，但它是在一个你们根本就不可能想到的地方。这个，我等会儿会说。"

众人完全被蒋南羽的推论折服。

猴五说话了："蒋长官你的分析固然精彩，但恐怕存在一个漏洞吧？"

"愿闻其详。"蒋南羽客气地伸出了手。

"我们是第一次上中条山，之前从来没来过，对吧？"猴五看了看众人。

"是的。"福伯对这事情很清楚。

猴五得意一笑："我们上来之后，始终都有人在左右，从未进过搜神馆，对不对？"

"对。"福伯点头。

猴五冷冷道："那么，我们是怎么知道那幽冥珠就在产房里头的呢!？难道我们未卜先知吗?!"

闻听此言，大厅里一干人等目瞪口呆。

是呀，如果连幽冥珠都不知道在什么地方，他们怎么可能去憋宝呢？

这是一个巨大的漏洞，如果是真的，那么蒋南羽的推断又变得不合理了。

"你们知道。"蒋南羽依然是那么的自信，"你们虽然之前从未上过山，上山之后也从未进过搜神馆，但是早就有人帮你摸清了所有的底细，帮你查探了幽冥珠的下落，不过这个人没有憋宝的本领，把消息传给你们之后，就死在了这里。"

蒋南羽的话，让众人大眼瞪小眼。

"这个人，我想大家应该很熟悉。"蒋南羽转脸看着少都督，"少都督，她就是你的第三任妻子。"

"奴儿!？"少都督满脸震惊。

不光是他，其他人更是犹如听天书一般。

"猴五，不得不说，你放了一条长线，而且舍得一身剐!"蒋南羽看着猴五的目光，冰冷锐利，如同一把刀子。

"诸位，奴儿的出身，你们很清楚吧？"蒋南羽问道。

福伯和少都督不由自主地点头。

"少都督的这位少夫人，上山之前说是从一个戏班里偷跑出来的，遭班主欺凌，流落四方，甘愿上山嫁给少都督，哪怕少都督是个……是个畸形人。我想那位奴儿还没到山穷水尽的绝路吧，世间的女子，只要是神智正常的，怎么会如此心甘情愿嫁给少都督这样一个人，而且是来到这么一个怪案连发、地狱一般的恐怖太平庄呢？"

猴五一声不吭，他低着头，看不清楚他的表情。

接下来，蒋南羽的话更是犹如引爆了一颗炸弹——"猴五，那位奴儿姑娘，应该是你的亲生女儿吧？"

猴五的身体，犹如被一记重拳击中，摇摇晃晃，一屁股跌坐在了椅子上。

"听闻幽冥珠在太平庄，你不惜将自己的女儿送上了山，做了少都督的夫人，利用这特殊的身份，加上你传授的寻宝之法，在庄子里游走，最终查到了宝贝的下落，将消息传给你。可惜，她那时候已经怀孕，接下来离奇惨死，某种程度上说，她的死是你亲手造成的。猴五，那可是你的亲生女儿呀！"

一直狡辩的猴五，心理防线完全坍塌，双目圆睁："我也没想到那样！我不想那样的！"

此话一出，彻底证明了蒋南羽所说，千真万确！

"五爷，事到如今，承认了吧。"坐在旁边以泪洗面的风四娘开了口，抽泣着。

猴五张了张嘴，想说什么，终于还是咽了回去，报以长长的一声叹息。

到了这个地步，即便是他不说，蒋南羽也已经掌握了事情的全部。

"当晚，你们急着下山，说第二天有演出，要赶场。那时我和巡长还很奇怪，不过也没有在意。事后想来，你们完全是在制造不在场的证明，也想先脱身，再找机会取宝。"蒋南羽侃侃而谈，"因为那时候，幽冥珠还不在你们手里，那只老猴子被我开枪惊吓，逃到庄里躲了起来。

"你们并没有马上离开，而是躲进了山林之中，然后半夜时分，让陈大力悄悄潜入太平庄，找到那只老猴子，拿宝走人。

"可惜，又出了纰漏。"蒋南羽摇了摇头，"这个纰漏就是广济！"

"同为憋宝人的广济，发现了你们的真实身份，也发现了你们的手段，所以那天晚上，他半夜也在庄子里寻找猴子。到底是他先找到的还是陈大力先找到的，我不得而知，可以确定的是，他们二人撞到了一起，而且一方得到了幽冥珠。

"接下来的事情，就很明朗了——为得到宝贝，陈大力用蒺藜刺敲死了广济，而且还挖掉了他的双眼，制造三目鬼害人的假状，然后迅速出庄，与你们会合，连夜下山。"

蒋南羽说话的时候，猴五没有一点反应，显然是默认了。

"接下来的事情，我就不知道了，得请鸭爷说说。"蒋南羽说得口干舌燥，把话题交给了李亚子。

"其实在风陵渡客栈的时候，我就试探过，而且也知道了你们的身份，当时没必要追查下去。"李亚子端着烟锅，"到了太平庄，你们演戏，离开，表现得都很正常，我以为你们也有可能真的演戏混口饭吃，直到第二天发现广济死于蒺藜刺，我才确定广济的死和你们有关系。但当时我的身份不能暴露，所以给蒋长官留下纸条后，火速下山寻找你们的影踪。"

"若是一般人，下山之后，就如同鱼入大海，找起来是很难的，但对我来说，就不一样了。"李亚子笑笑，"'洛阳八宗'势力巨大，各地都有眼线，而且这里距离洛阳不远，是我们的腹心地带，我只需要把话传出去，随时随地都有人在盯着。

"果不其然，我下山后的第二天，就有人传来消息。"李亚子看着蒋南羽道，"他们离开中条山之后，躲进了村镇，白天不露面，晚上转移，我动用了这一带所有的人手，最终在昨天晚上才把他们抓住。"

"这叫天网恢恢，疏而不漏！"胡淑芬击掌而赞，然后目光落在了地上的那两具尸体上。

陈大力和风小宝的尸体，面目全非、紫黑肿胀。

"鸭爷，既然抓住了人，这俩怎么死的，而且这模样？"胡淑芬问道。

李亚子摇了摇头，看着猴五。

猴五没说话，开口的是风四娘。

"我们逃得很小心，而且也发现有人在追捕，只能先逃进密林之中，周旋了几日后，五爷决定连夜过黄河，只要过了黄河，就能找到我们宗门里的人，那便安全了。

"那天晚上，五爷找了船，我们四个人上了船，总算是松了一口气，以为没事了，幽冥珠一直由我家男人保管……"

"你家男人？谁，陈大力呀？"胡淑芬呆住。

风四娘点头："他和小宝坐在船后头，小宝吵着嚷着要看宝贝，大力就从了他，从包裹里取出幽冥珠，两个人捧着玩了半天，大力用蒺藜刺敲掉了包裹在珠子上面的一层硬壳，顿时露出了绚烂光芒，我们都惊呆了，那光，说出来真好看。

"然后，奇怪的事情就发生了，大力和小宝不知道为何，口吐白沫，剧烈抽搐，齐齐倒了下去，珠子也落入了黄河之中。"

风四娘抹着眼泪，说不下去了。

李亚子接过来："我们的船随后赶上，只看到猴五跳进水里捞宝，风四娘大哭，陈大力和小宝已经死了，而且死相极惨。"

"幽冥珠，没了？"胡淑芬呆道。

"本来就是有灵性的天地异宝，来自黄河，最终还要归于黄河，只能说他们没有这个命。"李亚子淡淡道。

胡淑芬看着地上的两具尸体："那这二人的死，难道和幽冥珠有关？"

"可以说有关系，也可以说没关系。"蒋南羽站起身，走到两具尸体跟前。

众人不明所以。

"巡长，麻烦你到我们房间里，把我的那个小工具箱拿来。"蒋南羽昂头胡淑芬道。

胡淑芬答应一声，一溜烟去了，时候不大，取来了那个工具箱。

"诸位，你们有没有发现，陈大力和风小宝的死相，和另外一个人几乎一模一样？"

不用蒋南羽说，大家都知道那个人是谁了。

"少安就是这么死的，蒋长官，这到底是怎么回事？"少都督问道。

蒋南羽并没有马上回答，而是戴上手套，拿出试管，取出刀子取了陈大力身上脓包里的液体，滴入试管，又加了试剂，里面顿时变成了紫黑之色。

"各位，看到了吧，引起陈大力和风小宝死亡的原因，也是沈少安的死因，很简单，是中毒。"

"中毒!?"众人面面相觑。

蒋南羽取出另外一个试管，那是先前给沈少安做尸检时候留下的，两支试管里头的颜色几乎一模一样，只不过沈少安的那只试管里颜色更深。

"你们或许想不到，幽冥珠是天地异宝，同时又变成了夺人性命的至毒之物吧。"蒋南羽道。

"不可能！"李亚子和普元方丈同时大喊。

尤其是普元，态度激动："幽冥珠不可能有毒！如果是这样，隋文帝早死了，昙延祖师爷早死了，凡是接触过他的人，都早死了。"

"方丈，我是说现在，而不是以前。"蒋南羽轻轻将试管放在桌子上，转过身来道，"现在，到了解开最终谜团的时候了，沈少安、陈大力、风小宝到底死于什么毒，与这最终的谜底有关！"

此言一出，房间里所有人都神情振奋，少都督、福伯等人立刻站了起来。

二十年的一个谜团，亲身参与此事的人，谁不想知道结果？！

面对众人炙热的目光，蒋南羽的脸，变得异常得严肃。

"诸位，请随我来！"蒋南羽转过身，朝对面的产房走去。

产房，四起连环怪案发生的地方，也终将成为谜团破解的地方。

人的内心，犹若一片开满繁花的草原，云散云来，投下斑驳阴影，一生都在光影里穿梭，不知花何时凋零，不知因果何时到来。

有了因，必定就会有果，只是早晚而已。

蒋南羽现在就这般确信。

他要做的，就是带这果来。

"二十年，四起怪案，四任少夫人产下畸形婴儿后死于密室，死前疯狂攻击身边的所有人，死后肚子被剖开，除了心脏、胃部之外，其他内脏离奇消失。所有的一切，是如此的不可思议。"蒋南羽寥寥几句话就将怪案的蹊跷之处说了个通透。

"这所有看起来不可能解释的疑点，突破口就在少夫人身上。"

蒋南羽的话，房间里的呼吸声骤然加速。

"四任少夫人，性格各异，但大多都是善良文静之人，死前疯狂攻击别人，完全想置人于死地，这种举动，十分不符合常理。"蒋南羽微微眯起眼睛，"看起来，生产后的少夫人，显然已经不是当初的少夫人了，我的意思是说，躯体还是那个躯体，但好像失去了真正的灵魂，成了受摆布的傀儡。"

"这个，不太可能吧。"少都督表示反对。

胡淑芬在旁边点头："阿羽说得不错，之前我们解剖了夏千歌，打开了她的颅骨，里面的大脑……"

"少夫人的颅腔里，没有正常的脑组织，全是黏液。"蒋南羽道。

房间里传来一阵低低的惊呼。

"上次我在分析少夫人的异常举动时，沈少安在，他对少夫人的这种举动十分惊讶，而且说好像在什么地方看到过类似举动的记载，只不过想不起来了，然后他要求回自己的书房仔细查查资料。"提起沈少安，蒋南羽的语气还是充满一丝惋惜。

少都督点头，表示的确有这么回事。

"但很快，沈少安也死了，就死在这间屋子里，而死相和陈大力、风小宝几乎一样，中毒而死。"蒋南羽缓缓从口袋里将沈少安留下的那张纸条掏出来，打开，"不过，在死的时候，他留下了重要的线索。"

蒋南羽将那张纸高高举起，以便所有人都能够看到上面的内容。

众人的目光，盯着那一行洋文，没有人看得懂，皆面露疑惑。

"大家都知道，沈少安是名物学家，研究的是世间万物，当然，包括各种各样的奇异动植物。"蒋南羽晃了晃那张纸道，"上面的这行洋文，是一种昆虫的名字，如果翻译过来，则是一个听起来很邪恶的名字。"

"什么?"很多人异口同声。

蒋南羽的声音异常的阴沉："僵尸毛虫!"

"僵尸毛虫?"

"是的。"蒋南羽重重点头，"这是连环怪案的钥匙!"

"你是说，杀死千歌的，是虫子!?"少都督不信。

不光他不信，其他人也不信。

蒋南羽摆摆手，示意大家安静，然后开始解释。

"诸位，凶手不是毛虫，而是一种怪蜂，毛虫也是受害者，准确地讲，少夫人就是毛虫。"

蒋南羽的解释，让众人越发混乱了。

蒋南羽揉了揉太阳穴，道："国外，有一种寄生性的黄蜂，乃是剧毒之物。这种东西哺育后代的方式很特别，雌性黄蜂，会在不知不觉中通过尾巴的毒针，刺破毛虫的表皮，在毛虫的体内产卵，这个过程，它会释放一种轻微的毒素，让毛虫感觉不到疼痛，发现不了。"

"黄蜂的幼虫会在毛虫的体内发育，在寄主的体内，幼虫会经过几个不同的阶段，它们长时间蛰伏，在最后一个阶段，它们会用短短几天的时间迅速成长、发育。它们以毛虫的内脏为食，但会小心地留下毛虫的关键内脏而不至于毛虫很快死去……"

"等等!"少都督听得脸色煞白，"虫子在肚子里吃内脏，难道毛虫感觉不出来吗?!"

"感觉不出来!"蒋南羽声音加大,"这种黄蜂的幼虫会释放出一种特别的物质,可能是一种神经毒素,它会侵入宿主的思维系统,彻底控制'毛虫'的思维!

"最终,幼虫会钻出寄主的身体,这个过程在短短的一个小时之内就能完成,它们同样会释放出一种毒素,让毛虫感觉不到任何的痛苦……"

"你是说,那些虫子,从千歌的身体中钻出来!?"少都督难以忍受,"不对呀!那样的话,千歌的身体上会有钻出来的孔洞吧!"

"正是!的确会有孔洞!"

少都督摇头:"但是千歌的身上,根本不存在孔洞!"

"存在,只是你看不到!"蒋南羽拿出那个塑料袋,里面装着从夏千歌皮肉中取出的几乎和皮肉相同颜色的卵壳。

"这种幼虫在钻出寄主身体的同时,褪下的皮,会将伤口堵住,这种皮,看起来很像是卵壳,实际上不是。这等于是修补手术,为的是不让寄主死掉。"

"接下来呢……"少都督面如土色。

"接下来,就是为什么叫'僵尸毛虫'了。"蒋南羽惨笑,"这种黄蜂的幼虫钻出来之后,会很快找地方躲起来进入休眠状态,它们还很脆弱,在自然界很容易受到天敌攻击,于是,作为寄主的毛虫就成了保护者。"

屋子里一声惊叹:"保护者?!"

"是的。我上面说了,毛虫的思维已经被毒素控制,成了傀儡,成了僵尸,它没有任何的思维,唯一的意识就是要保护这些幼虫,它会对身边出现的一切生物疯狂地攻击,直到死去!"

房间里一片死寂!

蒋南羽看了看身后的卧室,道:"我想,少夫人完全就成了可怜的寄主,可怜的僵尸毛虫。幼虫在她身体里发育,蛰伏,在生产的这天破体而出,少夫人成为了没有任何意识的傀儡,为了保护那些幼虫,她和僵尸毛虫一样,展现出疯狂的攻击性,最终很快死去。"

"有点不对劲。"少都督举起手,打断蒋南羽的话,"如果那种幼虫存在,它们钻出千歌身体的时候,产婆应该会发现呀!"

"当时少夫人躺在床上,身上盖着被子,幼虫出来,产婆也看不见,何况当时产婆的注意力都在少夫人的下身……"蒋南羽还没说完，少都督就没话了。

这种听起来天方夜谭的说辞，让众人短时间内接受不了，他们用了很长的时间去消化，才勉强认可蒋南羽的说法，毕竟这是真实存在的科学。

但是，有个人根本不同意。

"蒋长官，即便你说的这什么黄蜂、什么僵尸毛虫的事是真的，但我怎么也想不通。"福伯面色诚恳，"你刚才说了，这种奇异黄蜂是国外的，对不对？"

"对。"

"这里是中国呀！"

众人纷纷点头。

"还有……"福伯想了想道，"这种黄蜂我估计也不大，跟一般的马蜂差不多，对付一只小小的毛虫绰绰有余，但少夫人可不是毛虫，是一个活生生的人，相对于一个毛虫来说，人的身体就是一座山，区区一个小黄蜂，怎么可能会如此厉害？！"

不得不说，福伯的这个意见，如同一记闷棍，打在了蒋南羽的七寸上。

"福伯，你说得太好了！"蒋南羽禁不住为福伯喝彩。

"诸位，其实，这个猜想，我也只是从沈少安留下的线索中得出来的，它能够解释关于少夫人的所有的事，何况，我在少夫人的尸体上也找到了相关的证据。但我并不能完全地肯定，原因就是福伯刚才说的这两条——这种奇异的黄蜂，是国外之物，中国有没有不知道，而且的确，它对付一只毛虫可以，对付一个活人，显然能力不足，除非，它特别特别的大……"

"所以说，这只是你的猜想了？"少都督问道。

"我想，接下来需要我展示最后的证据。"蒋南羽眯起了眼睛。

没人知道他说的证据是什么，但蒋南羽看起来十分自信。

"其实……类似的这种东西，咱们中国也是有的。"一直不说话的李亚子，语出惊人。

包括蒋南羽在内，所有人都转过脸，看着他。

李亚子点了一锅烟，道："要是南羽不说，我也想不来这事。我们'洛阳八宗'的典籍里，有对天底下诡异之物的记载，尤其是毒害之物，记载详细。你们也清楚，干我们这行的，出入深山老林，进的是千年的古墓，什么稀奇古怪的东西都能遇到。我要说的这东西，和南羽说的黄蜂很像，而且我们'洛阳八宗'的先人，亲自碰到过。"

众人闻言，洗耳恭听。

"五六十年前的事，我爷爷有个兄弟，绰号'李阎王'，不仅本事大，胆子也大。有一年，进了一座唐代的古墓，就在关中。那大墓藏在深山腹地，规模宏大，按照葬制，似乎只有帝王才能享用的规模。

"李阎王一伙人费了九牛二虎之力才进去，中间的过程我就不说了，反正异常诡异凶险，死了很多人，只有李阎王和两个手下最终进了主墓室。在那里，他们遇到了噩梦。

"一个巨大的铜棺，竖立正中，一半浸泡在一种不知名的赤红色液体里，他们打开墓门之后，铜棺大开，里头爬出了十几个死人，围着他们又抓又咬，一旦中招，立刻毒发身亡，两个手下很快死掉，李阎王本人觉得可能逃脱不掉要自尽的时候，那些死人却突然躺倒在地，再不动弹，身上钻出密密麻麻的小虫，爬向铜棺。他胆战心惊地走进铜棺，发现里头是一个木棺，棺材上有一个大如幼犬的赤红色巨蜂，那些红色幼虫，蚕蛹一样聚集在巨蜂身边。

"李阎王杀死巨蜂，打开了木棺，里头睡着的，不是帝王，而是一个女巫。他带出来了许多宝贝，也带出来了一本巫书，上面记载着，那种巨峰，名为玄王蜂，寿命极长，极喜阴气，能在墓室繁衍，幼虫寄生在陪葬的奴隶身上，那些奴隶因为浸泡在液体里身体不会腐朽，一旦墓室被打开，空气被改变，幼虫苏醒，钻出，奴隶就会起身攻击闯入者。"

李亚子说完，看了看蒋南羽："这种情形，和你刚才说的黄蜂、僵尸毛虫，十分相像。说不定，此地也有那玄王蜂。这东西虽然极为罕见，可诸位别忘了，它极喜极阴之物，天底下恐怕没有什么比幽冥珠更能聚集阴气的了。"

"原来真有这种东西呀！"一屋子惊呼。

少都督问蒋南羽道："蒋长官，如果真有这种大如幼犬一般地东西在这房间里，应该会被我们发现……"

"少都督，它的确就在这里……"蒋南羽笑道。

少都督很相信蒋南羽，但他很快又提出了一个问题。

"蒋长官，这些都解释得通了，可有件事你似乎忽略了。"少都督很激动，面色潮红。

蒋南羽笑道："少都督是不是要问：四任少夫人死后腹部为什么被剖开，是不是？"

"是！既然是玄王蜂所为，肯定不是它们破开了千歌的肚子，而且你也说了，伤口是利器所为！"少都督大声道。

"是！不仅是利器所为，而且事后现场根本找不到那把凶器。"

少都督摊摊手："那这怎么解释!?"

是呀，怎么解释!? 众人都这么想。

蒋南羽并没有马上说话，而是死死盯着少都督。

那目光，极其复杂，而且富有深意。

少都督被他看得莫名。

"少都督，其实，做这一切的，是你自己呀。"

房间里立刻炸了锅！

"不可能！"少都督连连摇头，"我不可能这么做！那是我的妻子！"

"的确，深爱妻儿的你，不会这么做，准确地说，干这事的是你的身体，是另一个人。"

"我不明白！"少都督快要疯狂了。

在众人看来，不单单少都督疯了，蒋南羽恐怕也疯了。

蒋南羽并没有继续分辩下去，而是转身走到那尊巨大的泥塑不动明王神像跟前，翻身上了供桌，取下了神像手中的那柄长剑。

他手捧着长剑来到众人跟前，把长剑横向展示给众人："诸位看看，上面有什么。"

大家凑过来，十分清晰地看到了上面淡淡的血痕。

"妈的，凶器在这里呀！"胡淑芬大叫着，然后一把扯住少都督，"原来果真是你！"

少都督一个劲摇头，眼泪都快下来了："不，不是我干的！我不可能干这事情！"

蒋南羽拉开了胡淑芬，道："诸位，我刚才说过了，干这件事情的，不是少都督，是另一个人，他借用了少都督的身体。"

"阿羽呀，别卖关子了，到底怎么回事？"胡淑芬痛苦道。

蒋南羽长叹一声："其实这件事，我也百思不得其解，直到我发现了这柄长剑上的血迹，才找到了突破口，因为当时房间里只有少都督一个人有这种可能，但少都督本人的确又是干不出来这件事情的，那么……"

蒋南羽的目光重新落到了少都督的身上："我在苦苦思索这件事情的答案的时候，忽然想起两个人，他们说了看起来矛盾的两句话，让我恍然大悟。"

"什么人？什么话？"胡淑芬问道。

"来太平庄后，我分别和少都督、陆二爷聊过天，谈及少都督出生情况时，他们二人给出了不同的答案。依少都督所说，当时母亲生下的是他一人，他一个畸形怪胎，而陆二爷却说生下来的是双胞胎，其中一个死去了。这听起来很矛盾呀诸位，除非……"

"除非什么？"胡淑芬睁大眼睛。

"除非……"蒋南羽顿了顿，冷冷道，"除非，是一个连体婴儿。"

"连体婴儿！？"房间里又是一阵惊呼。

只有少都督和福伯没有说话。

"少都督，你当时跟我说，小时候你被人看成怪物，父亲责骂你，别人离你远远的，你没有朋友，没有亲人，孤独寂寞，但你还说，只有在梦里，你是不孤独的，对不对？"

"是的。"少都督点头。

"呵呵，梦里你的确不孤独，因为'他'在呀。"蒋南羽苦笑着，"陆二爷说得不错，'他'生下来就死了，那种死，只是表面的死，实际上，'他'一直都在，在你的身体上，在你的意识深处，只不过平时被你的意识压制着而已。当你的意识变得薄弱，比如睡觉时，或者……或者昏迷时，他就会苏醒。"

蒋南羽语速极快，不理会众人消化、思考，大声道："夏千歌攻击你，掐住你的脖子，就像其他三任夫人对你所做的一样，因为窒息，你陷入了昏迷，当你的意识失去的时候，'他'苏醒了！"

"'他'远远要比你强大，在意识上！他推开了少夫人，看到了生产下来的死亡了的畸形婴儿。"蒋南羽的声音在颤抖，"和你不一样，这么多年，你见识了外面的世界，博学多才，知道所有的事情，但'他'的意识，还停留在生下来的那一刻，保留的，乃是婴儿在子宫里面的可怜的残存的意识！当初，在母亲的子宫里，是'他'和你两个人，两个婴儿，'他'的思维中，一个女人生孩子，是应该生下来两个的！可在产房，'他'只看到了一个死婴，然后，你们觉得，'他'会做什么？"

房间里的一帮人目瞪口呆。

胡淑芬瑟瑟发抖："'他'会认为另外一个孩子还在母亲的肚子里！"

"是的！'他'就是这么认为，于是，'他'要把另外的那个孩子找出来，于是，'他'剖开了少夫人肚子，用不动明王的那枚利剑。"蒋南羽嘴唇抖动，"我想，'他'在少夫人的肚子里没有找到另一个孩子之后，肯定很伤心，很失望，'他'将利剑放了回去，然后伤心地重新潜伏到少都督的脑海深处……"

死寂！房间里坟墓一般的死寂！

"这虽然是我的推断，但我坚信它的正确性。至于证据嘛……"蒋南羽看着少都督，满脸歉意地道，"少都督，我的这个要求或许很过分，但，能不能请你脱下衣服……"

众目睽睽之下，呆滞的少都督几乎是机械地一件一件脱掉了身上的衣服。

当他光着的上半身暴露在光线下时，房间里很多人都捂住了嘴巴。

那具畸形、驼背的可怜的身体，颤颤发抖的身体，在凹陷的胸部下，长着一个小小的脑袋，巴掌大的脑袋，畸形的脑袋！

它，长着三只眼睛！

"是我干的……原来是我干的……"少都督精神几乎崩溃，喃喃自语，眼泪大颗大颗落下来。

蒋南羽将衣服给少都督披上，沉声道："少都督，此事从始至终都和你无关，是另外一个人，是'他'，你明白吗？"

少都督张着嘴，什么也没说，终于哭出声来。

蒋南羽拍了拍他的肩膀，转身对着众人道："诸位，所有的疑团都解开了，我们来见证最关键的时刻，福伯，麻烦你给我找个大锤！"

福伯转身跑出去了。

"诸位，真正的凶手，是一种怪蜂，可能就是鸭爷说的那种因为幽冥珠吸引而来的玄王蜂！这玩意儿极喜阴气，幽冥珠这种东西对它来说有无法摆脱的诱惑力。而当初栖岩寺遭受大劫，高僧大德为了保护幽冥珠不被抢去，他们用了一个办法……"

蒋南羽的手，指了指。

顺着他手指的方向，众人昂头看着那尊巨大的泥塑不动明王像。

"他们把幽冥珠藏在了这尊不动明王像的肚子里！神像里头是空着的，那个张大了的嘴巴，成了通道！玄王蜂从这里飞出去，在少夫人的身体里产卵，幼虫又从这里爬进去蛰伏，所以我们找不到它们的影踪！最后的见证，就在这神像的肚子里。"

这时候，福伯送来了大锤。

蒋南羽拎着大锤，走向不动明王像。

他爬上供桌，将大锤高高举起，用尽了全身的力气，狠狠砸下！

轰！

伴随着巨大的轰鸣声，端坐千年的神像轰然倒塌！那密封的腹部，终于暴露在灯光之下。

没有人说话，没有人惊呼。

因为所有人都被眼前的景象所震撼。

在神像的肚子里，盘踞着一个幼犬大小的怪蜂，通体赤红。

它的周围，是无数幼虫，涌动着，密密麻麻！

……

尾　声

第二天早晨，福伯哭着跑进来，告诉蒋南羽少都督差点死了。

准确地说，是自杀未遂。

这个可怜人，在书房里，把自己的脑袋伸进了绳套，要不是福伯发现得早，恐怕陆家真的要绝户。

"我是怪物，蒋长官，我是怪物呀！"看着蒋南羽，少都督失声痛哭。

蒋南羽不知如何安慰他，只知道他已经失去了活下去的理由。

或许，他不应该死。

从始至终，他没有错。

反而是这世界，亏欠他太多。

"少都督，我有一个很好的朋友，是个美国人，最著名的外科手术专家。你要是愿意，我可以把你介绍给他，我想，做一个切除手术，他还是胜任的。"蒋南羽轻声道。

少都督抬起头，呆呆地看着蒋南羽。

"这样一来，'他'就不存在了，你，便彻底自由。"蒋南羽道。

"但我这么活着，还有什么意义呢？"

"有呀！当然有！"蒋南羽笑了。

他指着窗外，指着连绵的群山，指着群山之外更远的地方。

"少都督，难道你不想亲眼看看大海吗！？就像你所说，带着你的孩子，去看一看大海！"

"大海呀……"少都督的双目，闪烁着。

是呀，大海。

阔大的，起伏的，永远不停息的生命之海！

……

当天下午，蒋南羽和胡淑芬就下山离开了太平庄。

两个月后，因为成功侦破了这桩连环怪案，胡淑芬成了智勇双全的"名侦探"，官路高升，调入太原巡警总局。

胡大巡长，不，是胡副总巡长还是不忘本的，大笔一挥，将蒋南羽调到了自己的身边，成立了"名侦探二人组"，其后侦破一系列怪案，声名远扬。

至于和太平庄连环怪案有联系的人，也各自有了属于自己的不同的路。

普元老和尚在一年后圆寂，不久之后，闪电击中寺里的一棵枯树，引起大火，栖岩寺被烧成了一片废墟。

那些死者们，不管是凶手还是受害者，都得到了妥善的安葬。至于活下来的猴五和凤四娘，因为不是杀死广济的凶手，被判了十年牢狱徒刑，但少都督出面作保，当日予以放出。

案发半年后，少都督再次成亲，新娘是凤四娘，婚后三天，少都督就和凤四娘、福伯离开太平庄，不知所踪。

三年后，太原巡警总局，一封信放在了蒋南羽的办公桌上。

来自大洋彼岸的美国。

信不长，只写着一句话。

还有一张照片。

看着那封信，还有那张照片，蒋南羽开心地笑了起来。

"妈的，谁的信让你笑得这么开心!? 不会是哪个大家闺秀的求爱信吧?! 拿来，本总巡长开开眼!"跷着二郎腿端坐高位的胡淑芬叫道。

"一个老朋友的。"蒋南羽拿起那张照片。

上面是一对男女，怀抱着一个幼童，笑容灿烂。

远处是大海，成群的海鸥飞翔。

"写了什么呀?"胡淑芬问道。

"他说，原来大海真的不全是蓝色的。"

胡淑芬翻了个白眼："什么屁话! 海不是蓝色的还是什么颜色!? 这家伙是白痴吗!?"

蒋南羽笑。

他小心翼翼地把信和照片放入自己的抽屉，望向窗外。

窗外，很好的阳光，人头攒动，车水马龙，熙熙攘攘。

也许，人生下来，就要面对这样的世界，面对这样的熙熙攘攘，纷纷扰扰。

但是，请你不要害怕，不要退缩。

因为万物，都自会有它的果。

2016 年 3 月 30 日于北京第一稿

后　记

　　写这个故事，准确地说，写"妖怪"推理小说系列，来源于我的一个心愿。

　　我出生在农村，自小由奶奶带着，听着她的故事成长，这些故事中，妖怪占据了绝大部分。

　　很小的时候，我就想：这世界，真的存在妖怪吗？

　　其实，世间并无不可思议之事，包括妖怪。

　　中国的妖怪文化源远流长，如同基因一般，自远古先民一直流传至今，深深扎根于国人的灵魂之中。《白泽图》《山海经》《搜神记》《玄怪录》《聊斋志异》《阅微草堂笔记》……关于妖怪的记载，横亘中国几千年的文化传承，更流传于日本等国，并发扬光大，乃至如今许多年轻人对日本妖怪如数家珍，却不知其绝大部分来源于我国，实是可惜。

　　古时之民，对自然认识不足，加之各种离奇现象引发的视觉、心理感应，理解不了，便视之为妖怪。从更深层次上说，妖怪并不是简单的封建迷信，而是社会、人类、文化的映射。简而言之，人妖共存，有人的地方才有妖。因为妖怪，只存在于人的头脑、意识之中，反映的是人的深层次精神世界。

　　这就是唯物史观。

　　以本文的少都督为例，人的心理意识，是极为深邃的大海。弗洛伊德认为，人的心理包括意识和无意识现象，无意识现象又化分为前意识和潜意识。前意识是指能够进入意识中的经验；潜意识，则是指根本不能进入或很难进入意识中的经验，它包括原始的本能冲动和欲望。打个比方，前意识如同"稽查者"，严禁潜意识中的原始的欲望和本能冲动闯入意识之中，但事实上，潜意识从来没有停止活动过，随时趁机渗入。我们的头脑里，这样的争斗一直在上演。很多时候，我们认为的"妖怪"，往往就藏身于这样的争斗之中。

对于个人来说，这种头脑中的争斗以及原始的本能冲动和欲望到底何时产生？雅克·拉康曾经提出过著名的"镜像理论"，他认为意识的确立发生在婴儿的前语言期的一个神秘瞬间，即"镜像阶段"。简单地说，当一个6个月大的婴儿在镜中认出自己的影像时，它便意识到了自己身体的完整性，进而确立了"自我"，个体意识便由此产生，"头脑中的争斗"由此开始。

那么再往前呢？美国明尼苏达大学曾经做过著名的"同卵孪生双胞胎"研究，很能说明问题。人类的原始欲望和冲动，其实在子宫中就已经产生。研究表明，对于双胞胎来说，他们之间的竞争不是在出生之后，而是在子宫里面就开始争夺空间、营养，当然也会形成妥协和分享，即在子宫中时，人类就已经存在了一种难以言明的独特的原始"意识"。这种争夺的结果，有的双方达成分享，有的则出现了一方吞噬另一方。而吞噬分为三类：一种是彻底吞噬（往往发生在较早细胞分裂时期）；一种是一方出生、另一方成为死胎；第三种也是最罕见的一种，便是吞噬不彻底，一方的肢体残留在另一方身体中。本文中的少都督，便属于第三种——同胞兄弟的大脑依然长在他的胸前。

对于少都督来说，这便形成了一个诡异的存在——一个身体里，寄居着两个"灵魂"。一方面，少都督拥有独立的意识（意识、前意识、潜意识）；而另外一方面，那个同胞兄弟拥有着子宫中就形成的原始本能冲动和欲望，并且会将少都督的全部意识当成自己的"镜像"加以吸收，形成更复杂的"意识体"。平时，少都督完全拥有常人的心理、意识，但同胞兄弟的原始意识渗透从未停止，广义上来说，同胞兄弟成了少都督的潜意识。少都督之所以绝大多数时候能够正常生活，是因为有"稽查者"的存在阻拦了同胞兄弟意识的潜入，但一旦遇到特殊时刻——凶案现场的刺激和窒息，让少都督正常的意识停止运作，"稽查者"缺位，那么同胞兄弟的原始意识就会粉墨登场。在它的意识（以原始意识为主，还掺杂着少都督意识对其的映射和影响）中，子宫应该有两个个体，当它只发现一个胎儿时，它会剖开子宫寻找另一个……

这不是精神分裂，不是双重人格，而是完全独立的两个"灵魂"。而在常人看来，这种诡异的事情，便是"妖怪"。

从这个角度来说，妖怪在这个世界上并不存在，但另一方面，它就在我们的灵魂中！有人，就会有妖怪。

其实，所谓的妖怪，往往是另外一个自己。

这本书献给中国无数记录妖怪的人们，献给这个伟大的民族和伟大的中华文明，献给世代相传讲述这些故事的人们，献给我的奶奶。

这些形态各异、传说不一、生动有趣的妖怪，记录着我们祖先对于世界、人生、社会的全部想象，关于善恶、关于美丑、关于光明和黑暗，更多的，是对人生的珍惜和诫勉。

感谢沈阳出版社，感谢所有为这本书的出版做出努力的人们。感谢肖博先生。

感谢所有喜爱妖怪的读者。

我们的妖怪推理，才刚刚开始。

张 云

2017 年 7 月 19 日